Iris Strohschein, 1970 geboren, lebt in Wien. Sie studierte ebendort Publizistik, Soziologie und Geschichte und arbeitet im Bildungsbereich. 2003 erschien »KochKunst« in »Neue Deutsche Literatur (ndl)«.

Dieses Buch ist ein Roman. Handlungen und Personen sind frei erfunden. Ähnlichkeiten mit lebenden oder toten Personen sind rein zufällig.

IRIS STROHSCHEIN

DAS BILD VOM TOD

WIEN KRIMI

emons:

Umschlagzeichnung: Heribert Stragholz
Druck und Bindung: CPI – Clausen & Bosse, Leck
Printed in Germany 2009
ISBN 978-3-89705-620-6
Wien Krimi
Originalausgabe

»Ein Mensch ist immer das Opfer seiner Wahrheiten.«

Albert Camus, »Der Mythos von Sisyphos«

1

»Das Verbrechen ist ein Spiegel der Gesellschaft«, murmelte Rosa und ging langsam um den abgetrennten Frauenkopf herum. Ihre Schuhspitzen blieben ein paar Zentimeter vor der kleinen Blutlache am Fuße der Balustrade stehen. »Ich bin keine Medizinerin, sondern Kunstwissenschaftlerin.« Sie sah Chefinspektor Liebhart an und rang sich trotz des schrecklichen Anblicks ein Lächeln ab. »Und Psychologin«, fügte sie hinzu, als ob sie ihn daran erinnern müsste.

Sie beugte sich hinunter und betrachtete den friedlichen Ausdruck auf dem Gesicht der Frau. Der Kopf ruhte auf einer Wange, er sah aus wie irrtümlich abgelegt. Rosa stieg der Geruch des gestockten Blutes in die Nase; sie spürte, wie ihr übel wurde, und richtete sich schnell wieder auf.

Mit der durch Latexhandschuhe geschützten Hand deutete sie auf den Mund. »Ist das ein Stück Papier? Ich möchte nichts anfassen.«

Liebhart hielt sein Telefon kurz vom Ohr weg und nickte ihr zu, während er ungeduldig von einem Bein auf das andere trat. Er wollte mit Rosa reden, mit ihr den Fundort abgehen, doch entweder läutete sein Mobiltelefon oder ein Kollege hatte eine Frage an ihn. Sie standen schon seit drei Stunden in unfreundlicher Novemberkälte in einem von der Polizei abgeriegelten Bereich vor dem Kunsthistorischem Museum.

Auf die Steinbalustrade war etwas mit Blut geschrieben worden, es waren nur noch die letzten drei Buchstaben zu sehen: *»ela«*, der Rest war von dem austretenden Blut unleserlich gemacht worden.

Rosa fror. Die Kälte, die sie empfand, war nicht nur auf das Wetter zurückzuführen. Das Entsetzen über den abgetrennten Kopf mit der wächsernen Haut saß in ihr wie ein Eisklumpen. Sie fühlte sich schwach, hilflos und gleichzeitig wütend, dass ein Mensch zu so einer Tat fähig sein konnte. Am liebsten wäre sie sofort davongelaufen, um im dichten Gassengewirr der Inneren Stadt ziellos umherzugehen.

Sie biss sich auf die Lippen und sagte laut zu Liebhart: »Sieh dir ihr Gesicht an. Als ob sie friedlich schlafen würde. Ich bilde mir sogar ein, dass sie lächelt. Wie kann man lächeln, kurz bevor man geköpft wird?«

»Wir müssen den Körper finden, dann können wir feststellen, ob ein Kampf stattgefunden hat oder nicht. Der Gerichtsmediziner meinte, dass am Schädel keine Anzeichen für Schläge oder Misshandlungen zu finden sind.«

Rosa schluckte. »Wer hat denn den Kopf gefunden?«

»Zwei Männer von der Straßenreinigung, sie werden noch immer verhört, haben aber niemanden gesehen.«

Die Tatortsicherung war weitgehend abgeschlossen. Der Pressesprecher des Kunsthistorischen Museums schlich seit einer Weile um Liebhart herum und drängte ihn, den Tatort doch endlich für die Besucher zu räumen. Sie würden in zwei Stunden die Tore öffnen, und man müsse bis dahin ja alles säubern. Liebhart wies ihn scharf zurecht und ließ ihn recht deutlich wissen, wohin er sich seine Besucher im Hinblick auf das, was vor dem Museum passiert war, stecken könne. Rosa ging, während der Chefinspektor mit dem Pressesprecher stritt, auf das Maria-Theresien-Denkmal zwischen dem Kunsthistorischen und dem Naturhistorischen Museum zu.

Ihr habt es gut, dachte sie und blickte zu den Feldherren und Beratern der Kaiserin hinauf, die als Statuen mit blinden Augen um ihre Majestät herumstanden, ihr seht von dem Ganzen hier nichts.

Sie wollte das schreckliche Szenario aus einem anderen Blickwinkel betrachten, es schien ihr sorgfältig arrangiert. Als sie sich umdrehte, konnte sie den Platz mit seinen zylinder- und kugelförmig gestutzten Sträuchern, den rautenförmigen Blumenbeeten, die jetzt im November verwaist dalagen, und den niedrigen Bäumen in seiner Gesamtheit erfassen.

Rosa ließ ihren Blick über das breit angelegte zweistöckige Gebäude mit der Kuppel in der Mitte gleiten. Die weiße Steinbalustrade des Museums, die sich an einer Rampe zu den hohen Eingangstoren wand, wirkte im grauen Novemberlicht wie der Leib einer riesigen Schlange. Das gelbe Absperrband flatterte im Wind, die roten und blauen Lichter der Polizeiautos tanzten über die Fassade. Rosa nahm Fragmente der blechernen Funksprüche wahr. Auch den umhergehenden Beamten merkte man das Entsetzen an.

Sie sprachen leise und schienen sich in Zeitlupe zu bewegen, als ob sie dadurch dem Fund den Schrecken nehmen könnten. Rosa blickte über den grauen Himmel bis zu dem abgetrennten Kopf. Das Blut sah von ferne aus wie dunkelroter Samt, der unter dem Kopf drapiert worden war.

Sie sieht aus wie auf einem Gemälde. Es ist ein menschlicher Kopf, und ich stehe hier und denke an die römische Barockmalerei, dachte Rosa.

Sie bohrte ihre Hände tiefer in die Taschen des dicken Wintermantels und bewegte vorsichtig die Zehen in den gefütterten Stiefeln. Liebhart hatte sie um vier Uhr früh aus dem Bett geklingelt. Sie hatte bis spät in die Nacht gelesen und war im Morgengrauen nicht zu ihrem Kaffee gekommen, da der Wagen, den Liebhart geschickt hatte, bereits zwanzig Minuten nach seinem Anruf bei ihr eintraf.

Rosa hatte Wien vor zehn Jahren verlassen und war nach Brunn aufs Land gezogen. Schurrauer, ein Kollege von Liebhart, der nicht weit von ihr in einem Nachbarort namens Apenbruck lebte, hatte sie von ihrem Haus abgeholt. Es war das letzte am Hügel, bevor dieser ins nächste Dorf abfiel. Sie hatten sich auf der Fahrt nach Wien unterhalten, und Rosa konnte dem Gespräch entnehmen, dass Schurrauer großen Wert auf seine Ernährung legte und sehr besorgt um seine Gesundheit war. Er war groß und mager, und seine Hautfarbe hatte einen leichten Gelbstich. Die dunkelgrüne Steppjacke verstärkte die ungesunde Gesichtsfarbe noch. Rosa hatte sich gefragt, warum die meisten Gesundheitsfanatiker so krank aussahen. Er hatte sich über den Fall in Schweigen gehüllt, und so wusste Rosa noch immer nichts, als sie Liebhart im Morgengrauen vor dem Kunsthistorischen Museum in Wien begrüßte. Stunden später stand sie immer noch da, fror wie ein Schneider und wollte nichts wie weg. So viel Distanz wie möglich zwischen sich und den Kopf der Frau bringen, herausfinden, was man von ihr erwartete, und dann in aller Ruhe darüber nachdenken. Sie hoffte, dass jemand auf sie zugehen und ihr mitteilen würde, dass das alles nur ein Irrtum, dass der Kopf, der dort lag, der einer Puppe sei. Tief in ihr drinnen nahm sie es Liebhart übel, sie so unvorbereitet mit einem solch grausamen Verbrechen konfrontiert zu haben.

Als er mit Schurrauer auf sie zukam, sagte er: »Komm, wir fahren in mein Büro, dort bekommst du einen Kaffee und etwas zu essen.«

Sie überquerten die Nebenfahrbahn, die zur Ringstraße führte. Als Liebhart in Pferdemist stieg, schimpfte er: »Diese verdammten Fiaker! Können die nicht aufpassen, wo ihre Viecher hinscheißen?« Während er versuchte, seinen Schuh an der Gehsteigkante zu reinigen, begann die Ader an seiner Schläfe zu pochen.

Auf der Fahrt sprachen sie wenig, die Bilder des vorhergegangenen Ereignisses ließen wohl alle nicht so leicht aus. Die Dämmerung hing über der Stadt. Wien bot um diese Jahreszeit viel für melancholische Menschen. Der Himmel versteckte sich Anfang November für die nächsten Monate hinter einer Wolkendecke und ließ nur ab und zu ein paar Sonnenstrahlen hindurch. Die Innere Stadt und die Bezirke, die direkt an die Ringstraße anschlossen, hatten während dieser Zeit ihren besonderen Reiz. Der Nebel, der sehr zeitig in der Früh und am Abend in den Straßen lag, ließ die schmiedeeisernen Gitter und die dunklen Äste der blattlosen Bäume des Volksgartens unwirklich erscheinen. Die Kellerfenster der Häuser schienen die Kälte auszuatmen. Am Abend fiel durch die beschlagenen Scheiben der Kaffeehäuser das Licht auf die regennassen Gehsteige, und wenn man von der Arbeit am Heimweg durchfroren einkehrte, um einen kleinen Braunen zu trinken, empfing einen das sanfte Klappern des Geschirrs und der unvergleichliche Geruch von Kaffee, Zigaretten und altem Gebäck.

All das war Rosa im Moment so fern. Sie verkroch sich im kalten Auto in ihrem Mantel und starrte dumpf auf die vorbeiziehenden Bäume der Ringstraße. Kurz nachdem sie in Liebharts Büro eingetroffen waren, verabschiedete sich Schurrauer und verschwand, um bei der Beweisanalyse dabei zu sein. Im Waschraum ließ Rosa so lange warmes Wasser über ihre Hände laufen, bis ihre eiskalten Finger zu kribbeln anfingen, und stellte dabei fest, dass man ihr Alter am ehesten an ihren Händen erkennen konnte. Sie schonte sich nicht bei der Gartenarbeit und mähte auch die Wiese vor ihrem Haus selbst.

Als sie sich aufrichtete, warf sie einen Blick in den Spiegel und strich sich mit den noch feuchten Händen das schulterlange brünette Haar nach hinten. Die frische Luft auf dem Land und die Bewegung hatten ihren blassen Teint zartrosa werden lassen, man schätzte sie meist jünger ein, als sie war. Heute fand sie, dass man ihr ihre siebenunddreißig Jahre ansah. Sie starrte ihr Gesicht an, das ihr im grellen Licht des Waschraumes fremd vorkam. Rosa stützte sich auf dem Waschbecken auf und schloss die Augen.

Als sie in Liebharts Büro kam, telefonierte er und bedeutete ihr, sie möge Platz nehmen. Als sie das tat, traf sie die Müdigkeit wie ein Keulenschlag, und ihre Wangen begannen von der Wärme im Büro zu brennen. Sie lächelte Liebhart trotzdem an und versuchte, sich nichts anmerken zu lassen. Als er auflegte, klingelte das Telefon im selben Moment wieder, gleichzeitig klopfte es, und ein junger Polizist steckte den Kopf durch den Türspalt; er zog ihn zurück, als er Liebhart telefonieren sah. Der fuhr sich mit der Hand über das Gesicht; er wirkte erschöpft. Er hatte nicht viel geschlafen, und seine strohblonden Haare standen trotz des kurzen Haarschnittes in alle Richtungen. Er sah auf seinen kleinen Wohlstandsbauch hinunter, während er über das Telefon knappe Anweisungen gab. Nachdem er aufgelegt hatte, griff er erneut zum Hörer und bat darum, in der nächsten Viertelstunde nicht gestört zu werden, und um Kaffee und ein paar Brote. Er griff in seine Schreibtischschublade und nahm ein drei Seiten langes Dokument heraus, das er vor Rosa hinlegte.

Als sie sich darüberbeugte, sagte er: »Wir möchten dich gerne in die laufenden Ermittlungen zu diesem Fall mit einbeziehen. Es ist daher notwendig, dass du dieses Dokument unterschreibst. Es regelt im Wesentlichen – falls du zustimmst – unsere Zusammenarbeit. Wir können dir ein wenig bezahlen, den üblichen Satz bei Beratertätigkeiten.«

Rosa las quer und konnte nur gerade so viel erkennen, dass ihre Zusammenarbeit nicht bedeutete, dass sie dem Staatsdienst angehörte und daher auch nicht mit einer Pension oder – nach Ende der Untersuchungen – mit einer festen Anstellung zu rechnen hatte.

Sie lehnte sich zurück und sah ihren alten Freund an. »Wie geht es Magda und den Kindern?«

Liebhart lächelte. »Es geht ihnen gut, sie sehen zwar ihren Vater zu wenig, aber Magda ist wunderbar. Sie spricht sehr oft von dir, und wir nehmen uns von Mal zu Mal vor, dass wir einander doch wieder einmal treffen sollten.«

Rosa nickte, in der darauf folgenden Stille dachte sie, dass Liebhart sich eigentlich seit der achten Klasse nicht viel verändert hatte.

Laut sagte sie: »Das sollten wir auf jeden Fall tun. Wie machst du das, dass du immer noch so aussiehst wie mit achtzehn? Legst du dich in der Nacht in Formaldehyd ein?«

Er grinste, und sie bemerkte zu ihrer Freude, dass er ein wenig rot wurde. »Da redet die Richtige! Du siehst aus wie damals, als du von der Rampe vor der Uni Eier auf die Polizei geworfen hast, nur nicht mehr so rebellisch, und nach dem Tod von Paul ...« Er brach ab und sah sie unsicher an.

Rosa lächelte und beugte sich vor, um ihre Hand auf seinen Unterarm zu legen. »Es ist schon gut.«

Sie blieben einige Zeit so sitzen, bis die Tür aufging und eine Frau um die fünfzig mit einem Tablett, auf dem zwei Becher mit dampfendem Kaffee neben vier belegten Broten standen, eintrat. Sie knallte das Tablett auf den Tisch, dass der Kaffee überschwappte, und warf Rosa einen eisigen Blick zu. Liebhart stand auf und stellte Rosa seine Sekretärin Frau Grand vor. Frau Grand hatte ihre Lippen zu einem kleinen »o« zusammengekniffen. Sie reckte Rosa ihr spitzes Kinn entgegen und faltete die kleinen, trocken aussehenden Hände vor ihrer grauen Strickweste zusammen. Stechende dunkle Augen blickten Rosa durch eine riesige Brille misstrauisch an.

Als Rosa ihr die Hand hinstreckte, sah Frau Grand diese abweisend an, ohne sie zu nehmen, und knurrte ein: »Sehr erfreut!«

Rosa zog ihre Hand zurück, beugte sich vor und brummte: »Ebenso!«

In eisiger Stille taxierten sich die beiden Frauen, bis sich Frau Grand wortlos umdrehte und türenknallend den Raum verließ.

»Sie ist sehr besitzergreifend, sogar Magda stellt eine Bedrohung für sie dar. Sie war schon die Sekretärin meines Vorgängers und ist seit dreißig Jahren bei uns«, murmelte Liebhart entschuldigend.

Rosa lachte. »Ich kann damit umgehen, mach dir keine Sorgen.«

Sie setzte sich, nahm das Dokument erneut in die Hand, schlug die Beine übereinander und begann zu lesen.

Nach einer Weile legte sie die Blätter auf den Tisch. »Ich bin finanziell unabhängig, da ich bei meiner Beratertätigkeit für Auktionshäuser nicht schlecht verdient habe. Ab und zu erstelle ich auch jetzt noch Gutachten im Bereich bildende Kunst. Abgesehen davon hat mir Paul so viel hinterlassen, dass es mir nicht darauf ankommt, wie viel ihr mir zahlen könnt. Aber ich habe seit zwei Jahren nicht mehr mit anderen Menschen zusammengearbeitet. Ich lebe sehr zurückgezogen, kümmere mich um mein Haus und meinen Garten und bin inzwischen ein Ass in Marmeladeeinkochen. Mein Leben hat sich komplett verändert, und ich bin nicht sicher, ob ich überhaupt noch«, sie machte mit beiden Händen ein Zeichen in der Luft, »›gesellschaftsfähig‹ bin. Ich verstehe, dass du mir fast nichts sagen kannst, solange ich nicht unterschrieben habe.« Sie schob die Blätter ein wenig von sich weg und fügte etwas verärgert hinzu: »Aber ich kann schwer zusagen, wenn du mir nicht wenigstens erzählst, warum gerade ich dir helfen könnte. Abgesehen davon finde ich es nicht richtig, dass du mich unvorbereitet zu einem abgeschlagenen Kopf bittest.«

Liebhart legte die Ellbogen auf den Tisch und beugte sich etwas vor. »Rosa, es tut mir aufrichtig leid, dich im Morgengrauen mit so einem schrecklichen Anblick konfrontiert zu haben, aber du hast keine Ahnung, unter welchem Druck ich stehe!«

Die beiden sahen sich lange an, dann fragte Rosa: »Richtig, habe ich nicht! Du sagst mir kein Wort!« Sie hielt inne, dann begann sie zu begreifen. »Es wurde doch schon vor ein paar Wochen ein Kopf in Wien gefunden. Ich erinnere mich an die Zeitungsartikel. Hängen die beiden Morde irgendwie zusammen? Die Presse spekulierte, ob nicht die Russenmafia ihre Hände im Spiel hat.« Aufgeregt biss sie sich auf die Lippen.

Liebhart nickte und begann mit dem Stuhl zu wippen. »Du solltest nicht alles glauben, was in der Zeitung steht. Ich kann dir allerdings schon jetzt sagen, dass die beiden Morde vermutlich von ein und demselben Täter verübt wurden. Dafür müssen wir allerdings erst den Schädel untersuchen, den wir heute gefunden haben. Und du musst mir versprechen, gegenüber der Presse kein Wort zu verlieren. Steht in der Einverständniserklärung.« Liebhart deutete auf das vor Rosa liegende Dokument. »Nur so viel: Du wirst deinen Fachbereich nicht verlassen müssen. Wie lange wirst du für eine Entscheidung brauchen? Da draußen rennt ein Irrer herum, der Menschen köpft, und mir sitzt der Justizminister im Nacken und behandelt mich in seinen morgendlichen Brüllanrufen so, als wäre ich der Mörder. Wir müssen uns jemand anderen suchen, wenn du die Aufgabe nicht übernehmen willst.«

Rosa seufzte. »Unter der Bedingung, dass du mir genau erzählst, was ich zu tun habe.«

Es klopfte an der Tür, und Frau Grand steckte ihren Kopf ins Zimmer. »Herr Chefinspektor, es sind für Sie vier Leute in der Telefonwarteschleife, und Leutnant Kranner hat jetzt schon zweimal nach Ihnen gefragt. Er steht bei mir im Büro und wartet, bis Sie frei sind.« Sie bedachte Rosa mit einem missbilligenden Blick, als ob die Leute ihretwegen so lange warten müssten. Liebhart nickte, murmelte etwas von zwei Minuten, und die Türe schloss sich wieder.

Er atmete tief ein und spürte, wie sich sein Magen zusammenzog. »Wie wäre es, wenn du morgen Abend zu uns zum Essen kommen würdest? Du siehst, dass ich jetzt nicht so viel Zeit habe. Ich muss zu Mittag eine Pressekonferenz geben, und dafür muss ich noch einiges vorbereiten. Heute werde ich sicher die Nacht hier verbringen und mich mit meinen Kollegen dem ganzen Papierkram widmen. Magda und die Kinder würden sich freuen, wenn du kommen könntest, und ich natürlich auch.«

Rosa nippte noch einmal an dem heißen Kaffee, bevor sie die Tasse abstellte und sich im Aufstehen ein belegtes Brot vom Teller fischte. Kauend blickte sie aus dem Fenster und sah, während sie nach ihrer Tasche und dem Mantel griff, wie der Verkehr auf der Roßauer Lände immer dichter wurde. Die Sonne kam heraus und schenkte der Stadt einen der raren Novembersonnenstrahlen.

Sie atmete tief ein und sagte im Gehen: »Ich komme sehr gerne, soll ich etwas mitbringen? Mag deine Familie vielleicht Marmelade?«

Als Rosa im Auto saß und von Schurrauer nach Hause gebracht wurde, war es erst elf Uhr vormittags. Sie betrachtete die vorbeiziehende Landschaft und überlegte, was in einem Menschen vorging, wenn er beschloss, einem anderen den Kopf abzuschlagen. Es war eine sehr leidenschaftliche Art zu töten, man brauchte viel Kraft und einen starken Willen. Sie starrte auf das Rinterzelt, die städtische Müllhalde im Norden von Wien, die sie gerade passierten. Der Name stammte von einer automatischen Müllsortieranlage, die in den achtziger Jahren von der Rinter AG auf dem Gelände errichtet worden war, ein paar Jahre später aber schließen musste und von der Stadt Wien übernommen wurde. Geblieben waren der Firmenname und die zeltförmige Haupthalle, in der der Müll vorsortiert wurde.

»Werden die drei Deponien im Westen jetzt geschlossen oder nicht?«, wollte Rosa von Schurrauer wissen.

»Ja, soviel ich weiß, schon. Die Maximalkapazität ist erreicht, und das Areal des Rinterzeltes soll, trotz aller Anwohnerproteste, nach Norden hin erweitert werden«, antwortete er eifrig.

Rosa hatte davon gelesen. »Dann werden sie ja bald bei uns draußen ankommen mit ihrem Mist.«

Schurrauer sah sie erschrocken an; Rosa konnte in seinen Augen die Panik vor Müllbergen und Bakterien sehen, und sie beruhigte ihn lachend. Als sie sich von ihm verabschiedet hatte und vor ihrem Haus aus dem Auto stieg, stellte sie aufatmend fest, dass der Tag das zu halten schien, was er versprochen hatte. Die Sonne brach durch die Wolkendecke und ließ erkennen, dass die Farbe des schneelosen Winters nicht nur Grau war.

Rosas Haus war ein altes Bauernhaus auf einem Hügel. Sie hatte es vor zehn Jahren gemeinsam mit Paul erworben und so renoviert, dass der urige Charakter erhalten geblieben war.

Seit sie auf dem Land lebte, trug sie nur noch flache Schuhe mit Gummisohlen. Sie boten auch jetzt genügend Halt, als sie die Biotonne über die mit kleinem Kopfsteinpflaster ausgelegte Auffahrt, die von herabgefallenen Blättern feucht und rutschig war, zum Haus schob. Vermutlich gab sie dabei ein komisches Bild ab, ihre große Tasche unter den einen Arm und die Schlüssel unters Kinn geklemmt; es löste sich natürlich auch der Wollschal, auf den sie trat, während sie die Tonne zerrte. Die Katze saß beleidigt und durch das Winterfell fett vor ihrer Eingangstür und gab sich Mühe, sie zu ignorieren. Sie schien nicht zu verzeihen, dass Rosa sie, als sie mitten in der Nacht das Haus verließ, ausgesperrt hatte. Der Buchsbaum neben dem Eingang leuchtete in den Sonnenstrahlen, und Rosa blieb kurz davor stehen und bewunderte das satte Grün, das ihren um diese Jahreszeit farbentwöhnten Augen schon fast wehtat. Sie schob die Biotonne auf ihren Platz.

An der Haustüre hing eine Nachricht: *»Wo zum Teufel bist du? Wir waren verabredet! Ruf mich an, du dumme Gans!«* Unterzeichnet mit einem resoluten *»J«*. Rosa lächelte, riss die Nachricht ab und sperrte mit dem großen Schlüssel mit Bart die alte Türe auf, die Paul und sie einem Bauern in der Umgebung abgekauft hatten, der sein ehemaliges Gesindehaus abreißen ließ und daher für die Eingangstür keine Verwendung mehr hatte. Im Windfang zog sie die Stiefel aus und betrachtete einige Zeit ihre Zehen auf dem hellen Steinboden; das schmale Fenster links von ihr ließ genug Licht ein, um diesen kleinen Raum ausreichend zu erhellen. Die Katze strich um ihre Beine, ihr dunkles Fell erinnerte Rosa an das Haar des Frauenkopfes. Sie spürte einen leisen Stich, als sie sich an die Haut der Toten erinnerte und feststellte, dass Pauls Haut ebenso bleich und wächsern gewesen war, als sie ihn das letzte Mal hatte sehen dürfen. Sie atmete tief ein und öffnete die zweite Tür zu ihrem Haus. Die Wärme und der Geruch von Äpfeln hatten etwas Tröstendes.

***

Er betrachtete lange die Spuren, die der Pinsel auf der Leinwand vor vierhundert Jahren hinterlassen hatte. »Chiaroscuro«, brummte er, wobei er das »r« besonders betonte. Er ging in die Hocke und fuhr mit dem Finger über den ausgefransten Halsstumpf, den der Maler fast vollständig in der Dunkelheit verschwinden ließ. Die Leinwand fühlte sich kühl an, und er genoss es, die zarten Unebenheiten zu spüren, die beim Auftragen der Farbe entstanden waren. Er sah den dünnen Rauchfäden der Zigarette, die in Richtung Decke schwebten, nach. Alles war jetzt viel klarer, er fühlte sich ruhig und nicht mehr so zerrissen. Das erste Mal in seinem Leben hatte er das Gefühl, alles erkannt zu haben, alles zu überblicken, zu durchschauen. Der metallische Geruch des Blutes hatte sich auf seinen Gaumen gelegt, frisches Blut roch nicht schlecht. Er lächelte, denn er war sich sicher, dass niemand seine Allegorie verstehen würde. Nach dem ersten Mord war er etwas besorgt gewesen, dass sie ihn schnappen könnten. Doch er war so umsichtig in der Planung gewesen und so vorsichtig in der Durchführung, dass sie bis jetzt nicht die kleinste Spur hatten. Er bedauerte es im Nachhinein, sich beim Arrangieren das zweite Mal nicht so viel Zeit genommen zu haben. Das würde sich ändern, dachte er.

2

Rosa erwachte sehr früh. Sie spürte die Katze an ihrer linken Wade, die sich in die Decke eingegraben hatte und heftig schnurrte. Draußen dämmerte es gerade. Sie zog sich die dicke Decke bis übers Kinn und war erstaunt, schon so wach und erfrischt zu sein. Aus dem Fenster ihres Schlafzimmers konnte sie über den Hügel sehen. Ein schmaler Streifen grauen Morgenlichtes durchbrach den dicken Bodennebel, der in den Talsenken lag. Sie blieb noch ein wenig liegen und beobachtete das Morgengrauen am Horizont, das seine silbernen Fäden über den Himmel warf, dann stand sie auf und stieg steifbeinig die Treppen hinunter.

Im großen Wohnzimmer, das eine offene Küche mit einschloss, stand ein Kamin, der das gesamte Haus heizte. Eine Zentralheizung war ebenfalls installiert worden, aber Rosa mochte die Wärme des Kamins lieber, und Holz zu schleppen störte sie nicht. Sie schob ein paar Scheiter in das herabgebrannte Feuer und blieb davor hocken, bis es sich wieder entfacht hatte. Der Kamin stand frei mitten im Wohnzimmer, was den Vorteil hatte, dass man davor sitzen konnte und gleichzeitig links und rechts daran vorbei in den Garten sehen konnte. Drei kleine, aber sehr bequeme Sofas mit hellem, robustem Leinenbezug standen in U-Form davor. Paul und sie hatten die dicken Stützbalken an der Decke freigelegt und den Rest der Decke weiß ausgemalt. Sie hatten den alten Schieferboden im Wohnbereich restauriert, obwohl ihnen alle Bauern in der Umgebung geraten hatten, ihn einfach rauszureißen und eine Fußbodenheizung mit einem Steinboden zu verlegen. An den Wänden ringsum waren Bücherregale befestigt. Nachdem sie sehr lange keine passenden Regale hatten finden können, hatte Rosa die Idee gehabt, Bretter aus Walnussholz dunkel zu lasieren, die Wände hinter den Regalen mokkafarben auszumalen und die Bretter dann einfach bis unter die Decke im gesamten Raum zu befestigen.

Eine große Fensterfront zog sich an einer Seite des Hauses entlang und gab den Blick auf Arkaden frei, unter denen die mit alten Ziegelsteinen ausgelegte Terrasse lag. Da das Haus auf einer kleinen Anhöhe lag, war der Blick über das sich ringsum ausbreitende Tal einzigartig. Richtung Westen gewandt, konnte man gerade noch das Dach des Nachbarhauses erkennen. Vom Kirchturm des Ortes Brunn weiter unten sah man nur noch die zwiebelförmige Kuppel mit dem Kreuz. Der Rest des Dorfes verschwand in einer Talsenke, an deren Rand der kleine Sellnersee lag, dessen westlichsten Teil man als dunkle Fläche von der Terrasse aus sehen konnte. Nur ein paar vereinzelte Häuser, Ausläufer des Dorfes, lagen im Osten am Hang des nächsten Hügels. Die Landstraße wand sich wie ein helles Band durch die sanften Hügel. Sonst lag kein Haus in ihrem Blickfeld.

Rosa ließ in den Morgenkaffee eine kleine Zimtstange gleiten und schäumte sich die Milch auf, bevor sie sie langsam in die große Kaffeetasse goss. Als Paul starb, hatte sie ihren kräftigen Appetit verloren, doch seit dem Sommer kehrte er wieder zurück, und so bestrich sie sich ein dunkles Vollkornbrot, das sie von einer alten Bäuerin in der Umgebung kaufte, dick mit Butter und rollte sich dann auf der Couch in eine Schurwolldecke ein. Sie hatte gestern, nachdem Schurraurer sie zu Hause abgesetzt hatte, begonnen, energisch im Garten zu arbeiten. Ende November war nicht mehr so viel zu tun, aber die Eindrücke der grauen Morgenstunden ertrug sie nicht in ihrem Haus. Sie hatte die Rosengewächse zurückgeschnitten und sich auch an die Obststräucher gemacht, die man erst, nachdem sie ihre Blätter abgeworfen hatten, kupieren durfte. Nachdem sie bei dem kleinen Steinbrunnen im östlichen Teil des Gartens kontrolliert hatte, ob das Wasser schon zugefroren war, ging sie kurz ins Haus, um sich einen heißen Tee zu machen und dabei im Fernsehen die Pressekonferenz, die Liebhart gab, anzusehen. Seine Aufgabe bestand hauptsächlich darin, die Journalisten zu vertrösten und noch so geschickt gestellten Fragen ebenso geschickt auszuweichen. Obwohl darauf angesprochen, stellte er keinen Zusammenhang zwischen den beiden Morden her. Rosa hatte nach Ende der Pressekonferenz den Fernseher abgeschaltet und war wieder in den Garten gegangen. Sie hatte begonnen, Unkraut zu jäten, und ein paar Stauden mit einer Mischung aus Dünger und Torf abgedeckt, um sie vor direkter Schnee- und Eiseinwirkung in den kommenden Monaten zu schützen. Ihren Rasen ließ sie, wie er war, denn allzu gepflegte grüne und weite Flächen fand sie eintönig. Dann hatte sie die ersten im Oktober vorgetrockneten Blumenzwiebeln in den Keller gebracht. Wie immer musste sie den Arm verrenken, um zum Lichtschalter zu kommen, der durch ein bizarres Missgeschick des Elektrikers oberhalb des niedrigen Türrahmens befestigt war. Unsichtbar für jeden, der sich im Haus nicht auskannte. Als es dämmerte, war sie ins Haus gegangen, um sich in einem Wolfshungeranfall eine kräftige Suppe mit Rollgerste, würziger Wurst und Gemüse zu kochen. Nach einem heißen Bad hatte sie sich ins Bett gelegt, um noch etwas zu lesen, war aber bald eingeschlafen.

Rosa überlegte, ob sie ihre Schwester heute anrufen sollte, verwarf den Gedanken aber bald wieder und ließ die gestrigen Ereignisse Revue passieren. Sonnenstrahlen fielen durch die Terrassentür, der Vormittag versprach den seltenen sonnigen Novembertag von gestern fortzusetzen. An Tagen wie diesen strömten die Wiener in den Lainzer Tiergarten oder nach Schönbrunn. Die Frau, deren Kopf man gefunden hatte, würde die Sonne nicht mehr sehen. Irgendwo saß eine besorgte Familie und wartete, dass ihre Mutter, ihre Schwester oder ihre Tochter nach Hause kam. Rosa starrte auf die Felder vor ihrem Haus, ein Schwarm Saatkrähen flog darüber. Sie streckte die Hand nach der zu unterzeichnenden Einverständniserklärung aus und las sie genau Zeile für Zeile, während sie an ihrem Kaffee nippte: Ihre Mitarbeit beschränkte sich auf diesen einen Fall, und sie durfte sich nicht vor der Presse dazu äußern. Rosa waren öffentliche Auftritte immer ein Graus gewesen. Die paar Vorträge, die sie im Laufe ihrer Karriere hatte halten müssen, hatten ihr stets schlaflose Nächte bereitet. Für die Dauer der Untersuchungen standen ihr die Laboreinrichtungen des Bundeskriminalamtes zur Verfügung. Sie ließ die Blätter sinken, und ihr Blick blieb am Feuer hängen. Zweifel, ob sie für diese Arbeit die Richtige wäre, Ängste, versagen zu können, mischten sich mit Tatendrang. Sie spürte, dass es langsam an der Zeit war, ihr sicheres Nest zu verlassen, in das sie sich nach Pauls Tod vollkommen zurückgezogen hatte. Die Frage, die Rosa am meisten beschäftigte, war, ob sie schon wieder bereit dazu war. Sie begann zu grübeln, lange Zeit war nur das Ticken der hohen Standuhr zu hören. Als die Katze aufs Sofa sprang, schreckte Rosa hoch und bemerkte, dass sie, obwohl sie das Butterbrot schon gegessen hatte, noch immer Hunger hatte.

***

Johanna Walser stellte gerade die Einkaufstasche und den Korb schwer atmend im Vorzimmer ab, als es klopfte. Sie fuhr herum und erkannte durch das Milchglas der Eingangstüre Rosas Silhouette. Als sie durch das Vorzimmer eilte, um ihr zu öffnen, wäre sie beinahe über ihre Einkaufstasche gestolpert. Sie blies sich eine blonde Haarsträhne aus dem Gesicht und öffnete Rosa mit einem Schwall aus Flüchen.

Rosa stand wie versteinert lächelnd da, die Nachricht, die sie am Vortag an ihrer Tür gefunden hatte, in der einen Hand und eine Mohntorte in der anderen. Als Johanna die Torte sah, verstummte sie und zog Rosa noch immer brummend ins Vorzimmer. Ein paar Blätter wurden mit ins Haus geweht.

»Was bist du nur für eine vergessliche dumme Kuh! Ich quäle mich gestern früh aus dem Bett und stehe mit einem erstklassigen Frühstück bei dir auf der Matte, und du bist einfach abgehauen? Ich hatte fast eine Haxe Beinschinken dabei, den hab ich dann vor lauter Wut alleine gegessen!« Sie blickte an ihrem gedrungenen, runden Körper hinab und bemerkte vorwurfsvoll: »Da, diese Speckfalte war vor ein paar Tagen noch nicht da!« Die silbernen Armreifen klimperten um ihr kräftiges Handgelenk, als sie auf ihre Taille zeigte.

»Verdammt, Johanna, jetzt spinn nicht herum«, erwiderte Rosa. »Es war zehn Uhr ausgemacht, wieso musstest du dich denn da aus dem Bett quälen? Als ob wir um fünf Uhr früh hätten frühstücken wollen! Übrigens keine schlechte Idee! Wir haben noch nie so früh gefrühstückt. Außerdem war es das erste Mal, dass ich dich versetzt habe.«

Johanna ignorierte Rosas Argument und schnappte in Richtung Torte: »Mohn?«

»Nein, Schleuderbeton! Willst du ein Stück?« Rosa hob die Torte so, als würde sie sie Johanna gleich ins Gesicht werfen.

»Herzchen, das bringt du nicht fertig!« Johanna lächelte und drehte sich in Richtung Küche, wobei sie beinahe wieder über die Einkaufstasche gestolpert wäre. Sie raffte ihr buntes weites Kleid und schimpfte leise.

Lachend half Rosa, die Einkäufe in die Küche zu bringen. Johanna wohnte zehn Minuten zu Fuß von Rosa. Ihr Haus war kleiner und moderner, jedoch mit viel Liebe dekoriert. Ein leicht rötlich getönter Steinfußboden zog sich durch den gesamten unteren

Bereich. Johannas Haus verfügte über eine Fußbodenheizung, deswegen liebte Rosa es, hier mit bloßen Füßen zu gehen. Überall lagen Bücher, die abgenutzte Holzfläche des Couchtisches verschwand unter Vierteljahreszeitschriften und Zeitungsartikeln. Bücherregale aus rötlichem Buchenholz, die jede Wand im Wohnzimmer bedeckten, hingen unter ihrer schweren Last durch. Johanna war sehr belesen, sie besaß stolze fünfzehn Zeitschriften- und Zeitungsabonnements und riss jeden Artikel, der für sie von Interesse war, heraus, um ihn zu »archivieren«. Was so viel bedeutete, dass sie ihn auf einem Stuhl oder auf einem Buch oder neben einer Pflanze einfach ablegte. Die Wände waren in einem dunklen Gelb gestrichen. Eine große Terrassentür führte in einen Garten, der im Frühling, Sommer und Herbst wunderbar wucherte. Jetzt im Winter lag er kühl und ausgezehrt da. Sackleinen bedeckte die empfindlicheren Pflanzen, Blumenbeete waren mit Torf abgedeckt.

Johanna war nicht die Ordentlichste, ein Umstand, der Rosa manchmal zur Weißglut trieb, vor allem wenn sie gemeinsam ein paar Tage verreisten, so wie im September nach Florenz. Sie war fünfzig und somit dreizehn Jahre älter als Rosa. Ihr hatte bis vor sieben Jahren eine kleine Import-Export-Firma für Bürobedarf gehört, die sie nach dem Tod ihres Mannes verkauft hatte. Johanna konnte von dem Geld, das sie aus der Firma gewonnen hatte, leben und widmete sich seitdem ehrenamtlichen Tätigkeiten.

Rosa hatte Johanna bei einer Gemeindeversammlung im Ort kennengelernt. Es ging um eine Abstimmung bezüglich des Gasthauses »Zum wilden Hund« aus dem 17. Jahrhundert, das im Ortskern von Brunn seit Jahren leer stand. Der Bürgermeister war offensichtlich geschmiert worden, denn er verlangte dessen Abriss, trotz Denkmalschutz, und hatte eine Lobrede auf eine Versicherung gehalten, die für den Aufbau eines modernen Bürogebäudes in Brunn viel Geld versprach. Rosa und Johanna vereinten sich im Kampf dagegen. Die Konsequenz war, dass aus dem ehemaligen Gasthaus ein Flüchtlingsheim unter Johannas Leitung geworden war und der Bürgermeister nach zwei Monaten zähen Kampfes erschöpft und zermürbt abgedankt hatte.

Johanna und Rosa schlichteten in der großen Küche Nahrungsmittel ein, während auf dem Herd türkischer Kaffee in einem Kupferkessel mit Zucker brodelte.

»Hast du gewusst, dass Bach eine Kaffeekantate geschrieben hat?«

So sehr Rosa die »Hast du gewusst?«-Fragen von Johanna hasste – denn die konnte keine drei Sätze sagen, ohne eine solche zu stellen, und das war, wenn man in Eile war und dringend Informationen brauchte, sehr mühsam –, so sehr liebte sie sie auch, denn man konnte wirklich viel erfahren.

»Ja, das habe ich gewusst, und zwar auf der Textgrundlage von Picander«, meinte sie und sah Johanna dabei fest in die Augen.

Sie befürchtete einen Wissenswatschentanz, den die beiden bis zum Exzess beherrschten, doch Johanna nickte nur lächelnd und verschwand ins Wohnzimmer, aus dem Rosa nach kurzer Zeit die Kaffeekantate hörte.

Johanna schwebte mit wippenden Hüften und erhobenen Armen wieder in die Küche und fuhr fort: »Und hast du gewusst, dass Carl Gottlieb Hering im 19. Jahrhundert den bekannten Kanon ›C-a-f-f-e-e, trink nicht so viel Kaffee!‹ komponiert hat?« Dabei tänzelte sie zur Musik vor und zurück, ohne Rosa aus den Augen zu lassen.

Also doch ein Watschentanz, dachte diese, und um ihn abzuwehren, sagte sie unvermittelt: »Der Grund, warum ich dich versetzt habe, war der abgeschlagene Kopf einer Frau.«

Johanna ließ die Arme sinken, und wie auf Kommando blieb die CD hängen. »Was?«, war alles, was sie herausbrachte, während sie Rosa anstarrte.

Rosa drehte den Herd ab, nahm zwei kleine Porzellantassen, die mit Kupfer ummantelt waren, aus dem Regal und schenkte ein.

»Liebhart, ein Schulfreund, arbeitet bei der Kriminalpolizei«, fuhr sie fort. »Er hat mich gestern früh angerufen und um Hilfe gebeten. Eineinhalb Stunden später stand ich in Wien vor dem Kunsthistorischen Museum, und vor mir auf der Balustrade lag ein abgeschlagener Frauenkopf.«

Johanna starrte sie noch immer an, und so schnitt Rosa zwei Stück von der Mohntorte ab und legte sie auf zwei kleine Teller, auf denen schon Kuchengabeln lagen. Sie befreite zwei Sessel um den großen runden Küchentisch von Büchern und Zeitschriften, setzte Johanna auf einen und nahm ihr gegenüber Platz.

»Du verarschst mich!«, war alles, was Johanna hervorbrachte.

»Ich verarsch dich nicht!«

»Aber warum du? Wer war denn die Frau? Was sollst du tun? Wie wirst du damit fertig? Zahlen die was? Moment, man hat doch vor ein paar Wochen auch einen Kopf gefunden. Warte …«, Johanna stand auf und wühlte in einem Stapel Zeitungen, »… hier ist der Artikel. Vom 10. September: ›Schrecklicher Fund in einem Wiener Bordell im fünfzehnten Bezirk‹.«

Sie gab Rosa die Zeitung, die den Artikel kurz überflog und dann murmelte: »Ja, das habe ich auch gelesen.«

Johanna schüttelte den Kopf und ließ sich wieder auf ihren Sessel fallen. »Oh mein Gott, ich hab noch nie einen Toten gesehen, nicht einmal meinen Mann. Aber damit hast du ja kein Problem, dein Vater war schließlich Pathologe. Ich brauch jetzt etwas Stärkeres!«

Sie stand auf und holte eine Flasche Cognac aus dem Regal. Rosa sah auf das Etikett: ein Rémy Martin Louis XIII. Die Glasflasche war seitlich mit dem charakteristischen Kamm aus Glastropfen verziert. Anerkennend zog sie die Augenbrauen hoch, ihre Freundin hatte da einen sehr kostspieligen Tropfen im Haus. Johanna brachte zwei große Cognacgläser und schenkte in beide drei Fingerbreit ein.

Als sie wieder Platz genommen hatte, fuhr Rosa fort: »Warum ausgerechnet ich, weiß ich eigentlich nicht, noch nicht. Liebhart möchte heute Abend mit mir reden. Ich bin bei ihm zum Abendessen eingeladen. Wer die Frau war, weiß ich auch nicht, und ebenso wenig weiß ich, was ich tun soll. Sie können mir ein wenig zahlen, das ist für mich aber sekundär, und ja, ich habe keine Probleme mit dem Anblick von Toten. Ich habe meinen Vater oft in die Gerichtsmedizin begleitet.«

»Und ab und zu hat er Arbeit mit nach Hause genommen«, kicherte Johanna.

»Ja, so lernte ich Armdrücken ohne Gegenüber«, sagte Rosa, und Johanna verbarg grinsend ihr Gesicht. »Auf jeden Fall bin ich den Umgang mit Leichen gewöhnt.«

»Na Hauptsache, du bist nicht mit Leichen aufgewachsen.« Johannas Gesicht rötete sich schon etwas von dem Cognac.

Rosa schenkte ihnen nach. »Bei meiner Tante Gertrud bin ich mir allerdings bis heute nicht sicher …«

Sie sah Johanna an, deren Gesicht kichernd hinter dem riesigen Cognacschwenker verschwand.

»Und willst du es machen, was auch immer?«, fragte sie.

Rosa sah aus dem großen Fenster in den sogar jetzt schön aussehenden Garten. Sie sah einem grauen Eichhörnchen zu, das auf dem Zaun entlanglief.

»Dafür, dass du den Ginkgo selber hast ziehen können, fällt dir noch immer meine ungeteilte Bewunderung zu«, meinte sie.

Johanna verbeugte sich im Sitzen.

»Es kommt darauf an, welche Aufgabe ich in der ganzen Sache zu übernehmen habe. Und ehrlich gesagt, weiß ich nicht, ob ich dafür die Richtige bin.«

»Ach Schwachsinn«, winkte Johanna ab, »immer dieses Kleinmachen. Da haben unsere Mütter ja gute Arbeit geleistet.«

Sie hob die Hände vor ihre Brust wie ein Hund, der von seinem Herrchen etwas erbetteln will, rollte die Augen in die Höhe und sang mit Grabesstimme: »Immer leiden, nie etwas verlangen, sei demütig und dankbar. Die Welt ist grausam und schlecht, und wenn sie schlecht zu dir ist, verkriech dich und tu dir selber leid, und zwar für immer. Alles, was du bekommst, musst du dreifach zurückzahlen!«

Rosa lächelte. »Du bist eine dumme Nuss!«

»Mag sein, aber ich lass mich nicht unterkriegen, und das solltest du auch nicht. Hör dir einmal an, was Liebhart zu sagen hat. Er kennt seine Arbeit, und er kennt dich. Wieso sollte er dich denn falsch einschätzen?«

Um acht Uhr abends klingelte Rosa bei Liebharts, indem sie ihre Stirn gegen den Klingelknopf legte. Neben drei verschiedenen Marmeladen hatte sie sich auch noch einen großen Laib selbst gebackenes Brot unter den Arm geklemmt und einen riesigen Zierkürbis aus ihrem eigenen Garten mitgebracht. Also hatte sie keine Hand mehr frei, um die Klingel zu betätigen. Magda schien hinter der Türe gewartet zu haben, denn sie wurde, noch während Rosa an der Klingel lehnte, aufgerissen. Als sie Rosa so sah, bekam sie einen Lachanfall, und Rosa ließ sich anstecken und lachte mit, bis sie fast in die Knie ging.

Liebhart kam eine halbe Stunde später. Er sah gehetzt aus und entschuldigte sich.

»Möchtest du noch Wein?«, fragte Magda nach dem Essen und beugte sich mit der Flasche in der Hand zu Rosa.

»Nein danke. Es war einfach köstlich, du bist die weltbeste Köchin«, sagte Rosa lächelnd.

Magda hatte tatsächlich alle Register gezogen. Nach einer erstklassigen Apfel-Curry-Suppe servierte sie einen gespickten Rinderbraten in Rotwein mit zarten Kohlsprossen und Erdäpfelgratin. Dazu tranken sie einen trockenen, kräftigen Merlot. Als Nachtisch gab es Käse, da weder Liebhart noch Magda gerne süß aßen. Obwohl Liebhart das Essen mehrmals unterbrechen musste, weil sein Telefon läutete, lachten sie viel und wärmten die eine oder andere Anekdote aus ihrer Schulzeit auf. Als Magda begann, den Tisch abzuräumen und das Kaffeegeschirr aufzutragen, bot Rosa ihre Hilfe an, die Magda jedoch ausschlug. Sie verschwand in der Küche, und man hörte sie leise mit dem Geschirr klappern. Liebharts Gesicht wurde zunehmend ernster, und Rosa richtete sich in ihrem Sessel auf, um ihm besser zuhören zu können.

»Wie du schon aus der Zeitung weißt, wurde vor zweieinhalb Monaten, am 10. September, in der ›Villa Rouge‹, einem Bordell im fünfzehnten Bezirk, ein Kopf gefunden«, begann er. »Eine junge Prostituierte betrat ein Zimmer mit ihrem Freier, und als sie die Decke des Bettes zurückgeschlagen hatte, lag dort ein männlicher Kopf. Was wir nicht an die Presse weitergegeben haben, ist, dass im geschlossenen Mund des Toten ein zusammengefaltetes Stück Leinwand steckte, auf dem man den Ausschnitt eines Gemäldes erkennen konnte. Wir wissen bis heute nicht, um welches Bild es sich handelt.«

Rosa wurde hellhörig. »Wurde das Fragment schon analysiert?«

»Wir haben die verwendeten Farben analysiert, aber das ist auch schon alles. Jetzt, wo wir einen zweiten Kopf gefunden haben, wäre es wichtig, die beiden Leinwandstücke einer umfangreichen Analyse zu unterziehen. Sie sind eine Mitteilung des Täters, und der Mord vor ein paar Monaten war kein Einzelfall.«

»Hast du auch den Schriftzug unter dem Kopf der Toten gesehen?«, unterbrach ihn Rosa erneut und begann ihre Papierserviette in kleine Teile zu zerreißen.

»Ja, noch so ein beunruhigendes Detail, das sich wiederholt. Auf dem Kopfkissen des Mordopfers im September fanden wir ein Wortfragment, geschrieben mit dem Blut des Toten: ›*la*‹. Der Rest des Wortes war, wie bei der Toten gestern, nicht mehr zu erkennen oder zu rekonstruieren. Wir haben sonst keine verwertbaren Spuren gefunden. Wie auch, im Zimmer eines Puffs, in dem etliche Personen alle möglichen Spuren hinterlassen. Wir haben den Mann, dem dieser Schädel gehörte, bis heute nicht identifiziert: Der zahnärztliche Befund ergab nichts. Der Ermordete hatte offensichtlich noch nie einen Zahnarzt in Wien besucht. Als der Kopf gefunden wurde, war der Mann bereits vierundzwanzig Stunden tot. Der Grund, warum wir dich um Hilfe bitten, ist der, dass du durch deine Ausbildung das nötige kunstwissenschaftliche sowie psychologische Wissen mitbringst, um die Botschaften, die der Täter zurücklässt, zu interpretieren und die Leinwandstücke auszuwerten. Natürlich erwartet niemand von dir, dass du über einer Felsspalte aus Dampf sitzt und uns mit rollenden Augen den Namen und Aufenthaltsort des Täters nennst.«

»Das ist bedauerlich«, antwortete Rosa, »denn nur so werde ich das machen.«

Liebhart lächelte, dann wurde er wieder ernst. »Auch im Mund des Kopfes, der gestern gefunden worden ist, steckte ein Stück Leinwand.«

»Ah, das war das Stück Papier.«

Liebhart nickte und schenkte Rosa und sich etwas Wasser ein. »Die Köpfe wurden den Opfern, als sie noch lebten, direkt oberhalb der Schultern abgeschlagen. Das Mordwerkzeug war sehr scharf, trotzdem fand man Rostsplitter am Hals beider Opfer. Unser Labor hat festgestellt, dass die Splitter von einem Schwert oder einer Axt aus handgeschmiedetem Eisen aus dem 17. Jahrhundert stammen.«

»Warum verwendet der Täter nicht eine einfache funkelnagelneue Axt aus dem Bauhaus?«

»Genau das ist das Beunruhigende. Er plant und führt seine Morde sehr präzise aus und hat bis jetzt keinen Fehler gemacht«, erwiderte Liebhart. »Der Schlag mit der Waffe erfolgte von rechts oben. Die Opfer scheinen gekniet oder auf einem niedrigen Sessel gesessen zu haben. Wir gehen davon aus, dass es sich bei dem Täter um einen Rechtshänder handelt.«

»Konnte im ersten Fall der Rumpf gefunden werden?«

»Nein, bis jetzt haben wir weder Hinweise auf den Tatort noch darauf, wo sich der Rumpf befinden könnte.«

»Was hat die Befragung der Zeugen ergeben?«

»Das Bordell war an diesem Abend stark frequentiert. Alle Mädchen, die es für ihre Dienste in Anspruch nehmen, haben wir befragt. Sie konnten sich nicht erinnern, etwas Auffälliges gesehen zu haben. Die Besitzerin ist sehr offen gegenüber ihren Kunden, deshalb ist das Bordell auch ein von Homosexuellen gern frequentiertes Haus. Es gibt natürlich keine Liste mit Stammkunden, und die Gäste, die öfter kommen, hinterlassen nicht ihre Telefonnummer und bezahlen auch nicht mit Kreditkarte, sondern bar bei den Mädchen.«

»Ich möchte die Leinwandstücke sehen, die ihr gefunden habt.«

»Du bist also dabei?«

Rosa sah sich in Liebharts Wohnung um, so als ob ihr die gerafften Vorhänge noch etwas mehr Informationen geben könnten. »Ich möchte gerne mitarbeiten unter der Bedingung, dass ich mehr in den Fall einbezogen werde. Ich möchte dabei sein, wenn das ganze Puzzle zusammengesetzt wird, und nicht nur ein Steinchen an die richtige Stelle legen.«

Liebhart lächelte. »Zu langweilig auf dem Land, hm? Ich hätte dich gerne auch zu diesen Bedingungen dabei. Du musst mir allerdings versprechen, keine Befragung von Zeugen oder Verdächtigen ohne mein Wissen durchzuführen. Nicht weil ich dir nicht traue, sondern weil es zu gefährlich werden könnte.«

3

Die dunklen Haare bewegten sich unter Wasser wie Algen, sie umgaben den Kopf wie ein Strahlenkranz. Kleine Luftbläschen hatten sich am Körper des Mannes gebildet und schwebten zur Oberfläche. Ein dünner Strahl von Blut stieg von seinem Hinterkopf auf. Seine Augen und sein Mund waren halb geschlossen, er atmete nicht. Seine Haut war so bleich wie weißes Wachs. Es hatte etwas Friedliches, wie er da im Wasser schwebte und sich sanft mit den Wellen bewegte. Plötzlich öffnete er die Augen, aus seinem Mund drangen Luftblasen, er wollte etwas sagen und stieß einen schrillen Schrei aus, das verzerrte Gesicht raste auf Rosa zu.

Und dann erwachte sie. Das Telefon neben ihrem Bett läutete, sie richtete sich benommen auf und nahm den Hörer ab.

»Wir haben den Namen der Frau«, begann Liebhart ohne Einleitung.

»Verdammt, wie spät ist es?«

»Spät genug, wie schnell kannst du in meinem Büro sein?«

Rosa sah auf ihren Wecker, fast fünf Uhr. »Bin in einer Stunde da, fahr mit dem Auto. Stau wird ja wohl keiner sein. Schläfst du eigentlich nie?«

Doch Liebhart hatte schon aufgelegt. Im Aufstehen stolperte Rosa über die Katze und schlug der Länge nach hin. Fluchend stand sie auf und ging ins Badezimmer.

Als sie im Auto saß, war sie hellwach. Obwohl es gerade erst dämmerte und noch dichter Nebel über den Feldern lag, nahm sie die Landschaft sehr scharf wahr. Scharen von Vögeln schwebten kreischend über den Müllbergen des Rinterzeltes.

»Sie sind Bruder und Schwester!«, teilte ihr Liebhart mit, als sie sein Büro betrat.

Frau Grand war zu dieser frühen Stunde noch nicht an ihrem Arbeitsplatz. Der Schreibtisch sah unbenützt aus, nur ein Block lag Kante an Kante mit dem Tisch auf der Arbeitsfläche.

Dreißig Jahre im Dienst und hinterlässt ihren Schreibtisch jeden Tag so, als wäre sie nie da gewesen, dachte Rosa.

Liebhart sah übermüdet aus; offensichtlich war er nach dem gestrigen Abendessen wieder in sein Büro gefahren. Rosa bemerkte, dass er dieselbe Kleidung wie am Abend zuvor trug.

»Wer ist Bruder und Schwester?«

»Wir konnten anhand der zahnärztlichen Befunde den weiblichen Kopf identifizieren. Der Name der Toten ist Antonia Bibersacher, geborene Weninger, seit fünf Jahren geschieden. Die DNA-Analyse ergab, dass sie mit der Person, der der männliche Kopf gehörte, verwandt gewesen sein muss. Sein Name ist Karl Weninger, wir konnten deshalb keine zahnärztlichen Befunde finden, weil er schon vor Jahren nach Amerika ging. Er ist nicht verheiratet und hat keine Kinder. Der einzige noch lebende direkte Angehörige der beiden ist Hermann Weninger, ihr älterer Bruder, und zu dem fahren wir jetzt. Schurrauer stößt nachher zu uns.«

Im Reden nahm Liebhart sein Sakko von der Stuhllehne und schob Rosa aus dem Büro.

»Hermann Weninger, Anwalt, einundfünfzig Jahre alt, verheiratet mit Elvira Weninger, zweiundvierzig Jahre alt. Die beiden haben zwei Kinder: Johannes Weninger, dreiundzwanzig Jahre alt, und Sarah Weninger, einundzwanzig Jahre alt«, las Liebhart aus einem Notizbuch vor, während sie zum Auto eilten.

»Hatten die drei Geschwister keinen Kontakt zueinander? Es müsste Hermann Weninger doch auffallen, dass sich sein jüngerer Bruder seit Monaten nicht mehr gemeldet hat. Die Schwester ist ja noch nicht so lange tot.«

»Das kann ich dir noch nicht sagen, aber Hermann Weninger kann uns da sicher weiterhelfen. Er weiß über das Schicksal seiner Geschwister allerdings erst seit ein paar Stunden Bescheid.«

Die Gegend, in der Hermann Weninger wohnte, lag im Norden von Wien: Währing, der achtzehnte Bezirk, ein Viertel, in dem sich alte stattliche Gebäude durch Gärten getrennt nebeneinanderreihten. Die Bürgersteige waren sauber und von Bäumen gesäumt. Sie fuhren am Türkenschanzpark vorbei, der im englischen Stil angelegt war. Sein Name kam von der Anhöhe, die während der zweiten Türkenbelagerung Wiens hartnäckig verteidigt worden war. Rosa konnte im Vorbeifahren auf dem kleinem Teich im Inneren des Parks ein paar Enten schwimmen sehen. Trauerweiden ließen ihre langen Äste ins Wasser hängen. Durch die nun blattlosen Baumkronen war auf einer kleinen Anhöhe das rote Backsteingemäuer der Paulinenwarte zu sehen, ein Turm, der früher als Wasserspeicher für den Park gedient hatte. Heute stand er leer und verfiel zusehends.

Die Fassade der Villa Weninger war reich verziert; ein kunstvoller Zaun aus schwarzem Schmiedeeisen trennte den kleinen Vorgarten vom Bürgersteig. Kein einziges Blatt lag am Weg zu der grün gestrichenen Eingangstür, an der ein bunter Türkranz aus Efeublättern und roten Mohnkapseln hing. Vom ersten Stock des Hauses hatte man sicher eine gute Aussicht auf den Park.

Nobel, nobel, dachte Rosa, während Liebhart läutete. Kurz darauf hörte sie schlurfende Schritte, und die Tür wurde von einem Mann um die fünfzig geöffnet, der sich noch schnell den dunkelblauen Morgenmantel um den hellblauen Pyjama zuband.

Er strich sich mit der Hand durch das fast weiße Haar und fragte: »Ja bitte, was wollen Sie?«

Liebhart sagte: »Sind Sie Hermann Weninger?«

»Ja, der bin ich. Sind Sie von der Polizei? Man hat Sie schon angekündigt. Kommen Sie bitte herein. Sie müssen entschuldigen, ich bin seit Sonntag letzter Woche unterwegs gewesen und erst gestern um ein Uhr nachts nach Hause gekommen.«

Der hat also ein Alibi, dachte Rosa.

Sie betraten einen großen Vorraum mit glänzendem Ahornboden und klassischen Geweihen an einer der weiß getünchten Wände. An der Wand gegenüber hing der präparierte Kopf eines Hirsches, ein Zwölfender, links und rechts vom ihm prangte je ein Rehkopf. Die Augen der Tiere schienen den Besuchern mit ausdruckslosem gläsernem Blick zu folgen. Es roch nach Schuhputzmittel und Herbstlaub.

»Wo waren Sie denn, wenn ich fragen darf?«, knüpfte Liebhart an Hermann Weningers Auskunft an.

Weninger schlurfte ins Wohnzimmer voran. Durch ein riesiges Bogenfenster fiel der Blick in einen privaten Garten, der sich hinter dem Haus erstreckte und den man vor dem Haus nicht einsehen konnte. Rosa sah den dunklen Stamm einer Eiche und die uralten Äste, die sich schwer zu Boden neigten; in der Mitte des Gartens stand eine mit üppigem Moos und Efeu überwachsene Steinmauer. Darauf saß eine Nymphe, die im Sommer sicher Wasser aus ihrem Krug in das nun eingewinterte Steinbecken goss.

Ich verdiene eindeutig zu wenig, oder habe den falschen Job, dachte Liebhart, der seine Kinder gerne in dem Garten hätte spielen sehen.

Im Gehen antwortete Weninger: »Ich habe mit ein paar Mitabonnenten an einer Opernrundfahrt durch Deutschland teilgenommen. Wir waren jeden Abend in einem anderen Opernhaus. Jetzt haben wir, denke ich, fast alle durch. Die kleinen Provinzbühnen genauso wie die großen Häuser.«

»Sie gehen gerne in die Oper?«, fragte Liebhart.

»Ja, und ins Theater ebenso, ich habe vier Abonnements über die Stadt verteilt. So ein Musikmarathon wie in der letzten Woche ist keine Seltenheit bei mir. Eine Leidenschaft, die ich als Einziger in der Familie habe. Weder meine Eltern noch meine Geschwister oder meine Kinder interessieren oder interessierten sich für Musik.«

Er bedeutete ihnen, in einer wuchtigen Holzgarnitur, die mit dunkelgrünem Samt überzogen war, Platz zu nehmen.

»Wir möchten Ihnen zuerst unser Beileid aussprechen. Es muss furchtbar für Sie sein, beide Geschwister in nur so kurzer Zeit zu verlieren«, begann Liebhart.

Hermann Weninger nickte mit geschlossenen Augen und bat Liebhart mit einer Handbewegung, fortzufahren.

»Um den Täter zu finden, müssen wir so viel wie möglich über Ihre Familie erfahren.«

Weninger schlug die Beine übereinander; Rosa bemerkte feine blaue Adern an seinen Knöcheln, da seine Füße ohne Socken in den gefütterten dunkelbraunen Lederhausschuhen steckten. Er stützte den Kopf in seine Handfläche und begann mit geschlossenen Augen zu erzählen:

»Wir drei stammen aus einer Anwaltsfamilie. Unser Vater starb 1998, unsere Mutter vor einem halben Jahr. Ich hatte keinen Kontakt zu meinem jüngeren Bruder Karl, da ich schon sehr jung in die Schweiz gegangen bin und bis zum Tod meines Vaters dort blieb. Karl selbst ist als Achtzehnjähriger nach Amerika gegangen und kam erst zur Testamentseröffnung meines Vaters und dann zur Testamentseröffnung meiner Mutter wieder hierher. Ich habe ihn dort, seit er weggegangen ist, das erste Mal wieder gesehen, und da hat er hauptsächlich mit meiner Schwester gesprochen. Ich habe eigentlich gedacht, dass er schon längst abgereist sei. Ich kann Ihnen nicht einmal sagen, wo er gewohnt hat. Meine Schwester und er hatten, glaube ich, mehr Kontakt zueinander. Sie lagen ja auch altersmäßig näher beieinander, Antonia ist zwei Jahre älter als Karl. Sie wurde vor fünf Jahren geschieden und macht sich stark für die Freunde der bildenden Künste und die Freunde der Gegenwartsliteratur und die Freunde von weiß der Himmel wem. Eine typische Mäzenin, wenn man das so sagen darf.« Weninger hielt inne und schüttelte den Kopf.

Liebhart ließ ihm ein paar Sekunden Zeit und fragte dann: »Woher hatte sie denn das Geld, um diese Institutionen zu unterstützen?«

Weninger antwortete nicht gleich. Er starrte vor sich hin, und als er aufblickte, sah er die beiden an, als würde er sich wundern, wie sie in sein Wohnzimmer gekommen waren. Er blickte an sich herunter und schien auch jetzt erst seinen Aufzug zu bemerken.

Beschämt zog er den Morgenmantel enger um sich und fragte: »Wie bitte, ich habe nicht verstanden?«

»Ich wollte wissen, woher Ihre Schwester das Geld hatte, um das Leben einer Mäzenin zu führen«, wiederholte Liebhart.

»Ach ja, verzeihen Sie. Sie bekam, soviel ich weiß, Geld von ihrem Exmann und konnte seit dem Tod unserer Eltern, so wie mein Bruder, auf ein stattliches Vermögen zurückgreifen. Antonia hatte zwar Kunstgeschichte studiert, musste aber nie arbeiten, um leben zu können.«

»Verstehe ich das richtig, dass sie als Einziger von Ihrer Mutter nichts geerbt haben?«, unterbrach ihn Rosa.

»Ja, das ist richtig, ich bekam nur den Pflichtteil«, bestätigte Weninger.

»War das nicht Anlass für Streitereien zwischen Ihnen dreien?«, wollte Rosa wissen.

»Zwischen wem?«, fragte Weninger zerstreut.

Rosa wunderte sich, wie unkonzentriert Hermann Weninger einerseits war, aber wie präzise er andererseits antwortete, wenn eine Frage zu ihm durchdrang.

»Zwischen Ihrer Schwester, Ihrem Bruder und Ihnen?«, erklärte sie.

»Nein, eigentlich nicht. Ich habe nach dem Tod meines Vaters seine Kanzlei mit Klienten und ausgezeichneten Kontakten übernommen. Meine Geschwister bekamen zwar auch eine finanzielle Abfindung, im Vergleich zu einer gut gehenden Kanzlei in Wien jedoch nicht viel.«

»Wie viel bekamen sie denn?«, fragte Liebhart.

»Soviel ich mich erinnern kann, war es knapp eine Million Schilling für jeden.«

Rosa schluckte, für sie wäre das damals verdammt viel Geld gewesen. »Ist es bei der Testamentseröffnung Ihres Vaters vielleicht zu Auseinandersetzungen zwischen Ihnen dreien gekommen?«

»Nein, auch nicht. Mein Bruder hat in Amerika als hoch dotierter Anwalt sein eigenes Geld verdient. Und meine Schwester ist zum einen keine Juristin und war damals zudem noch verheiratet und somit in den Augen meines Vaters abgesichert. Die beiden hätten also mit der Kanzlei in Wien sowieso nichts anfangen können und wollten es auch nicht. Karl interessierte sich ohnehin nicht besonders für die Belange der Familie.«

»Gab es eine Auseinandersetzung, bevor er ausgewandert ist, oder hatte dieses fehlende Interesse andere Ursachen?«, fragte Liebhart.

»Ja, Auseinandersetzungen. Ach ja, Auseinandersetzungen ...« Weninger brach ab und schien ihre Gegenwart wieder vollkommen vergessen zu haben.

»Ach, wissen Sie«, fuhr er nach ein paar Sekunden fort, »Karl führte dort sein eigenes Leben, und ich habe das Gefühl, er war so ganz glücklich, es war also durchaus in seinem Sinne. Und ich selber bin ja schon 1973 in die Schweiz gegangen. Dort lernte ich auch meine Frau Elvira kennen. Wir haben zwei Kinder, Sarah und Johannes. Ja, die Kinder ...« Er beugte sich vor und legte den Kopf in seine Handflächen.

Rosa tat der Mann leid. Sie wusste nicht, warum. »Wohnen Sie mit Ihrer Familie hier in diesem Haus, und sind im Moment alle anwesend? Gibt es jemanden, der jetzt bei Ihnen bleiben könnte?«

Weninger richtete sich auf und lehnte sich zurück. »Sarah studiert Geologie. Sie ist jetzt in Kärnten, am Mölltaler Gletscher, wir können sie nur schwer erreichen. Johannes ist zurzeit auf Malta, er hat sich zwei Wochen Auszeit genommen und kommt übermorgen wieder. Meine Frau ist schon sehr lange krank. Wir haben im Haus ein Zimmer als Krankenzimmer ausgestattet, sie kann das Bett nicht mehr verlassen und wird von einer Krankenschwester betreut. Die Krankenschwester hat ein kleines Zimmer neben meiner Frau bezogen, und sie sieht auch nach mir, wenn ich etwas brauche.«

»Darf ich fragen, unter welcher Krankheit Ihre Frau leidet?«, warf Liebhart ein.

Weninger beugte sich nach vorne und legte seine Arme auf die Oberschenkel. Er sah die beiden an und sagte: »Sie will nicht mehr leben!«

»Sie will nicht mehr leben?«, fragten Rosa und Liebhart gleichzeitig.

»Ja, sie will nicht mehr leben. Meine Frau hatte schon immer ein trauriges Gemüt, sie neigt zu Depressionen. Seit ein paar Jahren hat sie das Bett nicht mehr verlassen, sie weigert sich, Nahrung zu sich zu nehmen, muss künstlich ernährt werden und ist nicht ansprechbar.«

Die Befragung schleppte sich, Hermann Weningers Pausen wurden immer länger, und so unterbrach Liebhart das Schweigen: »Herr Weninger, wir werden für Sie und Ihre Familie Polizeischutz beantragen. Deswegen ist es besonders wichtig, dass Sie versuchen, Ihre Tochter zu erreichen. Sie soll so schnell wie möglich nach Hause kommen.«

Weninger nickte, sein Blick begann sich erneut zu verschleiern, sein Gesichtsausdruck war undurchdringlich.

»Wann haben Sie Ihre Schwester zuletzt gesehen?«, wollte Liebhart wissen.

»Das war vor einem halben Jahr zur Testamentseröffnung unserer Mutter.«

»Fällt Ihnen irgendjemand ein, der Ihrer Familie etwas antun möchte? Werden Sie erpresst? Dann wäre es im Sinne Ihrer Familie, jetzt mit uns darüber zu reden.«

»Als Anwalt kennt man natürlich die ein oder andere Person, die durch einen verlorenen Prozess auf Rache sinnt. Ich selbst habe aber noch nie Verwünschungen oder Morddrohungen erhalten. Und ich werde auch nicht erpresst, für mich kommen die beiden Todesfälle vollkommen unerwartet.«

»Nur um Sie auszuschließen: Wo waren Sie in der Nacht vom 9. auf den 10. September?«

»Wieso wollen Sie das denn wissen?«

»Das war die Nacht, in der Ihr Bruder starb.«

Rosa beobachtete kein Zusammenzucken, keine Regung im Gesicht von Hermann Weninger. Er schien eher darauf bedacht zu sein, korrekt Auskunft zu geben.

»Meine Güte, das liegt nun schon über zwei Monate zurück. Ich würde Sie bitten, deswegen meine Sekretärin anzurufen. Sie weiß über all meine Termine Bescheid. Es kann gut möglich sein, dass ich nicht in Wien war oder eine Abendveranstaltung besucht habe. Auch unsere Besprechungen in der Kanzlei sind ab und zu erst am Abend und gehen dann weit in die Nacht hinein.«

»Wissen Sie etwas über das Verhältnis Ihrer Schwester zu deren Exmann?«, fragte Rosa.

»Ich habe mit meiner Schwester nie über ihr Privatleben gesprochen. Jetzt tut es mir leid, es nie versucht zu haben …« Er brach ab.

Rosa und Liebhart blieben noch etwas sitzen und standen schließlich auf, um sich zu verabschieden. Hermann Weninger reagierte nicht mehr, er hatte sich vornübergebeugt und seine Stirn in die Handfläche gelegt. Rosa fragte ihn noch, ob er etwas brauche; er schüttelte nur den Kopf, und so ließen sie ihn in den Stuhl gesunken zurück und fanden den Weg nach draußen allein.

»Frühstück?«, fragte Liebhart im Wagen.

»Frühstück!«, antwortete Rosa entschieden.

»Was hältst du vom Café Sperl? Liegt nicht ganz am Weg, aber ich weiß, dass die schon offen haben«, fügte er hinzu.

Rosa nickte, und Liebhart fuhr wieder am Türkenschanzpark vorbei und bog am Währinger Gürtel bei der Volksoper Richtung Innere Stadt ab, um dem immer dichter werdenden Morgenverkehr zu entgehen. Hinter dem Rathaus standen sie jedoch so und so im Stau. Der Rathausmann, der hoch oben am mittleren Turm des Rathauses stand, war in dichtem Nebel verschwunden. Sie betraten das Kaffeehaus durch einen Eingangsbereich mit aufwendig gedrechselten Holztüren und polierten Messinggriffen. Das Zischen der Espressomaschine wurde nur ab und zu durch leises Klicken von aneinanderschlagenden Billardkugeln unterbrochen. So zeitig am Morgen traf man in den Wiener Kaffeehäusern meist ältere Leute an, die tief gebeugt über den großen Tageszeitungen, die sie auf dem Tisch vor sich aufgebreitet hatten, saßen und langsam ihre

Melange tranken. Die beiden jungen Männer, die am Billardtisch standen, sahen so aus, als hätten sie die Nacht durchgemacht und beschlossen, noch eine Runde Billard zu spielen, bevor sie ins Bett gingen.

Sie nahmen an einem Fenstertisch auf mit rotem Samt überzogenen Bänken Platz. Liebhart telefonierte mit Schurrauer und teilte ihm mit, wo sie waren und dass er nachkommen solle. Rosa strich gedankenverloren die raue Kante der Marmorplatte entlang, während sie die kleine Speisekarte las.

Als der Ober kam, bestellte sie: »Einen Einspänner, die Eierspeis aus drei Eiern, zwei Semmeln, etwas Butter, einen Orangensaft, und den Kuchen bestelle ich später.«

»Einen doppelten Espresso ohne Milch und mit Süßstoff bitte.« Liebhart sah Rosa erstaunt an. Er wunderte sich wohl, dass sie so zeitig schon solche Unmengen zu sich nehmen konnte, und fragte, nachdem das Essen serviert worden war: »Was meinst du nach deiner ersten Befragung?«

Rosa schaufelte sich ordentlich Eierspeis auf die Gabel und sah kauend den Billardspielern zu, bevor sie antwortete: »Interessant finde ich diese Distanziertheit, wenn es um die eigenen Familienangelegenheiten geht. Er hat vor wenigen Stunden erfahren, dass seine Geschwister geköpft aufgefunden wurden, und hat uns nicht eine einzige Frage gestellt! Wenn mir jemand mitteilte, dass man den Kopf meiner Schwester gefunden hat, dann möchte ich doch wissen, wo, ob sie leiden musste, ob man schon eine Spur hat und wo bitte der Rest der Leiche ist! Ich habe den Eindruck, als ob er diese Familiengeschichte vorbereitet hat, um sie uns zu erzählen.«

»Das Gefühl hatte ich auch«, meinte Liebhart und rührte in seinem Kaffee. »Das kann aber auch täuschen. Er ist als Anwalt sein Leben lang gewöhnt, sich präzise auszudrücken. Dazu gehört er einer Generation an, die auf Sprache und Ausdruck noch Wert legt. Er schien mir zwar nicht betroffen wegen des Todes, jedoch hochgradig verwirrt.«

»Was nicht zu ihm passt, ist, dass er sich nicht angezogen hat. Er scheint mir nicht der Typ zu sein, der Leute im Morgenmantel empfängt. Und dann diese gedanklichen Aussetzer, am Ende unseres Gespräches war er schließlich vollends weggetreten.« Rosa schnitt sich eine Semmel auf und bestrich sie reichlich mit Butter.

»Ja, die Fassade begann im Laufe des Gespräches zu bröckeln. Ich werde sein Alibi überprüfen. Es dürfte nicht besonders schwer sein, die Teilnehmer der Opernrundfahrt zu finden.«

Schurrauer betrat das Kaffeehaus und steuerte auf Rosa und Liebhart zu. Er nickte kurz zur Begrüßung und zog seine grüne Steppjacke aus.

»Habt ihr schon irgendeinen Hinweis, wo die Körper oder die Mordwaffe zu finden sind?«, wollte Liebhart wissen.

»Bis jetzt noch nichts. Die Fundorte sind auf jeden Fall nicht die Tatorte. Die Spurensicherung ist in der Wohnung der Verstorbenen, und wir sollten, wenn ihr fertig seid, auch dorthin gehen.«

»Gibt es Neuigkeiten aus der Pathologie bezüglich des Todeszeitpunktes von Antonia Bibersacher?«, fragte Liebhart.

»Anhand der Totenstarre konnte festgestellt werden, dass sie seit circa acht Stunden tot war, als die Straßenarbeiter sie fanden. Also ist sie am Abend des 26. November zwischen sechs und neun Uhr ermordet worden. Man hat bei der Untersuchung auch Rostsplitter am Hals gefunden, das gleiche Material, das wir auch am Hals von Karl Weninger fanden. Das heißt, die beiden wurden durch ein und dasselbe Werkzeug umgebracht und somit auch wahrscheinlich von ein und demselben Täter. Drei Leute versuchen zurückzuverfolgen, wo man ein Schwert oder eine Axt aus handgeschmiedetem Eisen aus dem 17. Jahrhundert bekommen kann. Heute ist Samstag, da findet der wöchentliche Flohmarkt beim Naschmarkt statt; einer unserer Männer befragt dort die Verkäufer, ob sie in den letzten Monaten so ein Schwert verkauft haben«, antwortete Schurrauer.

»Ich möchte, dass ihr die beiden Kinder von Hermann Weninger findet.« Liebhart fürchtete offenbar in den beiden die nächsten Opfer.

»Wäre es möglich, jetzt, da wir die Identität von Karl Weninger kennen, herauszufinden, wo er hier in Wien gewohnt hat?«, wollte Rosa wissen.

»Da sind wir dran: Wir haben eine Suchmeldung an alle Hotels der Stadt rausgeschickt und werden so hoffentlich bald den Ort finden, an dem sich Karl Weninger bis zu seinem Tod aufgehalten hat. Interpol hat die Wohnung in den Staaten auseinandergenommen und seine E-Mails gecheckt. Er unterhielt keine Kontakte nach Wien. Sie haben eine genaue Personenbeschreibung von Karl geschickt und seine medizinischen Unterlagen. Er war kerngesund. Für die Identifikation des Körpers haben wir auch einen Hinweis erhalten: Er hat eine kleine Tätowierung unter dem rechten Schulterblatt: einen Phönix.«

»Ich bin schon gespannt auf die nächsten beiden Befragungen, die wir führen werden. Ich bestell den Kuchen lieber gleich, vielleicht esse ich auch noch eine Eierspeis, aber diesmal mit Schinken. Was willst du trinken?«, fragte Rosa Schurrauer.

Schurrauer sah angeekelt auf die Teller mit den Resten der seiner Meinung nach ungenießbaren Speisen und bestellte einen Kräutertee, Liebhart noch einen Kaffee.

»Isst du eigentlich immer so viel?«, fragte Liebhart.

Rosa hielt im Kauen inne und spürte zu ihrer Verärgerung, dass sie rot wurde.

Sie erwiderte mit vollem Mund: »Du bist echt charmant, und ja, ich esse immer so viel, sonst geht mein Blutdruck runter, und ich hänge blass wie ein Leintuch über dem nächsten Gartenzaun.«

»Und noch dazu isst du so unglaublich ungesund! Wieso bist du nicht dick und hast keine Herz- und Stoffwechselerkrankungen, oder ist es schon so weit?«, fragte Schurrauer besorgt.

»Das Einzige, was mich schlank hält, sind Gartenarbeit, Holzschleppen und Liebharts Anrufe mitten in der Nacht«, sagte Rosa augenzwinkernd.

Als sie das Kaffeehaus verließen, hatte sich Wien schon in den üblichen Novemberdunst gehüllt. Der Staub der Straßen, den die Autos aufwirbelten, legte sich wie eine Haube über die Stadt. Rosa sehnte sich nach ihrem Haus und der klaren Luft. Sie spürte richtig, wie sich der Schmutz auf ihr Gesicht legte und ihre Haut am Atmen hinderte. Da bemerkte sie das erste Mal, seitdem sie Wien verlassen hatte, dass sie ein richtiger Landmensch geworden war.

Leichter Nieselregen setzte ein, als sie zu Antonia Bibersachers Wohnung fuhren. Sie lag in der Kurrentgasse, nahe dem Judenplatz, einem der ältesten Teile der Innenstadt. Liebhart fuhr über den Hohen Markt an der Ankeruhr vorbei, die Rosa als Kind als ihr ganz persönliches Puppentheater betrachtet hatte. Sie kniff die Augen zusammen und konnte durch den Regen die Figur Graf Ernst Rüdiger von Starhembergs erkennen. Er war eine der zwölf Kupferfiguren, die zur vollen Stunde ihren Platz in der Spieluhr wechselten, und so wusste sie, dass es auf zehn Uhr zuging. Sie fuhren die Wipplingerstraße hinunter und bogen in die Fütterergasse ein. Normalerweise war das Gebiet um den Judenplatz Fußgeherzone, nun standen dort Polizeiwagen und ein Wagen der Spurensicherung. Das abgetretene Kopfsteinpflaster glänzte nass vom Regen, und das Bronzedenkmal von Gotthold Ephraim Lessing wirkte im trüben Tageslicht ausgemergelt.

Antonia Bibersachers Wohnung lag gegenüber dem Wohnhaus von Mozart, wie auf einer Gedenktafel zu lesen war. Es hatte eine stuckverzierte Fassade, deren altrosa Farbe an manchen Stellen schon abbröckelte. Links und rechts vom grün gestrichenen Eingangstor kämpften auf Säulen die unvermeidlichen dickbäuchigen Putti mit zwei Fabelwesen. Neben dem Eingangstor hing ein Schild der Stadtverwaltung mit dem Hinweis, dass es sich bei dem Gebäude um ein bürgerliches Barockhaus handelte. Sie gingen durch eine schmale Einfahrt, die noch für die Breite von Kutschen gebaut worden war. Sogar die Polizei konnte mit ihren Autos nicht weiterfahren, da auch die Gassen hier sehr eng waren. In der Mitte des begrünten Innenhofes stand ein Steinbrunnen. Sie wandten sich nach links und betraten einen Arkadengang, von dem auf jeder Hofseite je drei große Holztüren in die Stiegenhäuser mit den Wohnungen führten. Im dritten Stockwerk, hinter der letzten Türe auf der linken Seite, lag die Wohnung von Antonia Bibersacher. Sie betraten ein kleines Vorzimmer, dessen Fußboden mit alten Fliesen ausgelegt war. Es gab den Blick auf das Wohnzimmer frei, das in den Innenhof zeigte. Im Sommer boten die grünen Bäume sicher einen wunderbaren Anblick, jetzt ragten die dünnen, blattlosen Äste in den grauen Himmel.

Sicherheitsbeamte öffneten und durchsuchten jede Lade und machten Fotos. Im Vorzimmer stand ein Biedermeierschrank aus Nusswurzelholz mit radschlagenden Pfauen als Einlegearbeit; die Türen standen offen, und man konnte dicke Wintermäntel sehen. Drei Paar Schuhe – zwei Pumps und ein paar Stiefel – lagen links neben dem Schrank. Es waren gerade diese Schuhe, die Rosa traurig machten. Sie ließen einen Blick in den ganz normalen Alltag eines Menschen zu, der auf grausame Art ermordet worden war. Die Tatsache, dass die Besitzerin dieser Wohnung bis dahin offensichtlich gut gelebt hatte, machte es nicht besser.

Liebhart und Rosa gingen auf eine Frau mittleren Alters zu, die sich unaufhörlich schnäuzte und deren Augen vom Weinen rot waren. Sie stellten sich vor, während Schurrauer, sich Einweghandschuhe überziehend, in den hinteren Teil der Wohnung verschwand.

»Sie sind Frau Weber, Frau Bibersachers Putzfrau, nicht?«, fragte Liebhart.

Die Frau begann erneut zu weinen und nickte in ihr Taschentuch. »Sie war immer so freundlich und sehr großzügig.«

Rosa bemerkte teure, wenn auch schon leicht abgetragene Schuhe an Frau Webers Füßen und dachte sich, dass Antonia Bibersacher ihrer Putzfrau wohl ab und zu ihre abgelegte Kleidung geschenkt hatte.

»Können Sie mir sagen, wann Sie Frau Bibersacher das letzte Mal gesehen haben?«, wollte Rosa wissen.

»Das war am Freitag letzter Woche«, Frau Weber schloss die Augen und rechnete, »der 23. war das. Ich komme immer am Dienstag und am Freitag. Als ich vor vier Tagen – am Dienstag – gekommen bin, war sie schon weg. Ich habe einen Schlüssel für die Wohnung, also konnte ich rein und habe dann zusammengeräumt und geputzt. Gestern musste ich zum Arzt, und so bin ich nicht gekommen.«

»Ist Ihnen irgendetwas aufgefallen, als Sie Frau Bibersacher am Freitag vor einer Woche das letzte Mal gesehen haben? Hat sie irgendetwas Ungewöhnliches Ihnen gegenüber erwähnt?«

»Nein, gar nicht, sie ging auch dann sehr bald weg. Es ist eigentlich immer das Gleiche, wenn ich komme: Entweder sie ist nicht mehr da, oder wir plaudern noch ein bisschen, aber dann geht sie meistens. Wir haben immer sehr nett geplaudert.« Frau Weber fing wieder an zu weinen.

Rosa und Liebhart warteten einen Moment.

»Wie hat denn die Wohnung ausgesehen, als Sie sie am Dienstag zusammengeräumt haben? Hat Frau Bibersacher Gäste gehabt und vielleicht das Geschirr stehen gelassen?«

»Nein, sie hatte eigentlich nie Gäste. Die Wohnung ist sehr schön, aber für Empfänge doch recht klein. Sie hat auch nicht gekocht, zu wenig Zeit, hat sie immer gesagt. Mir ist nichts aufgefallen, ich habe mich um die Wäsche gekümmert und überall Staub gesaugt.«

Liebhart hob die Augenbrauen. »Wo ist denn der Staubsauger?«

»Mir hat die Hausverwaltung einen eigenen gekauft. Ich putze nämlich für einige Mieter im Haus. Er steht in meiner Besenkammer im Erdgeschoss«, sagte Frau Weber stolz.

Liebhart seufzte, sie hatten also einen vollen Staubbeutel mit dem Dreck von circa fünf Wohnungen, das Auseinanderklauben würde eine Heidenarbeit werden.

Trotzdem sagte er: »Wir brauchen bitte den Inhalt des Staubbeutels für unsere Untersuchungen.«

Frau Weber nickte und verbarg erneut ihr Gesicht hinter dem Taschentuch. Rosa ließ die beiden allein und sah sich in der Wohnung um. Rechts führte eine Türe in eine kleine Küche. Die Arbeitsflächen waren aus dunkelgrünem Marmor, der Backofen und der Herd waren aus Chrom und sahen unbenützt aus; alles strahlte Exklusivität und Geschmack aus. Von der Küche und vom Vorzimmer kam man in ein Wohnzimmer, in dem ein großer orientalischer Teppich lag. Drei Sofas waren um einen niedrigen Tisch gruppiert, der aus einer runden Kupferplatte auf einem Holzgestell bestand. Neben einem der Sofas lagen auf Farbmusterbüchern Zeitungen aufeinandergestapelt. An einer Wand reihten sich Bücherregale mit fast ausschließlich Kunstbänden und ein paar esoterischen Büchern, die sehr neu aussahen; der Rest waren Bücher in französischer Sprache. Überall standen dicke Kerzen in allen Farben.

Um ins Schlafzimmer zu kommen, musste man wieder ins Vorzimmer und sich dann nach rechts wenden, dort stand ein Biedermeiersekretär, ebenfalls Nusswurzelholz und passend zum Schrank im Vorzimmer. Briefe, Dokumente und Unterlagen wurden von einem Beamten in Klarsichtbeutel verpackt. Über eine ganze Wand und bis zur Decke zog sich ein Kleiderschrank. Auf dem breiten Bett lag aprikosenfarbene Seidenbettwäsche, darüber hing ein Traumfänger. An das Schlafzimmer schloss das Badezimmer an. Es war geräumig; in einem Glasschrank standen teure Parfüms und Cremes. Hinter der Türe hing ein Seidenkimono an einem Kleiderhaken. Als Rosa die Türe etwas bewegte, konnte sie schwach Parfüm riechen, das in den Stofffalten haftete.

Der Kleiderschrank stand offen, und als sie daran vorbei zum Sekretär ging, konnte Rosa auf einen Blick erkennen, dass Antonia Bibersacher eine Vorliebe für bunte Gewänder gehabt hatte. Sie kniete sich neben dem Beamten hin, der den Inhalt des Sekretärs verpackte, und nahm sich ein paar Latexhandschuhe. Rosa begann die Plastikbeutel einen nach dem anderen anzusehen und diejenigen, die sie nicht für wesentlich erachtete, wieder an ihren Platz zurückzustecken. So saß sie eine Stunde. Bei Beutel Nummer 142 hielt sie inne. Es handelte sich um einen auf liniertem Papier geschriebenen Brief, der schon älter sein musste, denn das Papier war bereits leicht vergilbt. So wie alte Schulhefte, die aus billigem Papier hergestellt worden waren. Die erste Seite fehlte; Rosa konnte sie auch nicht in den schon verpackten Unterlagen finden.

Sie las: *»... die besondere Abscheulichkeit, die Du verbrochen hast, Dich den Rest Deines Lebens verfolgen wird. Antonia«.*

Der Schreibtisch war schon leer, und der Beamte sicherte die Cremes und Parfüms im Badezimmer. Rosa kramte in ihrer großen Ledertasche nach ihrem Notizbuch, um sich die Nummer des Plastikbeutels und den Wortlaut zu notieren, ehe sie ihn wieder zurücklegte.

Schurrauer beschloss, noch in der Wohnung von Antonia Bibersacher zu bleiben. Rosa wollte sich die Leinwandstücke im Labor ansehen. Im Auto berichtete sie Liebhart vom Beweisstück Nummer 142 aus dem Schreibtisch der Toten.

»Und du bist dir sicher, dass der Brief schon älter ist?« Liebhart reihte sich in die Autoschlange am Ring ein.

»Ich habe mit dem Beamten, der den Schreibtisch ausgeräumt hat, gesprochen. Er hat mir erzählt, dass der Brief eingeklemmt hinter den Laden im rückwärtigen Teil des Sekretärs gelegen hatte. Er muss beim Schieben der Schubladen aus einer rausgedrückt worden sein, wie das bei überfüllten Laden oft passiert«, sagte Rosa.

»Ich bin mir nicht sicher, ob das ein wichtiges Beweismittel ist«, meinte Liebhart.

»Wir haben nicht sehr viele Indizien«, überlegte Rosa. »Ich finde, wir sollten jedem nachgehen.«

»Vielen Dank, dass du mir meine Arbeit erklärst«, fuhr Liebhart sie an.

»Wenn du meinst, ich trabe die ganze Zeit schweigend neben dir her und himmel dich an, während du deiner Arbeit nachgehst, dann hast du dich geschnitten«, konterte Rosa. »Obwohl du natürlich würdig bist, angehimmelt zu werden«, fügte sie mit einem Augenzwinkern hinzu, und Liebhart grinste verschämt.

4

Das Labor der Kulturgutfahndung lag im Bundeskriminalamt am Josef-Holaubek-Platz im neunten Wiener Gemeindebezirk. Liebhart erzählte Rosa, dass sich dort mehrere Abteilungen des Bundeskriminalamtes befänden. Neben dem Büro für Wirtschaftskriminalität nahm einen Großteil des Gebäudes die Abteilung für Forensik und Technik ein.

Der Verkehr zog sich träge am Gürtel entlang. Wie Edelsteine an einer Perlenkette unterbrachen die von Otto Wagner entworfenen ehemaligen Stadtbahnstationen die Strecke der U6, die sich wie ein Band zwischen die Gürtelfahrbahnen zog. Die auf der anderen Straßenseite liegenden verstaubt aussehenden Puffs standen im krassen Gegensatz dazu.

Als sie in den großen Innenhof des Bundeskriminalamtes einfuhren, staunte Rosa über die zahlreichen teuren Autos, die dort standen. Obwohl sie sich nicht sehr gut mit Automarken auskannte, konnte sie drei rote Ferraris, zwei Lamborghinis und einen Jaguar erkennen.

»Das sind beschlagnahmte Wagen, die hier untersucht werden«, erklärte ihr Liebhart. »Ich stelle dir jetzt gleich Frau Dr. Reschreiter vor. Sie ist die Leiterin des Labors der Kulturgutfahndung und wird dich bei deinen Untersuchungen unterstützen. Ich fahre dann wieder ins Büro, um das Alibi von Hermann Weninger zu überprüfen.«

Das Labor enttäuschte Rosa sehr; sie hatte weite Räume erwartet, in denen Wissenschaftler in weißen Arbeitsmänteln hin und her eilten oder an Untersuchungsgeräten und Mikroskopen standen. Tatsächlich gingen von einem meterlangen Gang, in dem nicht ein einziges Bild hing, kleine Zimmerchen weg, in denen kompakte Maschinen surrten und blinkten. Rosa sah außer Frau Dr. Reschreiter, die sie empfing, niemanden. Sie war jünger als Rosa, hatte dunkle Haare und ein freundliches Lächeln.

Rosa legte ihren taillierten Wollmantel mit den großen Knöpfen und dem Ledergürtel auf einen Stuhl. Liebhart verabschiedete sich nach ein paar Minuten, und Frau Dr. Reschreiter gab Rosa einen kurzen Überblick über die bis dahin geleistete Arbeit. So war die Farbe auf dem Leinwandstück, das man in Karl Weningers Mund gefunden hatte, bereits analysiert worden. Rosa bekam eine Mappe mit den Ergebnissen, bevor ihr Frau Dr. Reschreiter das Elektronen-Raster-Mikroskop und das Röntgengerät zeigte, die Rosa für ihre Untersuchungen brauchen würde. Sie führte sie zu einem kleinen Schreibtisch, der bei einen Fenster stand, und legte ihr ein paar Münzen für den Kaffeeautomaten am Ende des Ganges hin. Auf einem Tisch in der Mitte des Labors lagen unter je zwei Glasplatten eingeklemmt die beiden Leinwandstücke. Nachdem Frau Dr. Reschreiter Rosa noch gezeigt hatte, wo ihr Büro lag, verabschiedete sie sich.

Rosa sah sich in dem kleinen Zimmer um und schaltete die Neonlampen, die in einem Kreis über dem Tisch hingen, ein.

Als sie Stunden später auf die Uhr sah, war es bereits sieben Uhr vorbei. Sie trat an das Fenster und blickte lange auf die Fernwärme Wien, die von Friedensreich Hundertwasser entworfen worden war und neben dem Bundeskriminalamt in Richtung Donaukanal lag. In der kugelförmig verkleideten Schaltzentrale, die sich im oberen Drittel des Rauchfanges befand, spiegelten sich die Autokolonnen, die sich träge über die Gürtelbrücke schoben. Rosa hatte sich bei ihren Untersuchungen zuerst auf die Analyse der Farbe des Leinwandstückes konzentriert, das in Antonia Bibersachers Mund gefunden worden war, und ihre Ergebnisse anschließend mit Frau Dr. Reschreiters Aufzeichnungen über die Farbe des Leinwandstückes in Karl Weningers Mund verglichen. Sie konnte mit Sicherheit sagen, dass für beide Leinwandstücke dieselbe Farbe verwendet worden war.

Auf beiden Leinwandstücken waren jedoch keine Spuren des Täters zu finden. Rosa hatte Stunden damit verbracht, jeden Quadratmillimeter abzusuchen.

Sie streckte sich und rief Liebhart über das Telefon auf ihrem Schreibtisch an. Sie teilte ihm ihre Untersuchungsergebnisse mit, und sie verabredeten sich für morgen im Labor. Rosa wollte schon zeitig in der Früh mit ihrer Arbeit fortfahren und war sich sicher, Liebhart und Schurrauer zu Mittag schon mehr sagen zu können. Danach, vereinbarten sie, würden sie gemeinsam zu Erich Bibersacher, dem Exmann von Antonia, fahren.

Rosa verstaute Fotos der gefundenen Köpfe und die Kopie des Brieffragmentes von Antonia Bibersacher, das ihr ein Bote von Liebhart am Nachmittag gebracht hatte, in ihrer großen Ledertasche und verließ, nachdem sie sich von Frau Dr. Reschreiter verabschiedet hatte, das Bundeskriminalamt.

Als sie zu ihrem Auto ging, legte sich der Nebel, der vom Donaukanal über die Stadt zog und sich mit den Abgasen der Fernwärme Wien mischte, wie ein dünner Film über ihre Haut.

Die Augen des Seesaiblings glänzten, sodass sich die Deckenbeleuchtung des kleinen Fischgeschäftes darin spiegelte; das Fleisch unter den Kiemen war rosa, Anzeichen dafür, dass es sich um einen frischen Fisch handelte. Rosa nahm noch drei Forellen und einen Zander und ließ die Fische von Frau Schnabel, der dicken Verkäuferin mit der weißen Plastikschürze, entschuppen und ausnehmen. Frau Schnabel kannte Rosa schon lange, deswegen kam sie auch extra aus ihrer Wohnung, die sich über dem Fischgeschäft befand, um Rosa das Geschäft noch einmal aufzusperren. Jetzt im Winter verkaufte sie ihre Fische aus einem großen Süßwasserbecken, das sich im rückwärtigen Teil des Geschäftes befand. Im Sommer wurden die Fische direkt aus dem See gefangen.

Die Fischhandlung war nur durch eine schmale Straße vom Sellnersee getrennt, über die Rosa zu ihrem Wagen ging. Sie verstaute die Einkäufe im Kofferraum ihres Geländewagens und richtete sich noch einmal auf, um einen Blick auf den See zu werfen, der in der Dämmerung wie ein dunkler Spiegel vor ihr lag. Der Novembernebel trieb durch die Tannen am anderen Ufer, die hinter einem Fußweg am Hang auf einem kleinen Berg in den Himmel wuchsen. Ab und zu schrie ein Vogel, sonst hörte man keinen Laut. Rosa zog den Ledergürtel ihres Mantels enger und stieg schnell in den Wagen, denn es wurde schon recht kalt.

Auf dem Heimweg fuhr sie durchs Dorf, der Kirchturm ragte in den dunklen Himmel. Als Rosa an ihm vorbeifuhr, setzte sich die Mechanik schwerfällig in Bewegung, der Schwengel der Glocke schlug in kurzen Abständen neunmal. Rosa fuhr langsam durch den Ort, in dem schon die Weihnachtsdekoration über der Straße hing. Schwere Girlanden mit Tannenzweigen, unter denen ein paar Glühbirnen vorblitzten, waren tagsüber von der Straßenverwaltung zwischen den Häuserfronten angebracht worden. Rosa liebte Brunn im Weihnachtsschmuck.

Als sie ihren Wagen in der Einfahrt parkte, reflektierten die Augen der Katze in ihren Scheinwerfern. Sie saß wie eine dicke Fellkugel auf dem Fußabstreifer und huschte durch die Eingangstür, als Rosa sie aufsperrte. Als sie sich nach den Tageszeitungen, die ihr in der Früh geliefert wurden, bückte, läutete das Telefon im Haus.

»Wir müssen reden!«

»Guten Abend, Johanna, ich möchte wirklich wissen, warum sich niemand mehr am Telefon mit Namen meldet. Wieso reden?«

»Na reden. Wie schreiben, nur lauter! Kannst du dir bitte ein Mobiltelefon zulegen? Ich werde noch wahnsinnig. Du kreuzt gestern bei mir auf, säufst fast eine Flasche meines besten Cognacs, erzählst Schauermärchen über geköpfte Frauen, und dann bist du einfach weg, futsch, nicht zu erreichen. Spinnst du? Ich sterbe vor Neugier – ich meine Interesse –, und du haust einfach ab!«

Rosa verdrehte die Augen. »Möchtest du mit mir zu Abend essen? Etwas spät, ich weiß, aber es gibt Fisch.«

»Ich kann leider nicht, ich bin mit Ludwig zu Erna Peier unterwegs. Wir planen unser Gespräch mit der städtischen Altkleidersammlung morgen. Welchen Fisch?«

»Er heißt Hansi und ...«

»Du bist wirklich das Letzte«, prustete Johanna ins Telefon.

»Ein Seesaibling, ich heb dir was auf. Also, hör zu ...« Und Rosa berichtete Johanna, was vorgefallen war.

Nach dem Gespräch wusch sie den Fisch, schnitt die Haut schräg ein, damit kleine Gräten gleich verbrannten, und salzte ihn. Sie dachte währenddessen an Ludwig und musste lächeln. Ludwig Seebold war ein dreißigjähriger Mann, der bis vor einem Jahr mit seiner besitzergreifenden und tyrannischen Mutter zusammengewohnt hatte. Er half Johanna im Flüchtlingsheim und hatte seit einem Jahr eine feste Anstellung im örtlichen Videoverleih. Diese Beschäftigung und Johannas jahrelanges Zureden hatten ihm genug Selbstwertgefühl gegeben, dass er sich ein Herz gefasst und sich eine eigene Wohnung und einen eigenen Freundeskreis zugelegt hatte. Zu seinem Geburtstag vor eineinhalb Jahren hatte Rosa ihm eine kleine karamellfarbene Labradorhündin geschenkt, die er Zusa nannte und die sein Ein und Alles geworden war. In letzter

Zeit, fand er, wurde sie etwas fett. Ludwigs Mutter hasste die Hündin vom ersten Tag an, eine Reaktion, auf die Johanna und Rosa gehofft hatten. Als Ludwig schließlich ein halbes Jahr später auszog, nahmen beide an, dass Zusa eine entscheidende Rolle dabei gespielt hatte. Frau Seebold gab Johanna die ganze Schuld am Auszug ihres Sohnes und erschien am selben Tag im Flüchtlingsheim, um dort so herumzubrüllen, dass Johanna hoffte, sie würde platzen. Sie hatte einige Zeit interessiert die verschiedenen Rottöne in Frau Seebolds Gesicht betrachtet, hatte sie ausplärren lassen, sie – die durchs Brüllen völlig erschöpft war – einfach auf die Straße geschoben und hinter ihr die schwere Eingangstür zugeschlagen. Dieses Schauspiel vollzog sich in den folgenden Tagen noch dreimal, dann musste Frau Seebold an den Stimmbändern operiert werden, an denen sich sogenannte Schreiknötchen gebildet hatten. Denn sie hatte nicht nur in Johannas Flüchtlingsheim gebrüllt, sondern war wie einer der vier apokalyptischen Reiter brüllend und fluchend durch die Stadt gezogen. Seit der Operation war sie permanent heiser und fiel nur noch dadurch auf, dass sie einmal in der Woche vor dem Flüchtlingsheim auftauchte, wütend von der anderen Straßenseite aus mit ihrer kleinen Faust drohte und danach piepsend ihrer Wege ging. Das Verhältnis zu Ludwig hatte sich seit seinem Auszug schlussendlich gebessert. Er betrat das Haus seiner Mutter nur noch mit den sonderbarsten Kopfbedeckungen, die die dicken Wattebäusche in seinen Ohren verstecken sollten. Die beiden saßen sich dann schweigend in der Küche gegenüber. Frau Seebold starrte mit nervös zuckender Augenbraue auf Ludwigs Kappen, Tiaren, Zylinder und Wintermützen aus doppelt gestrichenem Eichhörnchenfell. Ludwig starrte auf ihre nervös zuckende Augenbraue und verließ nach einer halben Stunde das Haus. Wenn er jemandem zuhörte, hielt er seinen Kopf immer leicht schräg und bewegte seine Lippen mit den Worten des anderen mit. Als Kind wurde bei ihm eine Mittelohrentzündung zu spät diagnostiziert, seitdem konnte er auf dem linken Ohr nichts mehr hören. Er hatte einen einzigen Haarwirbel links oben am Kopf, der sich jedoch über den gesamten Schädel zog und seine dichten, struppigen dunkelblonden Haare wie die eines Rosettenmeerschweins, das in ein elektrisches Kabel gebissen hatte, aussehen ließ.

Die Katze strich schnurrend und miauend um Rosas Beine,

denn sie erhoffte sich ein Stück Fisch. Rosa füllte den Bauch des Saiblings mit etwas Rosmarin, einer in Scheiben geschnittenen Knoblauchzehe und ein paar Butterflocken. Sie zerschnitt die Innereien des Fisches, die ihr Frau Schnabel mitgegeben hatte, und gab sie der Katze in ihren Futternapf. Die stürzte sich drauf, als hätte sie seit Wochen nichts gefressen. Rosa öffnete die Türe zum Keller und verrenkte sich den Arm, um den Lichtschalter oberhalb des Türrahmens zu betätigen. Sie stieg in die kühle, trockene Luft und holte eine Handvoll Erdäpfel, die sie im Garten selbst anbaute und die hier über den Winter in großen Holzsteigen gelagert wurden. Aus dem Weinregal, das sich über eine Wand des Kellers zog, nahm sie eine Flasche trockenen Weißwein. Wieder in der Küche, wusch sie die Erdäpfel und schnitt sie in dicke Scheiben, dann träufelte sie ein wenig Olivenöl darüber, salzte sie und gab sie auf ein Backblech, bevor sie den Saibling darauflegte. Das Blech schob sie in den schon vorgeheizten Ofen und sah noch einmal kurz auf die Uhr, um den Fisch rechtzeitig wieder herauszuholen.

Rosa war eine Meisterin der schnellen Küche. Da sie gerne aß, kochte sie, sooft es ging, frisch und hatte im Laufe der Zeit schon den einen oder anderen Trick heraus, wie sie Zeit sparen konnte, ohne den Genuss zu schmälern. Sie hatte ihre Küche mit den modernsten Geräten ausgestattet, und ihre Küchenmesser waren so teuer, dass sie Jahre gebraucht hatte, um das Set vollständig beisammenzuhaben.

Als sie in der Badewanne lag, rief sie sich das Gespräch, das sie und Liebhart am Vormittag geführt hatte, noch einmal in Erinnerung. Sie verließ sich bei der Interpretation auf ihr Bauchgefühl. Was ihr nicht aus dem Kopf ging und wo ihre Gedanken sich immer wieder sammelten, waren die Person Hermann Weninger und der Brief, den sie bei Antonia gefunden hatte. Sie beschloss, Hermann Weninger noch einmal aufzusuchen, um ihn mit dem Brief zu konfrontieren. Wie kam es, dass sich die Geschwister aus den Augen verloren hatten? Laut Hermann Weninger war es zu keinen Streitigkeiten nach den Testamentseröffnungen der Eltern gekommen. Rosa vermutete, dass er ihnen nicht alles gesagt hatte.

Sie schöpfte Wasser über ihr Gesicht. Und wie kam es, dass ein gut situierter Anwalt mit gepflegter Sprache, der in einer Villa in Währing wohnte, Fremde im Morgenmantel empfing?

Beim Brief wurde sie nicht schlau aus der von Antonia getroffenen Wortwahl. Hatte sie eine neue Seite geschrieben, da sie meinte, sie habe sich im Ton vergriffen, und dann den Brief weggeschickt? Und wer konnte der Empfänger gewesen sein?

Rosa blieb in der Badewanne liegen, bis das Wasser kalt wurde, und rieb sich dann mit einem groben Hanfhandschuh ab. Danach duschte sie kalt, eine Angewohnheit, die Paul immer belächelt hatte, und stieg aus der Wanne. Sie band sich die nassen Haare mit einem Badetuch zu einem Turban und rieb mit einem zweiten Handtuch über den Spiegel, der vom Wasserdampf beschlagen war. Ihre Wangen waren rot, und ihre Augen glänzten. Sie fand, dass ihr die Arbeit guttat, und war froh, wieder ein wenig mehr im tatsächlichen Leben zu stehen. Sie hatte sich in den letzten Jahren sehr zurückgezogen; ihr einziger Kontakt nach draußen war Johanna, die durch ihre ehrenamtliche Tätigkeit jedoch oft sehr beschäftigt war. Rosa kam ihre Angst von vor ein paar Tagen, noch nicht so weit zu sein, jetzt vollkommen unbegründet vor.

Als sie das Badezimmer verließ, roch sie den Duft des Saiblings und der Erdäpfel. Sie öffnete die Ofentür und stach mit einer Gabel in den Fisch, der butterweich und somit fertig war. Als sie sich mit einem Teller und einer Schüssel grünem Salat endlich an den großen Holztisch setzen konnte, knurrte ihr bereits der Magen vor Hunger. Sie hatte die Zeitungen mit an den Tisch genommen und nippte an ihrem Weinglas, während sie sie durchblätterte. Die schlechte Angewohnheit, beim Essen zu lesen, hatte sie von ihrer Mutter. Sie hielt jedoch immer wieder inne, um sich den weichen Fisch auf der Zunge zergehen zu lassen, und bedankte sich im Geiste bei Frau Schnabel, bei der sie Fisch kaufte, seit sie denken konnte.

Die Mordfälle standen in allen Zeitungen auf Seite eins. Beeindruckt von der Resonanz in der Presse konnte Rosa Liebharts Anspannung nun besser verstehen. Das Gerücht, die Russenmafia habe Wien nun endgültig zu ihrem Spielplatz gemacht, nahm in einer kleinformatigen, für ihre Hetze bekannten Zeitung bedrohliche Ausmaße an. Der Ruf nach einer privaten Bürgerwehr wurde immer lauter.

Bei den allgemeinen Meldungen konnte Rosa auch die Information finden, dass das Areal des Rinterzeltes nach zähem Ringen mit den Anwohnern erweitert und die drei Deponien im Westen geschlossen werden würden.

Als Rosa fertig gegessen hatte, trug sie das Geschirr in die Küche und schenkte sich noch etwas Wein ein. Sie breitete die mitgebrachten Fotos der beiden Schädel auf dem großen Tisch im Esszimmer aus. Der Täter musste, als er sein Bild gemalt hatte, sehr vorsichtig gewesen sein; es war schwierig, das Bild während eines so langen Arbeitsprozesses nicht mit irgendwelchen verräterischen Partikeln zu kontaminieren. Sogar auf Bildern, die Hunderte von Jahren alt waren, fand man neben den üblichen Pinselhaaren Haare von Hunden oder Katzen, den Haustieren der Maler, die in der langsam trocknenden Farbe für immer gefangen wurden. Rosa dachte an Fabrizio Cantella, einen Kunsthistoriker aus Florenz, der ein Verehrer von Filippo Lippi, einem italienischen Maler der Frührenaissance, war. Er hatte dessen Bilder mit der neuesten Technik des 21. Jahrhunderts auf Spuren untersuchen lassen und konnte so in seinem umfassenden, gut geschriebenen Werk »Der Maler Filippo Lippi, Mönch oder Rebell« anhand der gefundenen Pollen, die in der Farbe haften geblieben waren, nachweisen, zu welcher Jahreszeit und wo Filippo Lippi welches Bild gemalt haben musste. Er ließ im Zuge dessen zwei Fälschungen, die Lippi zugeschrieben wurden, auffliegen, da er anschaulich darstellte, dass Filippo Lippi zu dieser Zeit nicht an zwei Orten gleichzeitig hatte malen können.

Rosa streckte sich auf dem gepolsterten Sessel und schob ihre Füße vorsichtig unter die Katze, die unter dem Tisch lag und daraufhin heftig zu schnurren begann.

Das Bild, dessen Stücke die Polizei in den Mündern der Toten gefunden hatte, musste also in einem fast schon hermetischen Raum getrocknet sein. Der Aufwand des Mörders, mit den abgeschlagenen Köpfen und den Leinwandstücken eine grausame Inszenierung zu treiben, war enorm.

Rosa beugte sich mit einem Vergrößerungsglas über die Fotos der beiden Schädel, um die Wortfragmente genauer zu studieren. Karl Weninger war ein gut aussehender Mann gewesen. Rosa stellte fest, dass er sich seine Haare und die gezupften Augenbrauen gefärbt hatte. Da er lange in den Staaten gelebt hatte, schrieb sie das dem dort herrschenden Schönheits- und Jugendkult zu. Auch Weningers Gesichtsausdruck war friedlich. Dann verglich sie den

Schriftzug, den der Mörder unter dem Kopf von Karl Weninger hinterlassen hatte, mit dem, der unter den Kopf von Antonia Bibersacher gefunden worden war. Bei Karl Weninger standen die Buchstaben »l« und »a« näher beisammen als die Buchstaben »ela«, die der Mörder bei Antonia Bibersacher hinterlassen hatte. Der Täter dürfte sich in der »Villa Rouge« genügend Zeit gelassen haben, um den Kopf zu drapieren. Er hatte den Finger öfter in das Blut getaucht, somit war der Schriftzug leserlicher. Bei Antonia Bibersacher war er schon mehr in Eile gewesen, die Buchstaben »ela« waren nicht nachgezogen, sodass man den letzten nur schwer lesen konnte. Rosa nahm an, dass der Mörder bei Antonia mehr Sorge gehabt hatte, ertappt zu werden, da der Platz vor dem Kunsthistorischen Museum ein öffentlicher Platz war. In beiden Fällen war nur das Ende des Wortes zu sehen, also musste er zuerst das vollständige Wort auf das Kopfpolster und die Steinbalustrade geschrieben und danach die Schädel platziert haben. Wie eine Visitenkarte, die man, damit sie nicht davonflog, unter ein Paket klemmt. Das austretende Blut hatte dann den ersten Teil des Wortes unlesbar gemacht. Rosa dachte an das, was sie an dem Ort empfunden hatte, an dem man den Frauenkopf fand: Er erinnerte sie an die Bilder aus dem italienischen Barock.

Da sie nur den Fundort des zweiten Kopfs kannte, griff sie zum Telefon und rief Liebhart an: »Hallo, Rosa spricht. Ich möchte mir gerne das Bordell ansehen, in dem man den ersten Kopf gefunden hat!«

»Wasisnnnn?«, antwortete Liebhart.

»Oh, Verzeihung, ich wollte dich nicht wecken. Wir sehen uns morgen.«

Rosa sah auf die Uhr. Es war schon weit nach Mitternacht, sie hatte gar nicht bemerkt, wie lange sie schon über ihren Büchern saß. Als sie ins Bett ging, war sie eingeschlafen, bevor ihr Kopf das Kissen berührte.

***

Sarah hatte sich die blonden Haare zu einem Pferdeschwanz hochgebunden und war froh, sich für die teurere Regenjacke entschieden zu haben. Ihre Freundin Astrid hatte die günstigere gewählt und war bis auf die Knochen nass geworden. Sie hatten sich vor einer Woche in Spittal an der Drau mit adäquater Bekleidung eindecken müssen, da sie um diese Jahreszeit eher mit Schnee als mit Regen gerechnet hatten. Abgesehen davon mussten sie ihre gesamte Reise umplanen, da bei ihrer Ankunft der Gletscher im Norden durch den Wetterumschwung nicht zu passieren gewesen war. Also waren sie zuerst nach Süden aufgebrochen.

Als sie ins Tal hinabstiegen, war es früher Nachmittag. Sarah dachte, dass sie wie zwei Berghexen aussehen mussten: Eine Woche am Mölltaler Gletscher ohne warmes Wasser und ohne Spiegel hatte ihnen ganz schön zugesetzt. Vor zwei Stunden noch dachten sie, dass sie es lang vor der Dämmerung bis ins Tal schaffen würden. Dann war jedoch ein so starker Regenguss niedergegangen, dass Geröll in Wasserbächen den Hang hinuntergeschwemmt worden war. Sie mussten eine Stunde auf einer leer stehenden Zwischenstation warten. Astrid wollte unbedingt noch heute ins Tal, also waren sie wieder aufgebrochen, als der Regen sich ein wenig gelegt hatte.

Sarah taten vom Abstieg die Knie weh. Daher schlug sie Astrid im letzten Drittel des Weges vor, vorzugehen und beim Steiner Wirt in Flattach, wo sie ihr Auto geparkt hatte, auf sie zu warten.

Es dämmerte schon, als sie ihre Füße mit den schweren Bergschuhen auf die asphaltierte Straße setzte. Es war ein unglaubliches Gefühl, nach einer Woche wieder eine gerade Straße zu begehen. Sie sah ihr Auto in ein paar Metern Entfernung und dahinter den Steiner Wirt. Neben dem Auto stand ein junger Mann, der sich nach unten gebeugt hatte, um in das Innere zu sehen.

Sie kam langsam näher und sagte dann: »Der ist nicht zu verkaufen!«

Er drehte sich um und lächelte sie an. »Schade, ich würde ihn nehmen. Haben Sie vielleicht Feuer?«

Sarah suchte umständlich in ihrem Rucksack und fand schließlich das Feuerzeug, das sie immer zum Anzünden des Spirituskochers verwendete. Sie gab ihm Feuer, er bedankte sich und schlenderte die Straße hinunter. Erst als Sarah den Steiner Wirt betrat, fiel ihr auf, dass er stark nach Azeton gerochen hatte. So stark, dass sie kurz überlegte, ob er nicht in Flammen aufgehen könnte, wenn man ihm Feuer gab.

5

Als Rosa Richtung Wien fuhr, begann es gerade zu dämmern. Das Rinterzelt verschwand in einem Wald aus Reklameschildern des Gewerbeparks Stadlau. Heute würde man die Deponien im Westen schließen. Rosa nahm sich vor, am Heimweg eine andere Route zu nehmen. Durch die Umlagerung würde es sicher zu Staus kommen.

Diese Gegend um Wien hat den Reiz eines Flugzeuglandeplatzes, dachte sie.

Auf der A23 warf sie einen Blick nach rechts und konnte die UNO-City im Morgengrauen sehen. Sie erinnerte sie an ein Gebäude, das ein Kind mit Bausteinen errichtet hatte. Das Wasser der Donau floss grau unter der Nordbrücke dahin wie flüssiges Blei. Rosa gähnte den Leopoldsberg an, bis ihr die Kiefer knackten, und nahm sich vor, im Frühjahr mit Johanna den steilen Weg bis zur Kapelle zu erklimmen. Sie konnte sie ja danach mit einem Heurigenbesuch beim Sirbu locken, der mitten in den Weinbergen des unweiten Kahlenberges lag. Rosa fragte sich, ob dieses Pendeln in die Stadt im Morgengrauen zur Gewohnheit werden würde. Sie war nach drei Stunden bleiernen Schlafes aufgewacht und so munter gewesen, dass sie nicht mehr hatte einschlafen können, also war sie in die Küche gegangen, um sich einen starken Kaffee zu machen. Sie wollte Liebhart und Schurrauer zu Mittag schon weitere Ergebnisse bieten können und kam deswegen nicht mehr zur Ruhe. Also hatte sie beschlossen, sehr früh ins Labor zu fahren, den Fundort des Kopfes von Karl Weninger konnte sie sich auch morgen ansehen.

Der Portier des Bundeskriminalamtes öffnete ihr den Schranken, nachdem sie ihm ihren Besucherausweis gezeigt hatte. Sie fuhr ihr Auto in den Innenhof und stand wenig später vor dem Schreibtisch im Labor.

Das Ergebnis der Analyse der Leinwand und der Grundierung war für Rosa die erste Überraschung des Tages. Als sie die beiden Bildstücke zum Röntgengerät trug, erlebte sie die zweite. Da sie es kaum glauben konnte, überprüfte sie ihre Ergebnisse dreimal. Dann ließ sie sich auf den Sessel hinter ihrem Schreibtisch fallen und starrte auf den Rauchfang der Fernwärme. So fanden sie Liebhart und Schurrauer, die zu Mittag das Labor betraten.

Als Liebhart zweimal ihren Namen nannte, sagte sie: »Unser Mörder ist ein erstaunlicher Mensch! Er ist erstaunlich geisteskrank.« Im Aufstehen begrüßte sie die beiden und fügte mehr zu sich als zu Liebhart und Schurrauer hinzu: »Alles der Reihe nach.«

Sie ging zu einem Computer und drückte eine Taste auf der Tastatur; auf einer weißen Projektionsfläche an der Wand erschienen die beiden Bildfragmente, stark vergrößert durch ein Elektronen-Raster-Mikroskop.

Rosa drehte sich zu Liebhart und Schurrauer. »Zuerst die schlechte Nachricht: Der Maler hat auch auf dem Leinwandstück, das bei Antonia Bibersacher gefunden wurde, keine Fingerabdrücke hinterlassen, auch nicht, als er die Stücke aus dem Gemälde riss. Das bedeutet, dass die Farbe zu diesem Zeitpunkt schon lange trocken gewesen sein muss. Doch zur Trocknungszeit komme ich später.«

»Konntest du heute vielleicht doch noch irgendwelche anderen Spuren auf den Fragmenten sicherstellen?«, fragte Liebhart hoffnungsvoll. Sein Telefon begann zu läuten, er sah auf das Display und drückte den Anruf weg.

»Nein, gar nichts.« Rosa schüttelte langsam den Kopf.

»Locards Prinzip«, sagte Schurrauer in die Stille hinein.

Die zwei drehten sich zu ihm um.

»Wie?«, fragten Liebhart und Rosa gleichzeitig.

»Edmond Locard war im frühen 20. Jahrhundert Direktor des technischen Polizeilaboratoriums in Lyon. Berühren sich zwei Objekte, wie zum Beispiel ein Mensch einen anderen Menschen, so werden zwangsläufig kleine Substanzen von einem Objekt auf das andere übertragen. Dieser Substanzaustausch zwischen zwei miteinander in Kontakt kommenden Objekten ist in der forensischen Wissenschaft als Locards Prinzip bekannt.«

»Kein Kontakt ohne Spurenübertragung«, murmelte Rosa und nickte.

»Vielleicht hat er einen Ganzkörperschutzanzug getragen, so wie Arbeiter, die in Fabriken mit giftigen Chemikalien in Berührung kommen, wenn er an dem Gemälde gearbeitet hat. Er müsste zwar jedes Mal einen komplett neuen Anzug nehmen, wenn er sich dem Bild nähert«, überlegte Schurrauer laut, »aber er will ja auf keinen Fall geschnappt werden, und wenn er genügend solcher Schutzanzüge hat, warum nicht.«

Liebharts Telefon läutete schon wieder. Er nahm ab, verließ telefonierend den Raum und kam ein paar Minuten später wieder.

»Tut mir leid, die Presse. Ich habe meine Anrufe jetzt ins Büro umgeleitet.«

»Kommen wir zuerst zu dem Fragment, das im Mund von Karl Weninger gefunden wurde.« Rosa zeigte mit dem Laserpointer auf das linke Leinwandstück auf der Projektionsfläche: »Die Farbe ist dunkelbraun und wurde flächig mit einem Pinsel aufgetragen. Dieses Fragment ist die rechte untere Ecke des Gemäldes. Man kann hier noch kein Motiv erkennen.«

Sie deutete auf das rechte Leinwandstück und fuhr fort: »Wenn wir die Reißkanten der beiden Bilder aneinanderlegen, können wir erkennen, dass sie zusammenpassen: Das Fragment im Mund von Antonia Bibersacher passt mit der rechten Reißkante an die linke Reißkante des Fragmentes aus Karls Mund. Die Maltechnik auf beiden Fragmenten ist ident. Und jetzt die gute Nachricht: Auf Antonias Leinwandstück kann man schon ein Motiv erkennen.« Rosa drückte wieder eine Taste auf der Computertastatur, und der Ausschnitt der Leinwand vergrößerte sich. Liebhart atmete scharf ein, Schurrauer pfiff leise.

»Ganz genau«, sagte Rosa, »das sind Tropfen. Im oberen Bereich des Leinwandstückes sind dunklere Pinselstriche, es sieht aus, als wollte der Maler Haare darstellen. Die Tropfen gehen von diesen Haaren aus, sind rötlich und noch einmal von einem dunkleren Rot umschlossen und ziehen sich stark in die Länge«, und zu Liebhart gewandt, »wie das Blut eines geköpften Menschen von dessen Halsstumpf tropfen würde.«

Sie starrten eine Weile auf die beiden Leinwandstücke. Rosa vergrößerte einen Bildbereich, auf der Projektionsfläche waren nun tiefe Schluchten, wie die des Grand Canyon, zu sehen.

»Das sind die Pinselstriche in tausendfacher Vergrößerung.« Rosa veränderte mit dem Cursor den Bildausschnitt. »Die Farbe ist in der rechten unteren Ecke dunkler und wird nach links oben hin etwas heller, wirklich nur eine Nuance. Zuerst dachte ich, dass der Maler die Farbe nicht gleichmäßig aufgetragen hat. Dann habe ich die Leinwandstücke mit einem Röntgengerät untersucht und dabei festgestellt, dass sich der unterschiedliche Farbverlauf durch Streifen, die unter der Farbschicht liegen, ergibt.«

»Und was bedeutet das?«, wollte Liebhart wissen.

»Die Leinwand ist aus dem 17. Jahrhundert. Eine dreihundert Jahre alte Leinwand ist schwer zu bekommen«, fuhr Rosa fort, »und wenn man sie gefunden hat, trägt sie sicher ein anderes Bild. Sehen wir uns die Leinwandstücke unter dem Röntgengerät an.«

Rosa führte Liebhart und Schurrauer in einen angrenzenden Raum. Sie legte die beiden Leinwandstücke kantengleich unter eine Glasplatte und schaltete das Röntgengerät ein. Auf dem Stück, das man in Antonias Mund gefunden hatte, erschienen eine Kinderhand, die eine Schelle hielt, und der Ansatz einer weißen Manschette um das Handgelenk. Die Umrisse waren nicht mehr deutlich zu erkennen, was dem Bild unter dem Bild einen gespenstischen Zug gab. In der Stille, die sich im Labor breitmachte, hätte man eine Stecknadel fallen hören können.

Liebhart murmelte: »Das gibt's nicht.« Er fuhr sich mit der Hand durch die Haare, ein Schauer lief ihm über den Rücken. Schurrauer zog einen Sessel heran und setzte sich.

»Auf einem Röntgenbild zeichnen sich lediglich die Bestandteile eines Gemäldes ab, die die Röntgenstrahlen mehr oder weniger absorbieren, zum Beispiel alle metallhaltigen Pigmente wie Bleiweiß, Quecksilber oder Bleizinngelb«, sagte Rosa.

Sie drehte sich zu Liebhart und Schurrauer um. »In unserem Fall ist der Bildträger, also das Material, auf dem das Bild aufgetragen wurde, ein leinengebundenes Gewebe mit einer Webdichte von zwanzig Fäden für Kette und Schuss pro Quadratzentimeter. Die ersten im 15. und 16. Jahrhundert entstandenen italienischen Gemälde sind auf textilen Trägern aus feinen, leinengebundenen Geweben gemalt, die diese Webdichte aufweisen. Auf den Bildträger wird eine Grundierung aufgebracht. Sie ist nur bei unfertigen Gemälden, Beschädigungen der Malschicht oder im Randbereich zu erkennen. Gelegentlich dringt sie auch durch das Gewebe textiler Bildträger und ist dann auf deren Rückseite festzustellen. Will man die Grundierung genauer analysieren, muss man eine Probe bis auf den Träger entnehmen, sie in Kunstharz einbetten und dann unter dem Mikroskop untersuchen. Von der Beschaffenheit der Grundierung hängt die Bildwirkung und die Haltbarkeit des Gemäldes ab.«

Rosa rieb sich den Nacken und begann im Raum auf und ab zu gehen. »Der Künstler, der vor dreihundert Jahren diese Kinderhand gemalt hat, hat eine Bleiweißgrundierung verwendet. Sie scheint auf den beiden Stücken flächig durch. Sie bestand aus Bleiweiß und Leinöl und absorbiert durch den hohen Metallanteil die Röntgenstrahlen sehr gut. Über die Grundierung wird schließlich die Malschicht aufgetragen. Man spricht in diesem Zusammenhang nicht von Farben, sondern von Pigmenten, um bei der Analyse eine breitere Differenzierung zu ermöglichen. In vielen Fällen wurde auch hier Bleiweiß mit allen Pigmenten gemischt.«

»Warum? Entstehen dann nicht nur Pastellfarben?«, wollte Liebhart wissen.

»Im gewissen Sinne schon.« Rosa blieb stehen und sah auf das Röntgenbild, während sie fortfuhr: »Doch es hatte noch eine andere bedeutende Wirkung: Bleiweiß hat das Licht in der Malerei ersetzt und wurde praktisch mit allen Farben gemischt. Es hat zur Aufhellung der Grundierung gedient und wurde in der Mischung mit anderen Pigmenten sowie in der Untermalung verwendet. Dabei machte sich der Künstler die Eigenschaft des Bleiweiß zunutze: Es trocknet in Verbindung mit Ölfarben sehr schnell. Zusammen mit Zinnoberrot, Schwarz, rötlichen und gelben Erden wurde es für die Fleischtöne verwendet, mit Azurit und Ultramarin für die Farbgebung des Himmels. Die weißen Hemden, Tücher, Blusen, Kragen und Manschetten bestehen aus reinem Bleiweiß. Auf dem Originalbild wurde Bleiweiß in das Pigment gemischt, mit dem der Künstler die Manschette aufgetragen hat, deswegen sticht sie auf dem Röntgenbild auch so hervor. Das Röntgenbild gibt die Informationen aus jeder einzelnen Gemäldeschicht nicht nur nebeneinander, sondern auch übereinander wieder. Das eröffnet uns die Möglichkeit, von der Grundierung über die Übermalung bis zum fertigen Bild die Entwicklungsstufen eines Gemäldes zu untersuchen.«

»Die Frage ist: Was sagt uns das Ganze über den Täter?«, warf Liebhart ein.

»Genau«, stimmte ihm Rosa zu, »und wie viel Bedeutung messen wir dem Originalbild bei?«

Sie gingen wieder in den angrenzenden Raum zurück.

Rosa deutete auf die tausendfache Vergrößerung des Leinwandstückes auf der Projektionsfläche. »Er musste die ursprüngliche Abbildung von der alten Leinwand so gut wie möglich entfernen und hat dafür einen Bimsstein verwendet. Wenn man mit einem Bimsstein über eine Leinwand streicht, bleibt ein Rest des Steines dort haften. Das sind die Körner, die wir hier in den Rillen sehen. Der Bimsstein hinterließ diese Streifen im Halbradius, die von rechts oben nach links unten gehen und im oberen Teil tiefer sind, da der Künstler, als er den Bimsstein ansetzte, noch mit mehr Kraft auf das Bild drückte. Er ist also Rechtshänder, aber das wissen wir schon vom Hieb mit dem Schwert. Mit dem vorsichtigen Abtragen mittels des Bimssteines hat er die ursprüngliche Grundierung bewahrt, über die er dann sein eigenes Bild gemalt hat. Die von ihm verwendete Farbe ist eine Ölfarbe auf Leinölbasis, er hat sie mit Terpentin als Malmittel aufgetragen. Sie weist eine hohe Lichtbeständigkeit auf, ist also von ausgezeichneter Qualität. Leider kann man sie in jedem gut sortierten Malzubehörladen kaufen. Also auch hier hat er keine zurückzuverfolgende Spur hinterlassen. Wie gestern schon besprochen wurde bei beiden Fragmenten dieselbe Farbe verwendet. Ölfarbe trocknet sehr langsam, er hat dieses Bild also schon vor längerer Zeit angefertigt. Ich führe mit entnommenen Farbproben eine chemische Analyse durch, mittels deren ich durch den Trocknungsgrad feststellen kann, wann er mit dem Bild begonnen hat. Der Computer rechnet noch, heute Abend oder morgen müssten die Daten verfügbar sein. Falls ich nicht da bin, gibt uns Frau Dr. Reschreiter sofort Bescheid.«

»Ziemlich viel Aufwand, eine alte Leinwand mit einer Abbildung zu verwenden und diese zu entfernen, finde ich«, warf Liebhart ein.

Rosa zuckte die Achseln. »Den Aufwand haben sehr viele historische Künstler betrieben. Leinwand war teuer. Sogar unter der Oberfläche der ›Madonna in der Felsengrotte‹ von Leonardo da Vinci fand man mit Hilfe von Infrarot- und Röntgentechnik die Zeichnung einer knienden Frau mit ausgestreckter Hand. Heute kann sich allerdings jeder Leinwand leisten. Ich habe die Technik des Bildabtragens und solche Übermalungen bisher nur bei Gemälden gesehen, die gefälscht wurden. Dass der Mörder sich diese Arbeit angetan hat, um danach das Gemälde zu zerreißen und es in die Münder der Toten zu stecken, würde ich, wie gesagt, als geisteskrank bezeichnen.«

Liebharts Mobiltelefon läutete, er nahm ab und sagte: »Ich sagte doch, ich will nicht gest… Ja, gut, vielen Dank.«

Er legte auf. »Man hat den Körper von Karl Weninger gefunden«, sagte er und zog sich seine Jacke an.

Das Gerichtsmedizinische Institut lag in der Sensengasse im neunten Bezirk. Rosa hatte gelesen, dass der Betrieb dort bald eingestellt werden sollte, da die Stadt sich die Sanierung nicht leisten konnte. Es sollte dann in den Gemeindespitälern und in einem aufgestellten Container auf dem Zentralfriedhof obduziert werden, so lange, bis man eine andere Lösung gefunden hatte.

Man durfte die Körper nur durch eine Glasscheibe sehen, auf deren anderer Seite der zuständige Pathologe an einem Aluminiumtisch hinter der Leiche stand. Über eine Sprechanlage konnte man sich verständigen. Die Ansteckungsgefahr durch Leichengift oder Keime war zu groß, und die Körper der Opfer mussten vor eventuellen Kontaminationen von außen geschützt werden, um die Spurensuche nicht zu erschweren.

Rosa staunte über diesen Fortschritt, sie erinnerte sich an die Bedingungen, unter denen ihr Vater hatte arbeiten müssen. Er hatte seine Kinder, als sie schon größer gewesen waren, gerne zur Arbeit mitgenommen. Es war ihnen allerdings strengstens verboten gewesen, etwas zu berühren. Viele Menschen reagierten schockiert, wenn Rosa ihnen davon erzählte. Sie hatte es jedoch überhaupt nicht als schlimm empfunden, eher im Gegenteil: Ihr Vater hatte ihnen durch den Tod Ehrfurcht vor dem Leben beigebracht.

Rosa stand neben Liebhart und Schurrauer vor der Glasscheibe, hinter der Dr. Ahran mit monotoner Stimme die Ergebnisse seiner Untersuchung mitteilte. Vor ihm lag der kopflose Körper eines Mannes. Bei den Aufräumarbeiten des Rinterzeltes waren die Arbeiter bei einer der drei Deponien, die aufgelassen werden sollten, auf dessen Überreste gestoßen. Der rechte Arm und das rechte Bein fehlten, sie waren von einer Baggergabel abgetrennt worden, und man hatte sie bis jetzt nicht gefunden. Am Brustkorb und am Oberschenkel war nur noch wenig ledrige Haut zurückgeblieben.

Darunter hatten Insekten und Bakterien das weiche Gewebe vollkommen beseitigt.

»Kommen wir zuerst zur Bekleidung.« Dr. Ahran hielt einen durchsichtigen Beweisbeutel hoch, in dem sich ein schmutziger Stofffetzen befand. »Der Tote hat eine zerfetzte dunkelblaue Anzughose aus Schurwolle und keine Unterwäsche getragen. Vorne hatte die Hose nur noch eine Tasche, sie war leer; mit dem rechten Bein wurde auch das rechte Hosenbein abgerissen. In der rückwärtigen linken Tasche befand sich eine zerknitterte Bahnkarte. Die Tasche hatte ein Loch, und die Karte wäre beinahe aus der Hose gefallen, hätte sie sich nicht in den Fäden des Loches gefangen.« Er hielt einen zweiten Plastikbeutel hoch, in dem eine Bahnkarte lag.

Liebhart kniff die Augen zusammen und trat näher an die Glasscheibe. »Kann man noch erkennen, wann sie gelöst wurde und wohin?«

Dr. Ahran nahm die Brille ab und führte den Beutel fast an seine Nase. »Donnerstag, 6. September, um ... die Uhrzeit ist schwer zu entziffern ... um elf Uhr oder zwölf Uhr vierundvierzig von Wien Mitte nach ... Klosterneuburg, dort kam er um ... Nein, die Ankunftszeit kann ich nicht mehr lesen.« Dr. Ahran setzte die Brille wieder auf. »Das Labor kann da vielleicht mehr erkennen. Die Karte und die Reste der Hose gehen heute noch dorthin.«

Damit war für Dr. Ahran die Bekleidung erledigt. Er wandte sich dem Körper zu. »Bei den Überresten handelt sich um die Leiche eines ausgewachsenen Mannes. Der Femurkopf – die Kugel des Beines, die in der Hüftgelenkpfanne liegt – hat bei erwachsenen Männern in der Regel einen Durchmesser von fünfundvierzig Millimetern. Bei unserem Opfer misst die Kugel an beiden Oberschenkeln fünfzig Millimeter. Die Schlüsselbeine sind vollständig verknöchert, das heißt, er war mindestens fünfundzwanzig Jahre alt. Am unteren Teil der Wirbelsäule sind arthritische Knochenwucherungen zu erkennen, zerklüftete, gezackte Vorsprünge an den Kanten der Wirbel. Das lässt auf ein Alter jenseits der dreißig schließen. Im Halsstumpf haben wir Rostsplitter gefunden, sie befinden sich bereits im Labor zur Analyse.«

»Haben Sie die DNA des Toten Karl Weninger zuordnen können?«, wollte Liebhart wissen.

»Das war leider nicht mehr möglich. Der Körper war über drei

Monate zwischen Müll begraben. In einem Abfallberg können durch die Verwesung von anderem organischen Material recht hohe Temperaturen entstehen. Wir haben den Toten aber anhand der Tätowierung identifiziert, die er unter dem rechten Schulterblatt hat.« Dr. Ahran drehte den Körper so, dass Rosa, Liebhart und Schurrauer die Tätowierung sehen konnten.

Im starken Licht der Lampe konnten sie die dunkelblaue Tätowierung eines Phönixes, der aus der Asche steigt, erkennen.

Die Wolkendecke hing tief über der Stadt, als sie ins Auto stiegen um zu Erich Bibersacher, dem Exmann von Antonia Bibersacher, zu fahren. Liebhart bot Schurrauer an, ihn beim Labor zu abzusetzen. Es lag zwar genau in der entgegengesetzten Richtung, aber die beiden wollten während der Fahrt die weiteren Einsatzpläne besprechen: Da sie die Leiche von Antonia ebenfalls beim Rinterzelt vermuteten, bis jetzt aber nichts gefunden hatten, mussten Einsatzgruppen das dortige Areal durchkämmen. Liebhart setzte Schurrauer auf die Bahnkarte an. Vielleicht gab es noch Aufzeichnungen von den Kameras auf den Bahnsteigen, auf denen man erkennen konnte, ob Karl Weninger allein nach Klosterneuburg gefahren war oder ob ihn jemand begleitet hatte. Das Bahnpersonal am Bahnhof Wien Mitte und am Bahnhof Klosterneuburg musste befragt werden. Vielleicht konnte sich der Schaffner im Zug noch an Karl Weninger erinnern. Schurrauer versprach, im Labor die Untersuchung der Hose und der Bahnkarte voranzutreiben.

Rosa saß hinten und biss gedankenverloren an ihren Fingernägeln, während sie aus dem Fenster starrte.

»Wie schwierig mag es sein, einen toten Körper auf einer der Deponien abzulegen?«

Liebhart sah sie im Rückspiegel an. »Das Areal der Mülldeponie ist riesig. Wir wissen nicht, ob der Mörder den Körper selber dorthin geschafft hat oder ihn einfach in einem großen Coloniakübel unter normalem Hausmüll versteckt hat. Die städtische Müllabfuhr hätte dann unwissentlich für ihn den Transport übernommen.«

»Dann hätte man ihn schon früher finden müssen, denn der Müll wird im Rinterzelt vorsortiert«, meinte Schurrauer.

»Der Müll von ganz Wien?«, fragte Rosa ungläubig.

Schurrauer nickte. »Es sei denn, der Täter kennt das Areal und hat Zugang zu den Deponien. Dann hätte er den Leichnam direkt in einer der rückwärtigen Deponien ablegen können.«

»Dass die ein paar Monate später aufgelassen wird, konnte er natürlich nicht wissen«, murmelte Rosa.

»Ich lasse alle Männer, die dort arbeiten oder bis vor ein paar Monaten dort gearbeitet haben, überprüfen.« Liebhart rieb sich die Augen. Übermorgen war die nächste Pressekonferenz, und er befürchtete, die Journalisten wieder vertrösten zu müssen.

Am Josef-Holaubek-Platz sprang Schurrauer aus dem Wagen. Rosa sah ihm zu, wie er durch den einsetzenden Regen auf das Gebäude des Bundeskriminalamtes zulief. Sie hatte den Eindruck, dass er in den letzten Tagen noch hagerer geworden war.

Die Hausfassaden in der Nußdorfer Straße verschwammen im Nieselregen zu einem einheitlichen Graubraun; die Menschen liefen tief geduckt unter aufgespannten Regenschirmen. Die einzigen Farbflecke waren die grellroten Straßenbahnen, die gemächlich dahinrollten, ab und zu unterbrochen von heftigem Gebimmel, falls ein Fußgeher oder ein Autofahrer ihre Wege zu kreuzen drohte.

Rosa lehnte ihre Stirn an das kühle Glas des Autofensters und beobachtete den Himmel. »Weiß Erich Bibersacher, dass seine Exfrau umgebracht worden ist?«, wollte sie von Liebhart wissen.

»Wir haben ihn über alles informiert, er schien nicht besonders betroffen zu sein.«

Als sie den Hernalser Gürtel unter der Stadtbahn querten, sahen die Häuser zwar noch immer imposant aus, sie waren sogar noch größer als die in der Stadt, doch es schien, als hätten sie ihre beste Zeit hinter sich gebracht. Die Fassaden waren schon lange nicht mehr renoviert worden, und die mächtigen Häuserblöcke lagen am Straßenrand, als ob sie schlafen würden.

Die Wohnung von Erich Bibersacher war ein ausgebauter Dachboden in einem erstaunlich gut erhaltenen Gründerzeithaus auf der Hernalser Hauptstraße. Die Gegensprechanlage hatte Gesichtserkennung, und Rosa fühlte sich nicht wohl bei der Vorstellung, zehn Minuten von Herrn Bibersacher taxiert zu werden. Denn so lange ließ er sie, nachdem sie angeläutet hatten, warten. Rosa wippte auf den Zehen, die trotz der dicken Stiefel schon wieder kalt wurden. Ihre Kleidung fühlte sich klamm an, und sie überlegte, welche Fragen sie Herrn Bibersacher stellen sollte. Sie schwebten mit einem geräuschlosen Aufzug in den letzten Stock, und als sich die Türen öffneten, gaben sie den Blick auf eine halb geöffnete Eingangstür frei.

In dem großen Vorzimmer empfing sie ein hochgewachsener Mann, dessen Bauch sich wie eine Birne über dem Hosenbund wölbte. Die grauen Haare waren im Nacken etwas länger, dafür fehlte es ihnen oben schon an Dichte. Hellblaue Augen lagen unter schweren Lidern, darunter dunkle Tränensäcke. Erich Bibersacher hatte die Hände hinter dem Rücken verschränkt und sah Rosa und Liebhart über die Brille an. Beim Atmen gab er ein pfeifendes Geräusch von sich.

Mit hoher Stimme sagte er: »Sie sind von der Polizei! Kommen Sie rein, ich habe Sie bereits erwartet.«

Sie nahmen auf ungemütlichen Sesseln, die um einen kleinen Tisch im Vorzimmer standen, Platz. Überall sah Rosa Inhalatoren herumliegen.

Ohne auf eine Frage zu antworten, eröffnete Bibersacher das Gespräch: »Ich habe ein Alibi!«

Rosa und Liebhart starrten ihn erstaunt an. Liebhart fragte: »Das ist sehr erfreulich, wo waren Sie denn am Abend des 26. November?«

»Ich hielt einen Vortrag an der Universität und ging danach noch mit einem kleinen Kreis von Zuhörern ins Café Landtmann. Wir waren dort bis Mitternacht, und wir tranken auch recht viel. Sie können die Ober fragen, sie kennen mich dort gut. Ich habe Ihnen eine Liste mit Personen zusammengestellt, die an diesem Abend bei mir waren.« Bibersacher schob ein vor ihm liegendes Blatt Papier über den Tisch zu Liebhart hin.

»Ich danke Ihnen vielmals, Sie sind da ja recht gründlich. Aber wenn Sie mir die Frage erlauben: Wieso meinen Sie, dass wir Sie verdächtigen?«

Bibersacher begann zu lachen und gab dabei piepsende und pfeifende Geräusche von sich. Rosa machte sich Sorgen, dass er jeden Moment explodieren könne. Er bekam einen Hustenanfall und lief dunkelrot an. Als Liebhart aufstand, um ihm zu helfen, winkte er ab, zog einen Inhalator aus der Tasche, drückte den Knopf und inhalierte wie ein Ertrinkender.

Er wischte sich die Tränen aus den Augen. »Hach, großartig, Sie können sich gar nicht vorstellen, wie froh ich bin, dass die Alte abgekratzt ist.«

Rosa richtete sich im Sessel auf und stieß ihren Atem vor Empörung laut aus. Liebhart hielt sie zurück, indem er ihr kurz seine Hand auf den Unterarm legte.

»Seit unserer Scheidung vor fünf Jahren hat sie mich ausgenommen wie einen Truthahn.«

Na, passt ja, dachte Rosa, siehst ja auch wie einer aus.

»Auch vor unserer Scheidung war sie nicht gerade bescheiden. Da musste schon ordentlich viel Schmuck her und drei bis vier Mal im Jahr verreist werden. Sie hat immer auf ihre Herkunft und die gute Erziehung, die sie genossen hatte, gepocht. Sie vergötterte den Vater, das Verhältnis zur Mutter war sehr gespannt. Ich nehme an, weil die Mutter wirklich jedem bis ins hohe Alter hinterhergestiegen ist. Ist Ihnen schon aufgefallen, dass die drei Geschwister in ziemlich interessanten Abständen voneinander geboren wurden? Hermann war der Erste, er kam 1956 zur Welt. 1966 kam dann Antonia, und zwei Jahre später wurde Karl geboren. Im Jahr nach Hermanns Geburt hat der alte Weninger Waltraud erst geheiratet, damals ein Skandal.«

Bibersacher kicherte in sich hinein und wand sich vor Vergnügen auf dem Sessel, der unter seinem Gewicht knarrte. Dabei entkam er nur knapp einem erneuten Hustenanfall.

»Es ging das Gerücht – und das war auch sehr lange Thema in der Familie –, dass Hermann nicht der leibliche Sohn des Alten sei, sondern der seines Bruders Hans. Der alte Weninger hat sich sozusagen aus Ehrgefühl geopfert. Waltraud hat ihn gehasst.«

»Was ist aus Hans, dem jüngeren Bruder, geworden?«, fragte Rosa.

»Er ist 1966 bei einem Flugzeugabsturz gestorben. War ein Draufgänger und Hobbypilot.«

»Wie schätzen Sie denn Hermann Weninger ein?«, fragte Liebhart.

»Hermann …« Bibersacher überlegte. Er genoss sichtlich, dass man ihn um sein Urteil fragte. »Tja, Hermann ist sehr distanziert, man kann schwer sagen, was in ihm vorgeht. Er hat an und für sich ein durchwegs geradliniges und langweiliges Leben, wenn die

Schweiz nicht gewesen wäre. Das hat ihm der Alte sicher nie verziehen.«

»Was gab es an seinem Auslandsaufenthalt nicht zu verzeihen?«

»Na ja, er zog diese Sache ganz ›unhermannisch‹ durch, wenn ich so sagen darf. Also von einem Tag auf den anderen. Hat hier mit siebzehn wohl alles hingeschmissen: Schule, Karriere, Unterstützung durch die Familie, und ist bei Nacht und Nebel in die Schweiz abgehauen. Aber sonst kann ich Ihnen nicht viel mehr über ihn sagen. Ich habe versucht, diese Familie zu meiden, wo es nur geht. Ich bin erst sehr spät mit meinem Studium fertig geworden und konnte auch, nachdem ich die Universität abgeschlossen hatte, nicht gleich ein hohes Einkommen aufweisen. Abgesehen davon kann meine Familie nur eine recht lange Ahnenreihe an Dorfschullehrern vorweisen, alles Kriterien, die der Familie Weninger ein Dorn im Auge waren und mich als eindeutig minderwertig klassifizierten. Sie haben da sehr monarchistisch gedacht und hätten sich gewünscht, Antonia an den erfolgreichen Spross einer Anwaltsfamilie zu verheiraten.«

»Und was passierte mit Karl?«

»Karl hat dieses Minenfeld ja auch recht früh verlassen, ich habe so einen Verdacht, dass er den Vorstellungen vom alten Weninger nicht entsprach. Der hat ein strenges Regime geführt. Antonia als Tochter war für ihn vollkommen unwichtig, es ging darum, einen Nachfolger, ein Ebenbild zu formen, und da lag der Älteste auf der Hand.«

So unsympathisch Bibersacher Rosa auch war, brachte er doch einiges Licht in diese Familie. Sie sah sich im Vorzimmer um und konnte vier Türen sternförmig davon ausgehend sehen. Nur die Küchentür war offen und ließ den Blick auf eine Balkontür frei, hinter der ein paar verdorrte Pflanzen standen. An den Wänden hingen billige Teppiche in Dunkelrot und Grün. Überall lagen Medikamentenschachteln herum.

»Wohnen Sie hier alleine?«, wollte sie wissen.

»Ja, und ich möchte auch, dass das so bleibt. Antonia und ich hatten auf ihren Wunsch keine Kinder, und mit den Jahren war es mir eigentlich auch sehr recht. Sie hätte als Mutter nicht getaugt, war zwar ein offener Mensch, aber doch wiederum sehr auf sich konzentriert. Das Engagement für alle möglichen Stiftungen war mehr ein gesellschaftlicher Zeitvertreib als eine Herzenssache für sie.«

Hartes Urteil, dachte Rosa. »Wir haben in der Wohnung Ihrer Exfrau die Seite eines Briefes gefunden. Er dürfte schon ein paar Jahre alt sein und ist auf einfachem, liniertem Papier geschrieben.« Sie kramte in ihrer Tasche, holte ihr Notizbuch heraus und las: »›*... die besondere Abscheulichkeit, die Du verbrochen hast, Dich den Rest Deines Lebens verfolgen wird. Antonia*‹. Können Sie sich vorstellen, wer damit gemeint ist? Ist der Brief vielleicht an Sie gegangen?«

»Meine Exfrau und ich haben uns sicherlich sehr viele Dinge an den Kopf geworfen. Antonia ist jedoch nicht der Typ, der zu Übertreibungen neigt. Sie ist verschroben und geldgierig, aber ich kann mich nicht erinnern, dass sie mich einer ›besonderen Abscheulichkeit‹ bezichtigt hätte.«

»Wann haben Sie Ihre Exfrau das letzte Mal gesehen?«, fragte Liebhart.

Bibersacher legte den Kopf in den Nacken und dachte mit geschlossenen Augen nach. »Das war vor circa einem Dreivierteljahr. Es ging um Geld, eine stattliche Summe, hunderttausend Euro, und das machte einen Termin bei meinem Anwalt unumgänglich ...«

»Kam es öfter vor, dass sie nach der Scheidung mit Geldforderungen an Sie herantrat?«, unterbrach ihn Liebhart.

»Nein, eigentlich nicht. Sie hat sich in unserem Scheidungsvertrag eine monatliche Zahlung in einer geradezu blödsinnigen Höhe ausbedungen. Sie wurde damals selbstredend durch einen ganzen Tross der besten Anwälte der Stadt vertreten. Alles Freunde der Familie. Da konnte ich nicht dagegenhalten.«

Rosa ließ ihren Blick über die Teppiche an der Wand schweifen. »Wissen Sie, wofür sie so viel Geld auf einmal benötigte?«

»Nein, tut mir leid, das entzieht sich meiner Kenntnis. Ich wollte das gar nicht wissen und habe sie, nachdem sie mir die ungeheure Höhe des Betrages mitgeteilt hatte, einfach hinausgeworfen. Ich denke, für irgendeinen wohltätigen Schnickschnack, so wie immer. Ich habe mich auf die von mir pünktlich geleisteten monatlichen Zahlungen berufen, und sie gab recht schnell auf. Wahrscheinlich weil ihre Mutter ja dann sehr bald darauf gestorben ist und ihr sicher Geld hinterlassen hat.«

»Warum haben Sie sich scheiden lassen?« Liebhart wollte das Gespräch offenbar vorantreiben, Bibersacher tratschte ihm wohl zu viel.

Bibersacher streckte die Beine von sich; da er sehr groß war, ragten sie ins Vorzimmer hinein. Er steckte die Hände in die Hosentasche und blickte zur Decke, als ob dort die Antwort geschrieben stünde, und dachte nach. Liebhart ging diese gönnerhafte Art, Auskunft zu erteilen, offenbar auf die Nerven; er begann unter dem Tisch mit dem Bein zu wippen.

»Eine gute Frage, es ist ja auch schon ein paar Jahre her. Ich denke, wir haben die Ehe unter falschen Voraussetzungen geschlossen. Antonia suchte einen Vaterersatz, nach ein paar Jahren kam sie drauf, dass ich mit Sicherheit nicht dem Bild des alten Weninger entsprach. Und mir gefiel ihre kultivierte Art. Wir hatten beide ein Abonnement im Akademietheater, saßen nebeneinander und kamen in einer Pause ins Reden. So haben wir uns kennengelernt. Uns verband die Liebe zum Theater. Na ja, hat für eine Ehe nicht gereicht.« Bibersacher winkte resigniert ab.

»Also wollte sie sich scheiden lassen?«

»Ja, sie gab zumindest den Impuls, ich habe schlussendlich auch eingesehen, dass es das Beste wäre.«

»Haben Sie eine Vorstellung davon, wer der Familie Weninger Schaden zufügen möchte?«

»Mich stört es nicht, dass sie dezimiert wurden. Aber ich habe ja ein Alibi«, antwortete Bibersacher augenzwinkernd.

»Haben Sie Hermann Weninger jemals im Morgenmantel gesehen?« Liebhart und Bibersacher sahen Rosa verdutzt an. »Was ich wissen möchte, ist, ob Sie Herrn Weninger so einschätzen würden, dass er Fremde im Morgenmantel empfängt.«

»Ich habe keine Ahnung, warum Sie das interessiert, aber ich kann darauf nur entschieden mit Nein antworten. Hermann geht sozusagen in den Keller lachen, und ich habe den starken Verdacht, dass er sich nicht einmal vollständig entkleidet, wenn er in die Badewanne steigt. Ich habe ihn allerdings schon Jahre nicht gesehen. Falls er Sie so empfangen hat, muss bei ihm tatsächlich einiges aus dem Ruder gelaufen sein.«

»Wie meinen Sie das?«

»Hermann war immer unglaublich berechenbar und korrekt.

Deswegen meine ich, dass ihn etwas durch und durch erschüttert haben muss, dass er sich im Morgenmantel zeigt.«

Das Telefon klingelte, und Bibersacher entschuldigte sich, um das Gespräch anzunehmen. Liebhart sah Rosa mit großen Augen an, er verstand ihre Frage nicht. Sie bedeutete ihm, still zu sein, sie werde es ihm später erklären.

Als Bibersacher das Vorzimmer wieder betrat, zog er die Türe hinter sich zu und teilte Rosa und Liebhart schnaufend mit: »Verzeihen Sie, ich muss jetzt zu einem Termin und wüsste abgesehen davon auch nicht, wie ich Ihnen noch weiterhelfen könnte.«

Im Aufstehen nahm er Liebharts Hand und schob ihn, diese heftig schüttelnd, nach draußen.

In der Tür drehte sich Liebhart noch einmal um und fragte: »Sie können mir sehr wohl noch weiterhelfen, wenn Sie mir sagen, was Sie in der Nacht vom 9. auf den 10. September gemacht haben.«

»Was genau, kann ich Ihnen nicht sagen, denn das ist eindeutig zu lange her. Wo ich war, kann ich Ihnen sehr wohl sagen: Ich war vom 1. bis 16. September in Kalifornien mit einer Reisegruppe. Sie können gerne meine Ein- und Ausreise überprüfen.«

Sie mussten vier Stufen bis zum Aufzug hinabsteigen, da bemerkte Rosa erst den Treppenlift, der die paar Stufen bis zur Wohnungstür von Erich Bibersacher führte.

6

»Was sollte denn die Morgenmantelfrage?«, fragte Liebhart gereizt, als sie auf der Straße und weit genug weg von der Sprechanlage waren.

»Es geht mir nicht aus dem Kopf, dass Hermann Weninger – ein Mensch, der offenbar sein Leben lang danach trachtete, korrekt zu sein – fremde Menschen im Morgenmantel empfängt. Sein Verhalten und sein Aufzug sind im krassen Gegensatz dazu gestanden. Auch dieses immer wiederkehrende Abtauchen und schlussendliche Unansprechbarsein hat nicht zu dem Gesamtbild gepasst.« Rosa lief keuchend neben Liebhart her, der die Schultern eingezogen und die Hände in die Hosentasche gestemmt hatte. Ihr schlug der Regen ins Gesicht, sie ließ sich jedoch nicht beirren: »Einerseits ist er ein durchaus korrekter Mann, der außer der Flucht in die Schweiz mit siebzehn keine Überraschungen birgt. Andererseits empfängt er fremde Menschen bei einem angekündigten Besuch im Morgenmantel. Der Kontakt mit den Geschwistern war nicht vorhanden, und ich habe, genauso wie du, auch nicht das Gefühl, dass er seelisch so erschüttert war und das der Grund für seine ›Entgleisung‹ war. Ich wollte wissen, ob ich mich täusche oder ob mir meine Vermutung, dass das für ihn recht außergewöhnlich ist, auch von jemandem bestätigt werden kann, der ihn schon länger kennt. Wie du siehst, hatte ich recht.«

»Na, auf jeden Fall hast du den Bibersacher ganz schön zum Staunen gebracht.«

»Ich fahre nach Hause und versuche herauszufinden, zu welchem Gemälde die beiden Leinwandstücke passen könnten, oder, wenn der Mörder ein eigenes Sujet entworfen hat, wie das aussehen könnte. Und morgen möchte ich mir gerne den Ort ansehen, an dem man den Kopf von Karl Weninger gefunden hat«, sagte Rosa.

Liebhart nickte. »Ich werde in der ›Villa Rouge‹ anrufen und dich ankündigen. Aber sei vorsichtig.«

»Meinst du, es könnte mir etwas passieren? Ich werde dort auftauchen, bevor das Geschäft anläuft.«

»Die äußere Mariahilfer Straße ist seit Jahrzehnten ein stadtbekanntes Rotlicht-Grätzel. Zwischen zweihundert und vierhundert Frauen schaffen dort jede Nacht an, und es ist nicht der Edelstrich von Wien. Das Geschäft läuft jetzt auch schon untertags, sehr zum Ärger der Anrainer.«

Sie verabschiedeten sich vor dem Bundeskriminalamt und verabredeten sich für den nächsten Tag in Liebharts Büro.

Der Kaffee in der Küche brodelte, Rosa stand bei ihren Bücherregalen. Sie ordnete das Bild, das der Mörder gemalt hatte, zuerst der für sie naheliegenden Barockmalerei zu, genauer der italienischen oder spanischen Barockmalerei. Die leidenschaftlichen und oft auch blutrünstigen Darstellungen entsprachen der Handschrift des Künstlers. Sie hielt es nicht für einen Zufall, dass das Mordwerkzeug und die Leinwand aus dem 17. Jahrhundert stammten. Deswegen wählte sie ein paar Bildbände aus dieser Epoche und trug sie zu dem großen Esstisch. Sie ging in die Küche und nahm sich eine Tasse Kaffee; auf dem Weg durchs Dorf war sie schnell beim Bäcker stehen geblieben, um einen Topfenstrudel zu kaufen. Eigentlich eine Schande, dachte sie, denn einen Topfenstrudel selbst zu backen war eine leichte Übung, aber sie hatte zu wenig Zeit und war auch zu müde gewesen, um sich in die Küche zu stellen. Der Strudel vom Bäcker war aber auch erstklassig.

Während sie genussvoll in den luftigen Blätterteig biss, beschloss sie, sich zuerst einmal auf das vom Mörder aufgetragene Bild zu konzentrieren. Das erste Motiv, das ihr einfiel, war das von Johannes dem Täufer, wohl einer der berühmtesten Geköpften. Das zweite Motiv war das von David und Goliath. Sie wischte sich die Hände an einem Geschirrtuch ab und ging zum Esstisch, um den ersten Bildband aufzuschlagen. Zwei Stunden später hatte sie das Motiv, das der Mörder verwendet haben konnte, auf zwei Maler eingegrenzt: Michelangelo Merisi da Caravaggio und Jacopo Bassano, wobei sie zu Ersterem tendierte, denn Caravaggio hatte drei Bilder mit dem David-und-Goliath-Motiv gemalt. Die düsteren Farben glichen den Farben, die der Mörder auf seinen zwei Leinwandstücken verwendet hatte. Jacopo Bassanos Ausführung Johannes des Täufers war zu manieristisch. Abgesehen davon lebte er im 16. Jahrhundert, das passte nicht zur verwendeten Leinwand und dem Mordwerkzeug aus dem 17. Jahrhundert.

Rosa breitete die Röntgenaufnahmen und die vergrößerten Farbkopien der Leinwandstücke auf dem Esstisch aus und nahm ein Vergrößerungsglas zur Hand. Das kräftige Umbra auf dem Stück, das die Polizei im Mund von Karl Weninger gefunden hatte, war mit viel Farbe aufgetragen worden und wurde nach links oben hin etwas heller. Es deutete darauf hin, dass der Maler sein Handwerk verstand, denn es war nicht leicht, mit Ölfarbe solche Übergänge zu schaffen. Er musste eine Nass-in-Nass-Technik angewendet haben, bei der der Malgrund zuerst mit einer besonders langsam trocknenden Farbschicht versehen wird. Auf diesem noch nassen Grund wurde dann das eigentliche Bild gemalt. So war es in Kombination mit den speziell dafür vorgesehenen Ölfarben und Werkzeugen möglich, einen sanften Übergang zu einem anderen Farbton zu schaffen.

Rosa lehnte sich zurück und streckte die Beine aus, draußen begann es zu dämmern. Sie sah aus ihrem Verandafenster zu, wie die Hügel gegen den Abendhimmel immer dunkler wurden. Der Mörder hatte sich unglaubliche Mühe gemacht; allein das Abschleifen der alten Leinwand mit einem Bimsstein war eine sehr heikle Sache, bei der er darauf achten musste, das alte Gewebe nicht zu verletzen. Rosa warf einen Blick auf die Kopie des Röntgenbildes, das die Kinderhand darstellte. Sie versuchte sich vorzustellen, wie das Originalbild ausgesehen haben könnte. Wenn die Leinwand nicht beschnitten war, was sie zum jetzigen Zeitpunkt nicht sagen konnte, da sie nur die rechte untere Ecke und ein Stück vom unteren Rand des Bildes hatte, so war vermutlich ein Familienporträt abgebildet. Die Kinderhand war viel zu klein, als dass der Rest der Figur das Bild ausgefüllt hätte.

Rosa stutzte, sie griff nach dem Vergrößerungsglas und beugte sich über die Hand. Der Daumen schien ihr missgebildet, und auch die restlichen Finger sahen aus, als seien sie beeinträchtigt. Sie lehnte sich wieder zurück und überlegte, ob sie jemals ein Familienporträt aus dem 17. Jahrhundert gesehen hatte, auf dem Missbildungen abgebildet waren. Familienporträts hatten doch eher den Sinn, die Wohlhabenheit und Schönheit einer Familie darzustellen. Sie beugte sich noch einmal über das Bild und war sich jetzt nicht mehr so sicher. Das Originalbild war auf dem Röntgenbild einfach nicht mehr so gut zu erkennen. Also noch mehr Bildbände, seufzte sie innerlich und ging erneut zu ihrem Bücherregal, um sich mit Bildbänden von Familienporträts aus dem 17. Jahrhundert einzudecken. Bevor sie sich wieder an die Arbeit machte, setzte sie noch einmal Kaffee auf, denn es würde ein langer Abend werden.

7

Vom alten Glanz des Mahagonis war an der Türe nichts mehr zu erkennen. Der Lack war am Rahmen abgesprungen, und die Hände der zahlreichen Besucher hatten dunkle, schmutzige Flecken hinterlassen. In der Mitte dürften sich vor langer Zeit kunstvolle Ätzscheiben befunden haben, die im Laufe der Jahre durch blickdichtes Glas ersetzt worden waren. Die goldenen Zeiten der »Villa Rouge« waren schon lange vorbei.

Das Haus, in dem sich das Lokal befand, war ein Gründerzeithaus in einer kurzen Sackgasse der oberen Mariahilfer Straße. Wie bei allen Häusern in dieser Gegend kümmerte sich niemand darum, und es verfiel.

Rosa trat in das schwach beleuchtete Lokal. Es roch nach kaltem Rauch und billigem Fusel. Sie ging zur Bar, hinter der eine schwarz gekleidete Frau undefinierbaren Alters lehnte.

»Ach ja, Sie wurden mir angekündigt. Ich bin Helga Trattner, die Geschäftsführerin.« Sie nickte Rosa zur Begrüßung zu und zog an einer türkisen Zigarette. Ein älterer Mann betrat das Lokal mit einer weitaus jüngeren, gelangweilt aussehenden Frau. Helga Trattner griff nach einem Schlüssel, der hinter ihr an einem alten Holzbrett hing, und gab ihn wortlos dem Mann, der mit der jungen Frau durch eine schmale Türe neben der Bar verschwand. »Setzen Sie sich! Wollen Sie etwas trinken?«

Rosa nahm auf einem der Barhocker Platz und bat um ein Mineralwasser. Während Helga Trattner das Wasser einschenkte, sah sich Rosa um. Es dürfte einmal ein schönes Lokal gewesen sein. Mahagonivertäfelungen wurden in Augenhöhe von einer vormals dunkelroten Seidentapete abgelöst. An vielen Stellen konnte Rosa Risse in der Tapete sehen, die ihren Glanz durch Zigarettenrauch eingebüßt hatte. Schwülstige Bilder hingen an den Wänden, verstaubte Plastikpalmen sollten dem Interieur wohl eine orientalische Note geben. Helga Trattner zündete sich eine neue Zigarette an und sah Rosa an.

»Ich möchte gerne das Zimmer sehen, in dem man am 10. September den Kopf gefunden hat.«

»Ich weiß. Ich frage mich allerdings, wie viele Leute denn noch wegen dieser verdammten Sache kommen. Die Polizei vertreibt mir meine Kunden, ich darf das Zimmer nicht vermieten. Davon wird der Kerl auch nicht mehr lebendig. Chantall ist bis heute nicht wieder zum Dienst erschienen.«

»Wer ist Chantall?«, wollte Rosa wissen.

»Na das Mädchen, das den Kopf von dem Typen gefunden hat!« Verärgert dämpfte Helga Trattner ihre Zigarette aus. Sie beugte sich dazu etwas vor, und ihr Gesicht tauchte kurz in den Lichtkegel, den ein Spot von der Decke auf die Bar warf. Rosa konnte sehen, dass sich unter der dicken Schminke ein verlebtes Gesicht befand. Die blond gefärbten Haare dunkelten am Ansatz nach.

»Ich möchte auf jeden Fall mit jemandem sprechen, der an diesem Abend Dienst hatte ...« Rosa wurde durch lautes Poltern unterbrochen.

Helga Trattner verschwand fluchend hinter der kleinen Türe neben der Bar. Rosa hörte einen kurzen, lauten Wortwechsel, dann kam Helga Trattner wieder und fuhr fort: »Diese Arbeiter sind die reinsten Vollidioten. Sie graben die Mädchen an und sind nun schon seit Monaten mit der Renovierung beschäftigt. Hätten Sie gedacht, dass der alte Kasten und das Lokal unter Denkmalschutz stehen? Na ich auch nicht! Renovieren Sie einmal etwas in Wien, das unter Denkmalschutz steht, die Auflagen ziehen einem den letzten Nerv. Ich hab gedacht, mich trifft der Schlag, wie die ersten Kostenvoranschläge reingeflattert sind. Na servas!«

Helga Trattner seufzte und goss sich einen Schnaps ein. »Wo waren wir stehen geblieben? Ach ja, Sie wollen mit jemandem reden, der an diesem Abend hier war. Lassen Sie mich überlegen.« Sie rieb sich die Nasenwurzel, während sie nachdachte. Der dunkelrote Lack an ihren Fingernägeln war abgesplittert.

»Yvonne habe ich vorhin gesehen.« Helga Trattner sah auf die Uhr an ihrem Handgelenk. »Sie müsste bald mit ihrem Kunden fertig sein. Ich sag ihr, sie soll hier auf Sie warten, Sie können sich inzwischen das Zimmer ansehen.«

Sie griff zu einem der Schlüssel auf dem Holzbrett hinter ihr und drückte ihn Rosa in die Hand. Ohne sich nach ihr umzudrehen, ging sie durch die kleine Türe neben der Bar und deutete auf einen Aufzug.

»Fahren Sie bis zum dritten Stock und gehen Sie dann nach links. Das Zimmer ist das zweite auf der rechten Seite.« Bevor Rosa noch etwas sagen konnte, war Helga Trattner schon verschwunden.

Als sie zum Aufzug kam, war dieser durch einen Arbeiter, der einen Kübel mit Farbe in der einen und eine Leiter in der anderen Hand trug, besetzt. Rosa sah, dass nur wenig Platz in der Kabine war, und steuerte auf die Treppe zu.

»Kommens mit! Aber gebns Acht, ich hab grad das Holz gstrichn«, rief er Rosa nach und stellte die Leiter im Erdgeschoss ab. Er fuhr mit ihr in den dritten Stock; Rosa spürte, wie er sie taxierte. Die Aufzugstür öffnete sich gerade rechtzeitig, eine Sekunde länger, und Rosa hätte ihn gefragt, ob er seine Watsche jetzt gleich oder erst dann haben möchte, wenn er mit seiner Begutachtung fertig ist. Sie ging nach links und sperrte die zweite Türe auf der rechten Seite auf.

Der Raum war etwa zwanzig Quadratmeter groß. Links ging eine Türe ins Badezimmer. Rosa warf einen kurzen Blick hinein, es war mit einer frei stehenden Badewanne auf Löwenfüßen und einem Spiegel darüber ausgestattet. Vier Wandleuchter waren in Stuckrosetten an den speckigen Wänden montiert. In zweien fehlten die Glühbirnen. Gegenüber der Wanne war ein Waschbecken in eine zersprungene Marmorplatte eingelassen, auf der an einem Marmorsockel befestigt ein Putto mit einem gespannten Bogen stand. Die Einrichtung war alt und abgenützt. Der Wasserhahn tropfte, das Wasser hatte die Emaille der Wanne aufgeraut und grau werden lassen. Rosa ging zum Bett, das neben zwei kleinen gepolsterten Stühlen – Barockimitate mit verschlissener Seide überzogen – raumfüllend war. Die Matratze hatte die Polizei mitgenommen. Es stand nur noch das vergoldete überladene Bettgestell im Raum, und das hatte schon bessere Zeiten gesehen. Der Rahmen bestand aus Wolken und kleinen Putti und schien auf einer Seite aus dem Leim zu gehen. Die Farbe war auch hier abgeblättert. Zwei Bettknäufe fehlten, die restlichen zwei waren – wie konnte es anders sein – Engelsköpfe. Rosa setzte sich auf einen der freien Stühle und ließ ihren Blick im Raum umherwandern. Sie bemerkte die dicken gerafften schmutzigen Vorhänge und die goldenen verstaubten Kordeln, die diese zurückhielten. Die Wände des Zimmers waren mit dunkelgrüner verschlissener Seide ausgeschlagen, auch hier reichte die Mahagonivertäfelung bis in Augenhöhe und war offensichtlich schon restauriert worden, ein leichter Farbgeruch hing noch in der Luft. Ein ziemlich geschmackloser Frauenakt rundete das ganze Bild ab.

Rosa verließ das Zimmer und nahm die Treppen ins Erdgeschoss. Helga Trattner stand nicht hinter der Bar, dafür saß auf einem Barhocker die schönste Frau, die Rosa je gesehen hatte, und rauchte eine Zigarette. Sie hatte meterlange Beine und eine Figur, die überirdisch war und betont wurde durch ein enges schwarzes Kleid und Stilettos an den etwas zu großen Füßen. Die blonden, glatten Haare reichten bis zur Taille. Rosa steuerte auf sie zu, stellte sich vor und fragte, ob sie Yvonne sei. Die Schöne nickte und deutete auf den leeren Barhocker neben sich.

Rosa nahm Platz. »Sie waren am Abend des 10. September hier?«

Yvonne zog an ihrer Zigarette. Rosa bekam solche Lust, wieder zu rauchen; sie hatte vor zwei Jahren aufgehört und wusste, dass sie sofort wieder beginnen würde, wenn sie auch nur einen Zug nähme. Als Yvonne die Zigarette erneut zum Mund führte, fiel Rosa auf, dass die makellos weißen Hände mit den blutrot lackierten Fingernägeln auch etwas groß waren.

»Wollen Sie einen Whiskey?«, fragte Yvonne mit tiefer Stimme.

Rosa konnte ihr Erstaunen durch ein zustimmendes Nicken kaschieren. Als Yvonne aufstand, war sie eineinhalb Köpfe größer als Rosa. Wenn man die Stilettos wegrechnete, hatte sie für einen Mann eine durchschnittliche Größe. Sie ging hinter die Bar und schenkte ihnen je zwei Zentimeter in Whiskeygläser ein.

»Mit oder ohne Eis?«, fragte sie.

»Bitte mit«, piepste Rosa.

Yvonne hob ein paar Eiswürfel mit einer Zange aus einem dafür vorgesehenen Plastikbehälter und ließ sie klirrend in die Gläser fallen.

Rosa bewunderte ihren Gang und ihre eleganten Bewegungen in diesen hohen Schuhen und ohrfeigte sich im Geiste, dass sie nicht sofort erkannt hatte, dass es sich bei Yvonne um einen Mann handelte. Die stellte die beiden Gläser vor sie hin, die Eiswürfel klingelten leise dabei, und glitt wieder hinter der Bar hervor.

Als Yvonne sich setzte, platzte es aus Rosa hervor: »Meine Hochachtung! In diesen Schuhen könnte ich keine zwei Minuten gehen.«

»Weder gehe noch stehe ich viel mit ihnen, wenn Sie wissen, was ich meine«, antwortete Yvonne augenzwinkernd.

Rosa lachte, Yvonne fiel mit rauchiger Stimme ein und entblößte dabei zwei Reihen makelloser Zähne. Als sie sich beruhigt hatten, nahmen beide einen Schluck Whiskey.

»Ich muss mit Ihnen hier trinken; wenn einer von meinen Freiern kommt, soll er denken, ich hätte ein Rendezvous. Das kurbelt das Geschäft an.«

»Kein Problem«, winkte Rosa generös ab. Sie spürte den Whiskey sofort, da ihr Frühstück schon zu lange her war. »Sie waren also am Abend des 10. September hier im Haus. Sind Sie von der Polizei befragt worden?«

Yvonne lächelte. »Ja, von einem sehr jungen, entzückenden Beamten. Er konnte mir gar nicht in die Augen sehen und wurde ständig rot, ganz reizend.«

Rosa konnte sich gut vorstellen, wie Yvonne einen jungen Polizisten mit ihren dunkelgrünen Augen und ihrer rauchigen Stimme langsam filetierte.

»Erzählen Sie mir bitte trotz allem, was vorgefallen ist?«

»Ich war ein Stockwerk unter dem Zimmer, in dem es passiert ist.«

Yvonne griff erneut zu ihrer Zigarettenschachtel und hielt sie Rosa hin. Die verlieh sich im Geiste sieben Orden, dass sie dankend ablehnte.

Als Yvonne die ersten beiden Züge getan hatte, fuhr sie fort: »Bei mir war dieser süße Schweizer Geschäftsmann, ein alter Kunde, der mir immer Schokolade mitbringt. Klassisch, nicht? Wir waren schon fertig und lagen in der Badewanne, als wir Chantall – die hat den Kopf nämlich gefunden – durch die Zimmerdecke schreien hörten. Ich bin schnell aus der Wanne gestiegen. Mein Schweizer Freund hatte so Angst vor einer Razzia, dass er beim Anziehen ausrutschte und der Länge nach auf den Badezimmerboden knallte.« Yvonne lächelte in sich hinein. »Ich hab mir schnell meinen Seidenkimono angezogen, ein teures Stück von einem japanischen Freund, und bin die Treppen raufgelaufen. Vor dem Zimmer hatte sich schon eine Traube von Menschen gebildet, mehr oder weniger angezogen. Chantall ist in Helgas Armen gelegen und hat geschrien und geheult. Das hat erst aufgehört, als Helga ihr eine geknallt hat, dann hat sie sich beruhigt. Ich habe mich ins Zimmer gedrängt, dort ist der Schädel auf dem Kopfkissen gelegen. Als ich mich anziehen wollte, damit ich die Polizei nicht im Kimono empfangen musste, bemerkte ich, dass ich mich damit wohl an einen frisch gestrichenen Türrahmen gelehnt hatte. Auf jeden Fall ist der Kimono ruiniert«, fügte sie schmollmündig hinzu.

»Erkannten Sie, wer der Geköpfte war?«

»Also einer meiner Freunde war er nicht, und die anderen kannten ihn auch nicht. Aber Helga vermietet die Zimmer ja auch an unbekannte Pärchen.«

Rosa vernahm ein leichtes Räuspern hinter ihrem Rücken. Sie drehte sich um und sah einen großen Mann in Anzug und Krawatte, der Yvonne freudig zuzwinkerte. Rosa meinte in ihm einen Buchhalter zu erkennen. Yvonne stieß einen kleinen Freudenschrei aus und glitt auf ihn zu.

»Ach, mein Süßer, du bist schon da, wie schön! Darf ich dir Rosa vorstellen? Sie hat mich besucht, und wir haben so ein bisschen Weiberwäsche gewaschen.«

Der Süße ignorierte Rosa vollkommen, was sie beim Anblick von Yvonne auch verstand. Rosa verabschiedete sich und legte ein paar Geldscheine auf die Bar für die zwei Whiskeys. Sie schrieb ihre Telefonnummer und Adresse auf einen Zettel, falls Yvonne noch etwas einfallen sollte. Dann verließ sie die »Villa Rouge«.

Aus der nächsten Telefonzelle rief Rosa Johanna an.

»Ich war grad im Puff!«

»Fein, hattest du wenigstens Spaß dabei?«, erwiderte Johanna.

»Sachen gibt es, ich sage dir ...«

»Bist du in Wien?«, unterbrach Johanna sie.

»Ja, wieso, du auch? Dann können wir ja einen Kaffee trinken gehen.«

Johanna hatte ihren Termin bei der Altkleidersammlung soeben hinter sich gebracht, und so verabredeten sie sich in einer halben Stunde im Café Weingarten in der Nähe des Westbahnhofes. Rosa fuhr die äußere Mariahilfer Straße Richtung Innenstadt. Je näher sie dem Einkaufs-Mekka Wiens, der inneren Mariahilfer Straße, kam, desto dichter wurde der Verkehr. Sie umkreiste den Westbahnhof und suchte zwanzig Minuten einen Parkplatz.

Erna Peier und Johanna saßen schon dicht gequetscht auf einer der mit dunkelbraunem Samt bezogenen Bänke, Ludwig hatte den beiden gegenüber Platz genommen. Auf der marmornen Tischplatte standen riesige Schalen Schokolade mit einer dicken Schlagobershaube. Rosa steuerte auf die drei zu, nahm Platz und bestellte beim Ober ein Mineralwasser, einen Orangensaft und ein Gulasch mit zwei Semmeln.

Das Beste gegen zu früh am Tag genossenen Whiskey, dachte sie.

Johanna und Erna begannen sofort über ihren Erfolg bei der Altkleidersammlung zu erzählen. Die beiden Damen und Ludwig waren mit einem vollgepackten VW-Bus von dort weggefahren. Rosa berichtete von ihrem Ausflug ins Rotlichtmilieu und von Yvonne, ohne allzu viel vom Fall preiszugeben. Alle drei starrten sie mit offenem Mund an.

Als Rosa geendet hatte, sagte Johanna: »Ich hab einmal einen reizenden Transvestiten gekannt. Er hat untertags ein ganz normales Leben gelebt; soviel ich mich erinnern kann, war er ein braver Beamter. Am Abend hat er sich in ein Paillettenkleid geworfen, eine Boa um den Hals geschwungen und ist in einem Nachtclub aufgetreten. Ich glaube, es war das ›Flamingo‹.«

»Im ›Flamingo‹ treten Transvestiten auf? Ich dachte immer, das seien groß gewachsene Frauen mit meterlangen Beinen«, sagte Erna Peier.

»Ja, auch Zwerge und die üblichen Revuegirls«, fügte Ludwig hinzu.

Die drei Frauen sahen ihn stumm an.

»Aber Transvestiten sind ja nicht unbedingt homosexuell, oder?«, fragte Rosa und schielte sehnsüchtig zur Kuchenvitrine.

»Soviel ich weiß, nicht«, meinte Johanna. Sie blies in die Schlagobershaube der Schokolade und fügte hinzu: »Habt ihr gewusst, dass es zahlreiche Bezeichnungen für Menschen ohne eindeutige Neigung zu einem bestimmten Geschlecht gibt? Yvonne dürfte, wenn sie sich nicht zu einer Frau operieren hat lassen, ein Transsexueller sein, wenn sie nur mit Männern verkehrt. Und ein Transgender, wenn sie bei der geschlechtlichen Auswahl ihrer Partner keine eindeutige Vorliebe hat.«

»Auch bunt bemalte Pudel treten im ›Flamingo‹ auf«, warf Ludwig ein.

Die drei starrten ihn erneut an und ersparten sich jeden Kommentar.

»Die Attraktion letztes Frühjahr war ein Buntschnabelpapagei, der einen Zylinder trug, Rad fuhr und dabei die Marseillaise pfiff«, fuhr Ludwig unbeirrt fort.

Johanna sank mit geschlossenen Augen die Bank, auf der sie saß, ein Stück hinunter.

»Ich weiß darüber sehr wenig, muss ich gestehen. Aber ich finde das Thema sehr interessant, Yvonne ist mir außerdem äußerst sympathisch«, brach Rosa nach einiger Zeit das Schweigen. Der Ober brachte ihr Gulasch, sie überlegte, ob sie ein kleines Bier dazu trinken sollte, entschied sich aber dagegen, da sie am Nachmittag mit Liebhart und Schurrauer verabredet war und dort nicht mit einer Alkoholfahne ankommen wollte. Sie bestellte jedoch gleich einen Rehrücken mit Schlagobers.

Mit erhobenem Löffel meinte sie: »Ich bin mir nicht sicher, ob ich sie als Frau oder als Mann anreden soll, aber da komme ich noch dahinter.«

Sie saßen noch eine Stunde zusammen und plauderten, danach bezahlten sie und brachen auf. Die beiden Damen und Ludwig eilten ihrer nächsten Mission entgegen, und Rosa fuhr in Liebharts Büro.

Als sie dort ankam, legte Liebhart einen Plastikbeutel auf den Tisch: das Beweisstück 142, den Brief Antonia Bibersachers.

Schurraurer deutete auf den Beutel: »Du hattest mit deiner Vermutung, dass der Brief schon älter sein dürfte, recht, Rosa. Er ist circa dreißig Jahre alt. Die Schrift ist die von Antonia Bibersacher. Wir haben die erste Seite leider nicht gefunden.«

»Wie sieht es mit Fingerabdrücken aus?«, fragte Rosa.

»Es waren natürlich welche vorhanden. Wir konnten die von Antonia Bibersacher sicherstellen, sie dürfte diejenige gewesen sein, die den Brief auch als Letzte in der Hand gehabt hatte. Das Blatt ist aus einem Collegeblock herausgerissen worden. Sie hatte wohl die Angewohnheit, die Blätter erst herauszureißen und sie dann auf einer anderen Unterlage zu beschriften, denn es hat sich keine Schrift vom Blatt davor, das uns ja sehr interessiert, durchgedrückt«, antwortete Schurrauer.

»Mist«, murmelte Rosa und starrte einige Zeit auf den vor ihr liegenden Beutel. »Es ist nicht zusammengefaltet worden, sie hat den Brief also nie abgeschickt.«

Liebhart rieb sich die Stirn. »Oder es war ein Entwurf, und sie hat ihn auf Briefpapier ins Reine geschrieben und dann zur Post gebracht. Machen wir weiter. Wir haben das Hotel gefunden, in dem Karl Weninger abgestiegen ist, das Plaza. Die haben keine Meldung herausgegeben, da er am 9. September ganz normal ausgecheckt hat. Er hat sich kein Taxi bestellt und das Hotel mit einer kleinen Tasche verlassen. Sein Gepäck hat er schon untertags zum Flughafen schicken lassen. Seine Maschine in die USA wäre am 10. September um halb elf Uhr vormittags geflogen. Er ist nicht mehr am Flughafen angekommen, denn da war er ja schon tot. Das Hotel hat sein Zimmer reinigen lassen, das Ganze ist jetzt schon fast drei Monate her, und es haben dort schon viele Leute gewohnt. Ich habe trotzdem ein paar Männer hingeschickt, sie reden gerade mit dem Hotelpersonal, ob sie sich an irgendjemanden erinnern können, der Weninger besucht hat.«

»Er hatte also offensichtlich vor, die Nacht woanders zu verbringen«, warf Rosa ein.

»Genau, wir untersuchen gerade, ob er gegenüber dem Personal irgendeine Bemerkung gemacht hat«, antwortete Schurrauer.

Liebhart strich sich übers Kinn. »Die Telefonlisten haben nichts ergeben. Antonia und Karl haben insgesamt dreimal um die Testamentseröffnung vor einem halben Jahr herum telefoniert. Karl blieb damals nur eine Woche und ist dann wieder zurück nach Amerika geflogen. Am 1. September kam er wieder hierher und hat im Plaza eingecheckt, aber keinen Kontakt mit seinen Geschwistern aufgenommen. Noch am selben Tag hat er sich ein Mobiltelefon gekauft. Die Quittung haben wir bei seinen Sachen am Flughafen gefunden. Das Telefon allerdings nicht, es handelte sich um ein Wertkartentelefon. Also kann man es auch nicht zurückverfolgen.«

»Hatte er geschäftlich hier zu tun?«, wollte Rosa wissen.

»Nein, in seinem Büro in den Staaten ließ er wissen, dass er noch Familienangelegenheiten zu erledigen hätte. Gibt es Neuigkeiten über die Bahnkarte?« Liebhart sah Schurrauer fragend an.

»Das Labor hat die Schrift auf der Karte rekonstruieren können. Abfahrtszeit von Wien Mitte elf Uhr vierzig, am 6. September. Ankunft in Klosterneuburg um zwölf Uhr zehn. Die Karte wurde von einem Schaffner entwertet, das bedeutet, Karl Weninger hat den Zug auch tatsächlich bestiegen. Die ÖBB kann uns heute Bescheid geben, welcher Schaffner an diesem Tag in diesem Zug Dienst hatte. Auf der Karte fanden wir Karls Fingerabdrücke und noch ein paar weitere, die wir bis jetzt nicht zuordnen konnten. Sie gehören aber vermutlich dem Schaffner.«

»Hat die ÖBB noch Aufzeichnungen von den Kameras am Bahnhof?«

»Die werden nach achtundvierzig Stunden automatisch gelöscht.« Schurrauer hob resigniert die Schultern.

Liebhart drehte sich zu Rosa und wechselte das Thema. »Hast du schon eine Vermutung, was das Gesamtbild, dessen Fragmente wir haben, darstellen könnte?«

Rosa räusperte sich. »Ich habe mich gestern sehr intensiv mit den beiden Leinwandstücken beschäftigt. Meiner Meinung nach stammen sie aus einem dem italienischen Barock nachempfundenen Gemälde. Der Mörder ist offensichtlich fasziniert von dieser Epoche, er hat eine Schwäche für das Überladene; alles, was wir bis jetzt von ihm wissen, ist voller Dramatik. Das würde auch zur Mordwaffe passen: 17. Jahrhundert, handgeschmiedetes Eisen. Habt ihr schon einen Hinweis, woher die Waffe kam und wo sie jetzt ist?«

Schurraurer schüttelte den Kopf. »Das Metall ist nicht so einzigartig. In Österreich gibt es zahlreiche Burgen mit Waffenkammern. Der Täter kann es von dort geklaut oder aus dem Nachlass eines Schlosses gekauft haben. Vielleicht hatte er Glück und konnte es auf einem Flohmarkt erstehen.«

Rosa nickte. »Das Mordwerkzeug ist aus dem 17. Jahrhundert, die Leinwand ist es auch, und er hat eine Signatur hinterlassen, ähnlich wie ein Maler sein Bild signiert. Wann hat er denn mit dem Bild begonnen? Hat Frau Dr. Reschreiter die Daten meiner Analyse, die ich gestern in den Computer eingegeben habe, geschickt?«

»Das war vor circa einem halben Jahr, die Daten kamen heute Morgen.«

»Vor einem halben Jahr war die Testamentseröffnung von Waltraud Weninger«, sagte Rosa nachdenklich.

Liebhart und Schurraurer starrten sie an. »Das erste Bindeglied mit der Familie! Ich rufe Hermann Weninger an. Er soll uns die Namen derer geben lassen, die bei der Testamentseröffnung waren oder begünstigt worden sind, und von denen, die leer ausgingen. Wir fahren bei ihm vorbei und holen sie uns!«

Während Liebhart telefonierte, starrte Rosa vor sich hin. In ihrem Kopf ratterte es.

***

Er sah auf die Frau herab, die vor ihm auf dem kalten Erdboden lag.

»Miese Schlampe«, zischte er und trat dreimal kräftig zu.

Er richtete sich auf, verharrte dann jedoch, da er meinte, jemanden kommen zu hören. Er musste vorsichtig sein. Sie sah ihn mit leeren Augen an, er nahm die Brechstange und schlug auf ihren Körper ein, bis ihm der Schweiß von der Stirn tropfte. Dann verharrte er erneut und lauschte, ob jemand in der Nähe war. Erst als er ganz sicher war, holte er mit dem Schwert aus und schlug mit aller Kraft zu.

8

Auf dem Weg zu Weningers Villa fiel der Regen in großen Tropfen vom Himmel.

Vor dem Haus sahen sie zwei Beamte, die, zum Schutz der Familie abgestellt, in einem Wagen auf der anderen Straßenseite saßen. Liebhart nickte ihnen kurz zu.

Sie läuteten mehrmals, bis sie das schon bekannte Schlurfen hinter der Türe vernahmen. Hermann Weninger öffnete ihnen. Er trug noch immer den Morgenmantel und den Pyjama. Man roch, dass er sich schon längere Zeit nicht mehr gewaschen hatte. In seinem bleichen Gesicht standen Bartstoppeln, und die Augen waren gerötet. Hinter ihm tauchte ein circa zwanzig Jahre alter Mann auf. Er trug teure Kleidung und sah müde aus; das blonde Haar stand ihm struppig vom Kopf weg. Er legte Hermann Weninger seine Hand auf die Schulter und zog ihn vorsichtig von der Türe weg.

»Lass nur, Papa, ich mach das schon. Kommen Sie bitte rein. Johannes Weninger.« Er gab beiden die Hand. »Wenn Sie bitte weiterkommen möchten, ich bringe meinen Vater nur nach oben. Ich bin wohl kurz eingenickt und habe daher die Türklingel nicht gehört.«

Johannes Weninger führte seinen Vater die Treppen hinauf. Das Etikett seines Pullovers lugte hinten beim Nacken heraus. Rosa konnte das Label von Knize, einem sehr teuren und konservativen Herrenbekleidungsgeschäft am Graben, erkennen.

Ein paar Minuten später kam Johannes Weninger wieder herunter. »Ich darf Sie bitten, mir in den Salon zu folgen, meinem Vater geht es nicht besonders gut.«

Er ging in das an das Wohnzimmer angrenzende Zimmer voraus. An den Wänden standen ebenfalls Bücherregale, allerdings in einem etwas helleren Teakholz, ein Humidor mit exklusiven Zigarren sowie eine gut bestückte Bar, ebenfalls aus Teakholz. Zwei große Fenster öffneten den Blick auf den Park, der im immer heftiger werdenden Regen trostlos aussah. Die Wände waren mit einer rosa-hellgrünen Stofftapete tapeziert.

Sie nahmen in einer kleinen, aber bequemen Sitzgruppe Platz.

Rosa begann unvermittelt: »Ihrem Vater geht es offensichtlich nicht sehr gut. Der Tod seiner Geschwister dürfte ein ziemlicher Schock gewesen sein.« Sie glaubte zwar nicht daran, hielt es aber aus taktischen Gründen für besser, diese Route einzuschlagen.

Johannes Weninger hatte dunkle Ringe unter den Augen, es sah so aus, als habe er in seinen Kleidern geschlafen.

Er fuhr sich durchs Haar: »Ich denke, dass der tragische Tod meiner Tante und meines Onkels nicht unbedingt den Ausschlag gegeben haben. Mein Vater hat sich kurz nach dem Tod unserer Großmutter einer Routineuntersuchung im Spital unterzogen. In seinem Alter ja durchaus empfehlenswert. Ich nehme an, dass sie dabei etwas entdeckt haben. Er gibt keine Auskunft darüber und möchte auch nicht darüber reden. Als er damals vom Spital heimgekommen ist, war er sehr zerstreut. Ich vermute, dass ihm zu dieser Zeit alles zu entgleiten anfing. Sehen Sie sich sein Leben nur an: Die jahrelange Krankheit meiner Mutter ist für ihn eine arge Belastung. Vermutlich hat der Tod seiner Geschwister, obwohl sie ja nicht so ein enges Verhältnis hatten, das Fass zum Überlaufen gebracht. Die Art und Weise, wie sie umgekommen sind, ist ja auf jeden Fall entsetzlich. Er macht sich sicher auch Sorgen um Sarah, da wir nicht wissen, wo sie ist. Das alles ist Grund genug für einen Schock, dessen Folgen Sie soeben gesehen haben.« Johannes Weninger hielt inne und sah aus dem Fenster. »Seit es passiert ist, vergeht keine Minute, in der ich nicht denke, wer so etwas tun könnte und warum.«

Teure Schuhe, teure Kleidung, dachte Rosa, etwas zu konservativ für sein Alter, und teure Uhr. Aber leicht hat er es im Moment trotzdem nicht.

»Wir haben bereits eine Suchaktion gestartet, meine Kollegen telefonieren mit allen Berghütten in der Gegend, in der wir Ihre Schwester vermuten. Wir werden sie sicher bald finden«, beruhigte Liebhart ihn.

»Was passiert, wenn der Mörder sie auch noch erwischt? Wir haben Personenschutz, aber sie ist mit einer Freundin irgendwo in den Bergen. Dass er es auf unsere Familie abgesehen hat, ist ja wohl klar.«

»Wir tun wirklich alles, was in unserer Macht steht, aber wir brauchen dafür auch Ihre Hilfe. Gibt es eine Liste der Personen, die durch das Testament Ihrer Großmutter begünstigt wurden, und eine Liste derer, die bei der Testamentsverlesung anwesend waren?«

»Ja, die Testamentsverwaltung hat ein befreundeter Anwalt der Familie, Dr. Paulinger, übernommen. Ich habe mit ihm telefoniert, als Sie angerufen haben. Die Liste wird heute noch bei Ihnen sein.«

»Vielen Dank für Ihre Hilfe. Da wir Sie nun auch kennenlernen durften: Können Sie uns vielleicht mehr über Ihre Familie erzählen, hatten Sie Kontakt zu Ihrem Onkel und Ihrer Tante?«

Die Tür ging leise auf, und Rosa dachte: Ich glaub's nicht, die haben ein Zimmermädchen mit schwarzem Kleid und weißer Schürze!

Die junge Frau stellte ein schweres Tablett mit einer matt angelaufenen silbernen Teekanne und drei Tassen aus weißem Porzellan auf den Tisch und huschte danach geräuschlos wieder aus dem Zimmer.

Johannes Weninger ließ dunklen duftenden Tee in die drei Tassen laufen.

Rosa bemerkte an der Wahl des Getränkes, dass er nicht in Wien aufgewachsen war. Hier hätte man, ohne zu fragen, Kaffee serviert und nur auf ausdrücklichen Wunsch Tee.

»Ich habe meine Tante etwa zweimal im Jahr gesehen. Ich hatte sie recht gerne, sie war total versponnen, hat immer weite und bunte Kleider getragen und ehrenamtlich für alle möglichen Institutionen gearbeitet«, antwortete er, nachdem er Rosa und Liebhart die gefüllten Tassen gereicht hatte. »Das hatte sie wohl von ihrer Mutter. Alles, was ich über meine Familie väterlicherseits weiß, habe ich von ihr erfahren. Mein Vater wollte nie über seine Eltern oder Geschwister reden. Meinen Onkel habe ich eigentlich nicht gekannt, da er ja schon sehr früh nach Amerika ging.«

»Wie war denn das Verhältnis Ihres Großvaters zu seinen Kindern?«

»Ich habe meinen Großvater nicht gekannt, wir waren ja bis zu seinem Tod in der Schweiz. Er soll sehr streng gewesen sein und hat sich vollkommen von meinem Onkel Karl distanziert, als er von dessen Homosexualität erfuhr.«

Daher also die gezupften Augenbrauen und die gefärbten Haare bei Karl, dachte Rosa.

Sie roch an dem Tee, bevor sie einen Schluck nahm, es war mit

Sicherheit eine teure Sorte. Das Aroma breitete sich sofort angenehm in ihrer Mundhöhle aus.

»War das auch der Grund dafür, dass Ihr Onkel so früh die Familie verlassen hat?«, wollte Liebhart wissen.

»Meine Tante hat mir erzählt, dass es einen unglaublichen Krach gab. Großvater hatte alles auf Karl gesetzt, da mein Vater ja nicht mehr in Wien war. Der Direktor der Privatschule, an der mein Onkel war, war an meinen Großvater herangetreten und hat ihn über die eindeutige Neigung meines Onkels informiert. Ich denke, er wollte meinen Großvater erpressen. Wenn die Homosexualität meines Onkels publik geworden wäre, wäre er von der Schule geflogen, und er stand damals kurz vor der Matura. Mein Großvater hat dann eine beträchtliche Summe springen lassen und meinen Onkel zur Rede gestellt. Der gab alles zu, ich denke, es war für ihn ein enormer Druck, sich so verstecken zu müssen. Die Wochen bis zur Matura standen wohl unter hoher Spannung. Mein Großvater hat sich zurückgenommen, er wollte nicht, dass ihm mit Karl dasselbe passierte wie mit meinem Vater. Doch ein paar Tage nach der Matura ist es dann zum Eklat gekommen, und Karl hat für immer sein Elternhaus verlassen und ist in die Staaten gegangen. Mein Großvater hat ihn nie wieder gesehen. So hat es mir zumindest meine Tante erzählt.«

»Wissen Sie denn, warum Ihr Vater 1973 so plötzlich in die Schweiz geflüchtet ist?«

In der Tür zum Salon tauchte plötzlich Hermann Weninger auf, er starrte verwirrt vor sich hin und fuhr sich mit der Hand durch die Haare.

»Sie wissen gar nichts, Sie wissen gar nichts!«, rief er, bis er schließlich brüllte: »Gar nichts wissen Sie, gar nichts!« Speichel rann ihm übers Kinn, und er krampfte seine Hände zusammen.

Johannes sprang auf und lief zu ihm. Er nahm ihn in die Arme, woraufhin sein Vater leiser wurde und sich beruhigte.

»Es ist schon gut«, sagte Johannes, und an seiner Stimme konnte Rosa erkennen, dass auch er den Tränen nahe war.

Johannes hielt seinen Vater fest und brachte ihn erneut nach oben. Rosa fragte Liebhart, ob sie nicht besser gehen sollten.

»Auf keinen Fall«, antwortete er leise, »wenn der Junge übermüdet ist, passieren ihm vielleicht Fehler. Das könnte uns weiterhelfen.«

»Was für Fehler?«, wollte Rosa wissen, doch Liebhart bedeutete ihr, abzuwarten.

Rosa sah sich im Salon um und konnte auf einer Anrichte Familienfotos erkennen. Die Seiten- und Vorderfronten der Anrichte waren mit zarten Einlegearbeiten verziert. Rosa erkannte Kraniche und Blumengirlanden. Ein kleiner Schlüssel mit Quaste hing an der ersten Schublade. Sie stand auf und beugte sich gerade über das Bild eines älteren Ehepaares, als Johannes wieder das Zimmer betrat.

Er wischte sich mit dem Handrücken über die Augen, seufzte tief und ließ sich in einen Sessel fallen. »Sie sehen selbst, es geht ihm nicht gut. Ich habe noch schnell mit unserem Hausarzt Dr. Hassani telefoniert, er kommt in einer halben Stunde und wird nach ihm sehen. Wo waren wir stehen geblieben?«

»Sind das Ihre Großeltern?« Rosa deutete auf das Bild des Ehepaares.

Johannes drehte sich um und sah in die Richtung, in die Rosa gezeigt hatte. »Ja, das Bild ist an ihrem letzten Hochzeitstag entstanden. Daneben sehen Sie das letzte Bild, das von meiner Großmutter gemacht wurde.«

Rosa sah eine gepflegte Dame in einem schwarzen Wollkleid mit einer Perlenbrosche am Kragen. Ihr Kinn und ihre Nase waren sehr spitz, und ihre Augen lagen tief in den Höhlen. Ihre Lippen waren schmal, und der rote Lippenstift ließ sie wie einen waagrechten blutigen Strich im Gesicht aussehen.

»Sie ist an Nierenkrebs gestorben. Als dieses Bild gemacht wurde, ging es ihr schon sehr schlecht. Mein Vater war immer dagegen, Bilder seiner Mutter aufzustellen. Als es meiner Mutter noch besser ging, bestand sie jedoch darauf. Ich nehme an, um uns Kindern unsere Wurzeln näherzubringen. Mit der Zeit hat dann niemand mehr auf diese Bilder geachtet.«

Johannes wandte sich von der Anrichte ab. »Sie wollten wissen, warum mein Vater so schnell in die Schweiz gegangen ist. Ja, die Auseinandersetzung in der Familie dürfte sehr stark gewesen sein, denn weder meine Großeltern noch meine Tante oder mein Onkel wurden von meinem Vater zu dessen Hochzeit in die Schweiz eingeladen. Er hatte den Kontakt tatsächlich vollständig abgebrochen.«

Liebhart lehnte sich nach vorne. »Was haben Sie in der Nacht vom 9. auf den 10. September und in der Nacht vom 26. auf den 27. November gemacht?«

»Sie verdächtigen mich?«, fragte Johannes.

»Sie verstehen sicher, dass wir diese Frage jedem stellen müssen, der unmittelbar mit dem Fall zu tun hat. Sie sind mit den beiden Opfern verwandt«, antwortete Liebhart scharf.

Johannes sah ihn irritiert an und lehnte sich zurück. »Für November habe ich ein Alibi, ich bin gestern Abend erst aus Malta zurückgekommen. Für September kann ich es Ihnen jetzt unmöglich sagen, auf jeden Fall war ich hier, denn da hat das Semester angefangen, und ich studiere noch.«

»Waren Sie alleine auf Malta, und wie können Sie sich von der Universität zwei Wochen freinehmen?«, fragte Liebhart misstrauisch.

»Wir sind eine sehr gut funktionierende Studentengruppe und unterstützen uns gegenseitig. Zweimal im Jahr teilen wir die Gruppe durch zwei. Eine Gruppe nimmt irgendwelche günstigen Studentenreisen in Anspruch, während die andere für die Reisenden bei den Vorlesungen mitschreibt. Beim nächsten Mal ist es umgekehrt. Wir arbeiten alle während der Ferien, und so kommen wir doch noch zu etwas Urlaub unterm Jahr, noch dazu in einer Zeit, in der fast niemand verreist.« Johannes stand auf und ging zu einem großen Schreibtisch am Ende des Raumes. Er holte einen in Leder gebundenen Kalender und blätterte darin herum, während er zu dem Teetisch zurückkam.

»Vom 9. auf den 10. September war ich offensichtlich hier. Semesteranfang ist immer recht anstrengend, da wir für mehrere Vorlesungen inskribieren und uns dann die Professoren raussuchen, die uns am meisten zusagen. Hier sehen Sie, ich hatte untertags einen Termin nach dem anderen, und am Abend war ich wahrscheinlich total geschafft.« Er hielt ihnen die offene Seite seines Kalenders entgegen.

»Davon bräuchte ich bitte eine Kopie.« Liebhart deutete energisch auf den Kalender.

Sein Telefon läutete, er entschuldigte sich und ging in das angrenzende Wohnzimmer. Kurz darauf erschien er wieder in der Tür und sagte zu Rosa: »Kommst du bitte einmal kurz zu mir?«

Er schob sie ins Vorzimmer und flüsterte ihr zu: »Wir müssen sofort gehen, es wurde ein weiterer Kopf gefunden.«

Rosa erschrak so sehr, dass sie sich kurz an Liebhart festhalten musste.

Im Auto starrte Rosa nervös aus dem Fenster, biss an ihrer Unterlippe und wiederholte immer wieder im Geiste: Lass es bitte nicht das Mädchen sein, lass es bitte nicht das Mädchen sein!

Liebhart fuhr wie ein Wahnsinniger. Währenddessen telefonierte er mit Schurrauer, ob sie Sarah Weninger schon gefunden hatten. Schurrauer war auch gerade auf dem Weg zum Tatort und musste die Frage leider verneinen.

Sie fuhren von der Ringstraße durch das Heldentor auf den Heldenplatz und blieben beim Denkmal des Prinz Eugen vor der Hofburg stehen. Die Pferde der Fiaker tippelten durch das Blaulicht der Polizeiautos unruhig auf dem Platz. Liebhart und Rosa eilten die breiten Stufen zum hohen Eingangstor mit dem kunstvollen gusseisernen Gitter hinauf. Meldungen aus zahlreichen Funkgeräten hallten durch die Eingangshalle, überall standen Beamte in Uniform oder in Zivil. Ein paar sprachen hektisch in ihr Mobiltelefon, andere standen in Gruppen beieinander und besprachen weitere Vorgehensweisen. Rosa und Liebhart wandten sich nach rechts und gingen an einem dicken Museumsangestellten vorbei, er hatte den Kopf gefunden und wurde gerade von zwei Beamten befragt. Sie stiegen, zwei Stufen gleichzeitig nehmend, die prunkvolle Marmortreppe empor und wandten sich dann nach links.

Die Sammlung alter Musikinstrumente betrat man durch eine moderne Glastüre, auf der die Aufforderung hing, sie immer zu schließen, um optimale klimatische Bedingungen der Ausstellungsstücke zu gewährleisten. Sie durchquerten eilig einen Vorraum, in dem die ersten Schaukästen standen. An der Decke hing an Drahtseilen unter Plexiglas die Nachbildung einer Tuba curva. Sie wurde vom römischen Heer bei deren Einmarsch in annektiertes Gebiet geblasen.

Der Saal XI war abgesperrt, da die Spurensicherung noch am Werk war. Liebhart sprach mit einem Kollegen, während Rosa von einem Bein aufs andere trat. Keiner nahm von ihr Notiz.

Als die Spurensicherung fertig war, durften sie den Saal betreten. Zwischen den beiden Fenstern war ein Schaukasten aufgebrochen. Er enthielt laut Auskunft eines Museumswärters Panduren und

Gitarren aus dem 16., 17. und 18. Jahrhundert. Das Futteral einer Laute lag halb im Schaukasten und halb auf dem Parkettboden, der von Scherben übersät war. Eine Vitrine im Raum war ebenfalls zerstört worden. Sie hatte offenbar eine Violine aus dem 17. Jahrhundert enthalten; Rosa las das kleine Schild, das zur Erklärung im Schaukasten gelegen haben musste und jetzt am Boden lag. Das Holz der Fensterrahmen, Türen und Schaukästen glänzte im aufzuckenden Licht der Fotoapparate.

Schurrauer betrat den Saal, nickte den beiden kurz zu und stieg vorsichtig über die Scherben am Boden. Rosa folgte ihm und traute sich gar nicht hinzusehen, bis sie ihn sagen hörte: »Was zum Teufel ... Sie ist es nicht, aber wie ...?«

Auf einem Prunktisch mit eingebauter Orgel, der mittig im Raum stand, waren gebundene Notenblätter verteilt. Der Täter hatte die Violine aus dem 17. Jahrhundert, die er vorher aus dem Schaukasten genommen haben musste, in den Vordergrund des Tisches gelegt; auf ihr lag der dazugehörige Bogen. Die Laute aus dem Futteral stand, durch Bücher gestützt, weiter hinten am Tisch, dazwischen lag ein Krummhorn. Auf einem Stoß Bücher, die ebenfalls von Notenblättern bedeckt waren, lag ein Schädel. Die Frau, der er einmal gehört hatte, musste schon länger tot sein. Die Haut um die Wangen und an den Schläfen war eingefallen. Die Lippen hatten sich schon etwas zurückgezogen und gaben den Blick auf zwei Zahnreihen frei, zwischen denen ein Stück Papier steckte. Die Nasenspitze war eingetrocknet. Auf einem Notenblatt unter dem Kopf stand mit rostroter Farbe geschrieben: *»f michela«*.

Rosa beugte sich darüber und sagte: »Frater Michelangelus, das war es. Natürlich!« Sie richtete sich auf und schlug sich mit der flachen Hand auf die Stirn. Dann drehte sie sich zu Liebhart um und rief: »Der geköpfte Goliath, Frater Michelangelus. Warum bin ich darauf nicht früher gekommen?«

Sie begann zu lachen, die im Raum anwesenden Personen sahen empört zu ihr herüber.

Liebhart starrte sie an und fauchte: »Rosa! Wir haben es hier mit unserem dritten Mordopfer zu tun! Wo auch immer du draufgekommen bist, es ist sicher nicht zum Lachen.«

»Wir haben nur zwei Mordopfer, mein Lieber. Das hier ist Waltraud Weninger, sie ist vor einem halben Jahr an Krebs gestorben, und ich erkenne sie von dem Foto in Hermann Weningers Haus wieder.«

Rosa, Liebhart und Schurrauer verabredeten sich in zwei Stunden im Büro. Rosa eilte zur städtischen Bücherei und lieh sich einen Bildband über den Maler Michelangelo Merisi da Caravaggio aus. Liebhart schickte eine Einheit und die Spurensuche zur Familiengruft der Weningers auf den Zentralfriedhof.

Rosas Vermutungen bestätigten sich: Der Bleisarg war aufgebrochen worden, der Körper der Toten lag daneben. Der Schlag mit dem Schwert war so stark gewesen, dass eine Kerbe am Boden der Gruft zurückgeblieben war. Die Spurensuche entdeckte auch Misshandlungen am Rumpf, die wohl von Fußtritten stammten.

Als Rosa mit dem Bildband vor Frau Grand stand, sah diese sie missbilligend an. Rosa hatte den Eindruck, dass Frau Grand sie auch missbilligend ansehen würde, wenn sie mit dem Papst im Arm erscheinen würde. Sie grüßte und fragte nach Liebhart und Schurrauer.

»Treten Sie näher, Sie werden erwartet.«

Die nächste Frage kostete Frau Grand offenbar einiges an Überwindung, Rosa vermutete eine Anweisung Liebharts dahinter: »Wollen Sie Milch zu Ihrem Kaffee?«

»Wenn es geht, etwas Blausäure, vielen Dank!«, erwiderte Rosa.

Sie ließ eine erstaunte Frau Grand stehen und betrat Liebharts Büro, in dem auch schon Schurrauer wartete. Beiden sah Rosa die Erleichterung darüber an, dass der Kopf nicht Sarah Weninger gehörte. Sie nahmen an einem großen Sitzungstisch Platz. Draußen begann es bereits zu dämmern.

»Ich denke, der Schlüssel zu dieser ganzen Geschichte liegt bei der Person, deren Kopf wir zuletzt gefunden haben«, begann Liebhart. »Wenn ein Mensch einer toten Frau den Kopf abschlägt, tötet er jemanden, der eigentlich schon tot ist.«

Er stand auf und ging zu einer Tafel, an der große Bögen Papier hingen.

»Zwei Brüder: Hans Weninger, geboren 1933, gestorben 1966, und Rudolf Weninger, geboren 1925, gestorben 1998.«

Er fing an, einen Ahnenbaum zu zeichnen, und trug die Geburts- und Sterbedaten unter den Personen ein.

»Sie lernen eine junge Frau kennen: Waltraud. Nach Aussage von Erich Bibersacher erwartet sie nach kurzer Zeit ein Kind von Hans Weninger; sein Bruder rettet die Ehre der Familie, indem er sie 1957 heiratet, so das Gerücht. Im selben Jahr kommt Hermann Weninger auf die Welt. 1966 kommt Hans Weninger bei einem Flugzeugabsturz ums Leben.« Liebhart malte ein kleines Kreuz neben Hans Weningers Namen.

»Die Ehe von Waltraud und Rudolf Weninger steht angeblich von Anfang an unter keinem guten Stern. Waltraud steigt jedem Mann hinterher. Trotz allem kommt 1966 die gemeinsame Tochter Antonia auf die Welt und zwei Jahre später Karl. Hermann verlässt mit siebzehn Jahren sein Zuhause und geht in die Schweiz. Dort lernt er seine zukünftige Frau Elvira kennen und heiratet sie 1989 unter Ausschluss seiner Familie. Im selben Jahr kommt Johannes auf die Welt, zwei Jahre später wird Sarah geboren. Elvira neigt zu Schwermut und Depressionen, sie erkrankt und wird bettlägrig. 1986 wird in Wien die Homosexualität von Karl Weninger publik, er flüchtet nach Amerika, nachdem sein Vater ihn zur Rede gestellt hat. Antonia heiratet 1985 Erich Bibersacher, der von ihren Eltern zu spüren bekommt, dass Antonia mit ihm unter ihrem Stand geheiratet hat. Antonia vergöttert laut seiner Aussage ihren Vater, das Verhältnis zur Mutter ist gespannt. 1998 stirbt der alte Weninger, die Geschwister treffen sich zur Testamentseröffnung. Antonia und Karl werden ausbezahlt, Hermann übernimmt die Kanzlei, Waltraud bekommt eine Rente und eine stattliche Abfindung. Es gibt unter den Geschwistern, laut Hermann Weninger, keine Streitereien bezüglich des Erbes. Der ausführende Notar, Dr. Paulinger, hat uns das bestätigt. Er hat von einer friedlichen und gerechten Verteilung der vorhandenen Gelder und Güter gesprochen. Obwohl Hermann Weninger nun wieder zu Hause ist, hat er auch weiterhin keinen Kontakt zu seinen Geschwistern. Er meint, Antonia und Karl seien sich näher gewesen, ist sich aber dessen nicht sicher. Johannes Weninger, der Sohn von Hermann, sieht seine Tante sporadisch und beschreibt sie als versponnen, aber liebenswürdig; zu seinem Onkel Karl hatte er keinen Kontakt. 2002 wird die Ehe von Antonia Bibersacher geschieden. Sie und Erich Bibersacher hatten keine Kinder, Antonia lebt seit der Scheidung vom Geld ihres Exmannes ein Leben als Mäzenin. Vor einem halben Jahr stirbt Waltraud Weninger an Nierenkrebs. Die drei Geschwister treffen einander zur Testamentseröffnung wieder. Waltraud begünstigt in ihrem Testament eine große Anzahl von Personen und Institutionen, die Liste des Notars ist schon hier angekommen.«

Er schob Schurrauer und Rosa drei A4-Seiten hin.

»Die Testamentseröffnung von Waltraud Weninger war für den Mörder offenbar der auslösende Moment, er beginnt mit der Arbeit an einem Ölgemälde, oder er lässt es malen. Ein paar Monate später wird der Kopf von Karl Weninger um circa zehn Uhr abends von der jungen Prostituierten Chantall in der ›Villa Rouge‹ gefunden. Karl war zu diesem Zeitpunkt bereits vierundzwanzig Stunden tot. Das heißt, dass er etwa um zehn Uhr des Vorabends umgebracht worden war. Hermann Weninger hat für diesen Abend ein Alibi. Ich habe mit seiner Sekretärin telefoniert, er war bei der Geburtstagsfeier seines Steuerberaters und ist dort erst gegen zwei Uhr morgens aufgebrochen.«

»Auf dem Kopfkissen, auf dem der Kopf von Karl Weninger gelegen hat, hinterließ der Mörder das mit Blut geschriebene Wortfragment *›la‹*. Der Anfang des Wortes war nicht mehr zu erkennen oder zu rekonstruieren«, warf Schurrauer ein.

»Im geschlossenen Mund von Karl Weninger hat ein zusammengefaltetes Stück Leinwand gelegen«, fuhr Rosa fort. »Ich nehme an, dass es die rechte untere Ecke von Caravaggios ›David und Goliath‹ darstellt.«

Sie öffnete den mitgebrachten Bildband, schob ihn in die Mitte des Tisches und legte eine Folie mit dem gefundenen Leinwandstück neben das Bild: »Es ist noch nicht besonders viel zu erkennen, aber wartet, bis ihr das zweite Stück seht. Die Leinwand ist aus dem 17. Jahrhundert. Sie trug ein Originalgemälde, von dem wir bis jetzt durch Röntgenstrahlen nur einen Teil einer Kinderhand mit Manschette, die eine Schelle hält, erkennen konnten. Der Maler hat die vorhandene Abbildung mit einem Bimsstein entfernt, um die Grundierung zu erhalten, und danach mit einer qualitativ hochwertigen Ölfarbe auf Leinölbasis und mit Terpentin als Malmittel ›David und Goliath‹ kopiert. Das Sujet und die Technik sagen uns sehr viel über den Maler aus. Der Täter hat auf jeden Fall einen Hang zur Selbstdarstellung. Er schätzt die Kunst des italienischen Barock, eine leidenschaftliche und dramatische Epoche. Karls

Kopf wurde in einem Zimmer in der ›Villa Rouge‹ gefunden, das dem Stil des Barock nachempfunden ist.«

»Aber warum hat er Karl Weningers Kopf in einem Stundenhotel hinterlassen?«

»Caravaggio hat ein sehr exzessives Leben geführt. Man sagt ihm nach, dass er bisexuell oder homosexuell war – das Bindeglied zu Karl Weninger – und dass er sich gerne betrunken und in Raufereien gestürzt hat. Die ›Villa Rouge‹ ist ein beliebter Ort, an dem sich auch Homosexuelle treffen. Caravaggio hat sich ebenso mit Vorliebe in Bordellen herumgetrieben, und die von ihm dargestellten Damen holte er sich aus diesem Milieu. 1603 wird er das erste Mal verhaftet und ins Gefängnis geworfen: Der Maler Giovanni Baglione zeigte ihn wegen Verbreitung diffamierender Gedichte an. Ein Jahr später wird er erneut inhaftiert, da er Polizisten angegriffen haben soll, wird aber bald wieder entlassen. Im nächsten Jahr sitzt er wieder im Gefängnis, und zwar wegen unerlaubten Waffentragens. Im selben Jahr wird er noch einmal verhaftet, da er einem Notar mit dem Degen das Gesicht verletzt haben soll. Er hat 1606 mit fünfunddreißig Jahren einen Mann beim Schlagballspiel getötet und musste daraufhin fliehen. Im Juli 1608 wird er zum Ritter des Malteserordens ernannt, im selben Jahr aus dem Orden wieder ausgeschlossen. 1610 stirbt er im Alter von nur neununddreißig Jahren.«

Rosa hielt inne, sie suchte in ihrer Tasche nach den Fotos der Tatorte. »Die Signatur unter dem Kopf von Karl Weninger war das Wortfragment *›la‹*, der Anfang des Wortes war nicht zu erkennen. Die Signatur unter dem Kopf von Antonia Bibersacher war *›ela‹*. Caravaggio signierte die ›Enthauptung des Täufers‹«, Rosa stand auf und blätterte im Bildband zu dem Bild, »mit *›f michela‹*, dieselbe Signatur wie unter dem zuletzt gefundenen Kopf von Waltraud Weninger: Das ›f‹ steht für ›fecit‹ oder ›frater‹ – bis heute weiß man nicht genau, welches von beiden –, ›michelang‹ ist die Abkürzung für ›Michelangelus‹. ›Fecit Michelangelus‹ würde ›Michelangelo hat dieses Bild geschaffen‹ bedeuten. ›Frater Michelangelus‹ würde den Maler als Mitglied der Bruderschaft der Malteser bezeichnen.«

Liebhart und Schurraurer sahen sich das Gemälde »Enthauptung des Täufers« in dem aufgeschlagenen Buch an. Rosa erklärte: »Caravaggio hat keines seiner Bilder signiert, nur dieses hier. Aus dem Blut, das aus der Halswunde des Geköpften schießt, bildete er die Signatur *›f michela‹*.«

Frau Grand betrat das Zimmer. Sie stellte ein Tablett mit Kaffee, Milch und Zucker auf den Besprechungstisch.

»Wollen Sie Zucker zu Ihrer Blausäure?«, fragte sie Rosa mit regungsloser Miene.

Schurrauer und Liebhart sahen stumm von Frau Grand zu Rosa, diese erwiderte: »Ich trinke sie immer pur, vielen Dank!«

Frau Grand verließ das Zimmer und ließ die Tür sanft ins Schloss gleiten.

»Müssen wir das verstehen?«, fragte Liebhart.

»Nicht notwendig, ich denke, ich habe einen Weg gefunden, um mit Frau Grand auszukommen.«

Liebhart atmete tief durch und nahm wieder Platz. »Ich muss morgen eine Pressekonferenz halten und brauche Informationen, die ich dort präsentieren kann. Also lasst uns weitermachen!« Er wirkte angestrengt.

»Ich glaube, der Mörder identifiziert sich mit Caravaggio«, dachte Rosa laut nach.

Liebhart sagte: »Ja?«, in einem Ton, der verriet, dass er Rosa nicht ganz ernst nahm.

Rosa beherrschte sich, sie war der Meinung, sie wisse etwas Wichtiges: »Wenn du eine Person wirklich bewunderst, versuchst du, alles über sie rauszubekommen; wenn du dich identifizierst, versuchst du, so zu sein wie sie oder so zu malen. Das Thema David und Goliath dürfte Caravaggio sein Leben lang begleitet haben. Er war ein Rauf- und Trunkenbold und saß mehrere Male im Gefängnis. Seine sexuellen Vorlieben erstreckten sich von Frauen über junge Männer bis hin zu Mädchen. Er wusste ganz genau, dass er sich durch seinen Lebenswandel immer wieder in große Gefahr brachte.«

Liebhart wurde ungeduldig. »Was hat das mit unserem Mörder zu tun?«

»Warte! Caravaggio porträtierte sich in dem von unserem Mörder verwendeten Bild zweimal selbst. Einmal als junger David, der mit einem bedauernden Gesichtsausdruck auf den von ihm selbst abgeschlagenen Kopf von Goliath sieht. Gleichzeitig ist das Gesicht von Goliath ein weiteres Selbstbildnis von ihm, als er schon älter war.«

»Caravaggio hat sich also in seinem Bild selber geköpft?«, fragte Schurrauer.

»Genau! Es hat den Anschein, als bedaure er als junger Knabe das, was mit ihm im Alter passieren wird.«

»Das kann uns doch etwas über den Mörder sagen«, meinte Schurrauer mit einem Blick auf Liebhart.

»Wir dürfen nicht außer Acht lassen, dass der Täter ein ausgezeichneter Maler ist und irgendwo eine Ausbildung in der Richtung abgeschlossen haben muss«, fuhr sie fort. »Der Ort, an dem der Kopf gefunden wurde, vor dem Kunsthistorischen Museum, ist ebenfalls ein Hinweis auf die bildenden Künste. Er hat den Kopf auf eine Steinbalustrade gelegt und seine Signatur hinterlassen. Ziemlich dramatische Bildgestaltung, meiner Meinung nach.«

Liebhart presste zwischen den Zähnen hervor: »Das sind alles Vermutungen, Rosa. So funktioniert Polizeiarbeit nicht. Was glaubst du, was die Journalisten morgen mit mir machen, wenn ich ihnen von der dramatischen Bildgestaltung erzähle?«

Rosa schwieg. Sie spürte, dass sie ihre kunstgeschichtlichen Exkurse jetzt besser bleiben lassen sollte.

Schurrauer durchbrach die Stille. »Antonias Kopf wurde um vier Uhr früh von zwei Männern der Straßenreinigung gefunden. Zu diesem Zeitpunkt war sie bereits neun Stunden tot. Der Mord fand also um sieben Uhr abends des 26. November statt. Sie war seit fünf Jahren von Erich Bibersacher geschieden und bekam einen stattlichen Unterhalt von ihm, er hat aber ein wasserdichtes Alibi. Zwei Ober des Café Landtmann bestätigen die Anwesenheit von Bibersacher am 26. November bis Mitternacht. Auch sein Aufenthalt in Kalifornien, als Karl umgebracht worden ist, ist bestätigt. Wir haben seinen Ein- und Ausreisestempel der Zollbehörde und sein Visum kontrolliert.«

Rosa nippte an ihrem Kaffee. »Ich halte ihn auch für körperlich nicht fit genug, dass er in eine Gruft einsteigt, einen schweren Bleisarg öffnet und den Kopf von Waltraud Weninger abhacken könnte.«

An Liebhart gewandt, sagte sie: »Du hast ja auch gehört, wie er pfeift und hustet. Er hat so starkes Asthma, dass er nicht einmal vier Stufen bis zu seiner Wohnung ohne Treppenlift schafft. Wir können ihn also ausschließen.«

Liebhart stand auf, ging zu der Tafel und strich Erich Bibersachers Namen durch.

Rosa drehte den Bildband zu sich. »Auf dem Leinwandstück, das wir bei Antonia Bibersacher fanden, sind bräunliche rote Tropfen von oben nach unten zu erkennen.« Sie blätterte zu »David und Goliath« zurück, schob eine Kopie des zweiten Leinwandstückes neben das Bild und zeigte an diesem die Übereinstimmungen. »Die Tropfen gehen von Haaren aus, sind rötlich und noch einmal von einem dunkleren Rot umschlossen. Sie ziehen sich stark in die Länge. Die Haare gehören zum Bart des abgeschlagenen Kopfes von Goliath. Das Stillleben, lasst es mich einmal so nennen, das der Täter uns in der Sammlung alter Musikinstrumente mit dem Schädel Waltraud Weningers hinterlassen hat, ähnelt dem Bild ›Das Konzert‹, das Caravaggio um 1595 gemalt hat. Es hängt im Metropolitan Museum of Art in New York.«

Sie suchte das Bild im Bildband.

»Die Komposition wird von zwei Knaben beherrscht, sie blicken als ein Lautenspieler und dessen Schatten aus einem Kreis junger Männer heraus. Die erhobene Rechte des Knaben im Schatten hält ein Krummhorn, wie wir es auch in der Hofburg gefunden haben. Hier seht ihr die Geige – es handelt sich im Übrigen um die erste Abbildung einer Geige – und hier die Laute. Er hat das Bild nachgestellt. Die beiden Knaben musizieren mit dem Sänger rechts. Links beugt sich ein vierter Jüngling nach Trauben. Er verkörpert den Liebesgott Amor, dessen Pfeile er an seiner rechten Seite trägt. Die Flügel an der Schulter waren lange Zeit übermalt, um das Gemälde als reines Genrebild erscheinen zu lassen. Die Notenhefte vorne sind das Produkt neuzeitlicher Druckkunst. Caravaggio war seiner Zeit weit voraus. Er war der Erfinder der Hell-Dunkel-Malerei, auch Chiaroscuro genannt. Er hat die dramatisierende Wirkung eines gebündelten, seitlich einfallenden Lichtes entdeckt.«

Rosa sah zu Liebhart, der nervös mit seinem Kugelschreiber spielte, und schloss schnell: »Und ich fresse alle drei Leinwandstücke, wenn das, was wir bei Waltraud Weninger gefunden haben, nicht einen Teil des Kopfes des toten Goliath darstellt. Wann kann ich mir das Stück ansehen?«

Liebhart ging zum Telefon, wählte die Nummer des Labors und

ließ lange läuten. Während er mit dem dortigen Kollegen sprach, nippte Rosa an ihrem Kaffee und versuchte sich von Liebharts Ungeduld nicht provozieren zu lassen. Schurrauer trank heißes Wasser und starrte vor sich hin.

»Das Leinwandstück ist noch bei der Spurensicherung, wir werden es vor morgen nicht zu sehen bekommen«, sagte Liebhart, nachdem er aufgelegt hatte. »Ich werde morgen vor der Presse die Identität der Ermordeten bekannt geben. Ich nehme an, dass sich die Weningers ab dem Zeitpunkt vor Journalisten nicht mehr retten können. Gut, dass wir Personenschutz angeordnet haben. Johannes Weninger wird jetzt keinen Schritt mehr machen können, ohne beobachtet zu werden. Ich misstraue dem Burschen. Ich nehme ihm die Besorgter-Sohn-Nummer nicht ab.«

»Auf mich hat er so gewirkt, als könne er vor Kummer nicht mehr schlafen.«

Rosa spürte, wie Liebharts Laune sich weiter verschlechterte.

»Ich wäre auch nicht ausgeschlafen, wenn ich die Nacht damit verbracht hätte, ein schauriges Stillleben mit dem Kopf meiner Großmutter zu arrangieren«, schnappte er.

»Gut, Liebhart«, Rosa reichte es, sie holte tief Luft und stand auf, »eine Runde Mitleid für dich, weil du von der Presse gejagt wirst, aber wenn du deinen Ton nicht änderst, dann kannst du deinen Fall allein lösen. Ich mag ja nichts von Polizeiarbeit verstehen, aber wenn Johannes Weninger gestern das Haus verlassen hätte, kannst du ja deine Kollegen, die vor dem Haus im Auto sitzen, fragen, ob sie ihn gesehen haben. Da werden Herrn ›Das sind alles Vermutungen‹ die Journalisten morgen mit den Ohren an die Türe des Kriminalamtes nageln, wenn er seine Anschuldigungen bekannt gibt, ohne sie überprüft zu haben.« Rosa schnaubte und ließ sich auf ihren Sessel fallen.

Schurrauer hüstelte zweimal in die entstandene Stille.

Liebhart begann leise zu lachen. »In Ordnung, Frau ›Des gewaltigen Wortes‹, du hast recht. Mein Tonfall tut mir leid. Darf ich dich zur Wiedergutmachung zum Essen einladen? Ich habe eine lange Nacht vor mir und brauche unbedingt Stärkung. Ich bezahle.«

»Na ich hoffe, du hast genug Geld dabei, ich könnte nämlich ein halbes Mangalitzaschwein essen«, brummte Rosa versöhnlich.

Sie beschlossen, einen kleinen Spaziergang zu machen, und entschieden sich, als sie ihre Mäntel anzogen, für das Café Raimund beim Volkstheater, von dem sie sicher wussten, dass man so spät noch etwas Warmes zu essen bekam.

Auf der Ringstraße bewegte sich träge eine Autoschlange. Rosa und Liebhart querten den Ring, indem sie zwischen den Autos durchliefen, und wären dabei beinahe von einer der roten Straßenbahnen überfahren worden. Sie eilten hinter der Börse die Helferstorferstraße entlang und bogen kurz vor der Schottengasse in einen kleinen Durchgang ein, der sie durch das Schottenstift auf die Freyung führte. Als sie über das holprige Pflaster des Stiftes gingen, schlug die Turmuhr der Schottenkirche halb zehn. Mit in den Manteltaschen vergrabenen Händen und gesenkten Köpfen liefen sie die Herrengasse entlang.

Rosa versuchte, Ordnung in ihren Kopf zu bekommen, und war so damit beschäftigt, dass ihr die sanften Straßenlichter der Herrengasse entgingen. Als sie rechts abbogen, fiel ihr das Straßenschild der kleinen Quergasse ins Auge. »Bankgasse« stand dort geschrieben, den Weg bis zum Volksgarten dachte Rosa an die Geschichte von Oberst Redl, der sich im Hotel Klomser, das sich an der Ecke Herrengasse/Bankgasse befand, vor fast hundert Jahren erschossen hatte. Sie lächelte. Dem Herrn Oberst und seiner Rolle im größten Spionageskandal Österreich-Ungarns werden die sonst so gedenktafelwütigen Wiener wohl keine Unsterblichkeit verschaffen, dachte sie.

Sie gingen hinter dem Burgtheater am hohen schmiedeeisernen Zaun des Volksgartens entlang. Rosa erinnerten die monumentalen Gebäude der Ringstraße an riesiges kunstvoll hergestelltes Konfekt. Die Rosenstöcke im Volksgarten waren in Jutesäcke gepackt, um sie vor dem Frost zu schützen. Im Dunkeln sahen sie aus wie eine Schar Kinder, die in zerlumpter Kleidung auf die wärmere Jahreszeit warteten.

Beide waren es gewohnt, schnell zu gehen, und so waren sie ein paar Minuten später beim Café Raimund und ließen sich in einem Tisch in der Ecke nieder.

»Ich nehme zuerst die Frittatensuppe, dann das Wiener Schnitzel mit Reis und Salat, und über die Nachspeise denke ich noch nach.«

Liebhart glotzte wie gewöhnlich.

»Würdest du bitte damit aufhören? Wenn ich Stress habe, esse ich!«

»Den Salatteller mit Ei, bitte«, bestellte Liebhart und gab dem Ober die Speisekarten zurück.

Rosa schenkte Liebhart und sich Wasser ein. »Ich werde morgen früh ins Labor fahren und das Stück Leinwand untersuchen, das man in Waltraud Weningers Mund gefunden hat. Danach werde ich noch einmal mit Johannes Weninger reden. Vielleicht kann er uns noch mehr über die Familie Weninger sagen, er ist der Einzige der Familie, aus dem man noch etwas herauskriegen könnte.«

Die Frittatensuppe wurde in einem tiefen Teller mit verblasstem Goldrand serviert. Rosa empfand sie nach dem schnellen Spaziergang durch die kalte Nacht als einen Segen.

»Einverstanden, aber sei vorsichtig mit dem Burschen. Versuche herauszufinden, was der Grund für Hermann Weningers Verschwinden war.«

Rosa nickte. »Was ist eigentlich mit der Frau von Hermann Weninger? Hat sie schon irgendwer gesehen? Ist sie ansprechbar?«

Liebhart schüttelte den Kopf. »Wir haben einen Arzt, der keinen Bezug zur Familie Weninger hat, für ein Zweitgutachten hinzugezogen. Er war heute Vormittag bei ihr: Sie reagiert nicht und ist nicht ansprechbar, und das schon seit circa einem Jahr. Eine rapide Verschlechterung trat vor ein paar Monaten ein, seitdem wird sie künstlich ernährt und ist an alle möglichen Maschinen angeschlossen. Im ersten Stock des Hauses befindet sich tatsächlich ein vollständig eingerichtetes Krankenzimmer.«

Als der Hauptgang kam, widmeten sich beide schweigend ihrem Essen.

Beim Kaffee druckste Liebhart etwas herum, und als Rosa ihn das dritte Mal aufgefordert hatte, begann er: »Rosa, ich wollte mit dir über Paul reden. Ich bin nur so schrecklich ungeschickt und …«

Rosa sah ihn lächelnd an. »Es geht mir gut. Die Arbeit mit dir ist mir sehr wichtig, und du musst dir keine Sorgen machen.«

»Ich möchte nur, dass du weißt, dass wir damals wirklich alles versucht haben. Die Spuren haben nur leider nicht mehr viel ergeben, er lag zu lange im Wasser … Es war ein schrecklicher Unfall. Wie kann ein junger trainierter Mann nur so beschissen stürzen?«

»Das ist ein Umstand, den ich auch nicht verstehe, er wusste, wo jeder Stein lag, wir waren circa hundertmal am Komatsee. Es hatte die Wochen vorher nur geregnet, und es begann schon zu dämmern, da muss er wohl am Steg ausgerutscht sein.«

Sie schwiegen einige Zeit, bis Rosa ihre Hand auf Liebharts Unterarm legte. »Es ist alles gut«, sagte sie.

Liebhart bestellte noch einen Kaffee, und Rosa entschied sich für die Topfenpalatschinken. Als der Nachtisch kam, redeten und lachten sie über ihre Schulzeit und blieben noch bis weit nach Mitternacht sitzen.

***

Ihm gefiel die Partie um den Mund. Die Unterlippe glänzte vom Speichel und hing leblos und schlaff herunter. Aus dem Zahnfleisch standen mit großen Zwischenräumen fünf Zähne. Die Augen waren nur mehr halb geöffnet, und unter ihnen lagen tiefe Ringe. Er packte zu und riss mit einem Ruck die Gesichtspartie von den Augen bis unters Kinn ab.

9

Rosa hatte beim Kaffee in der Früh überlegt, ob sie das Haus in diesem Jahr vielleicht einmal wieder weihnachtlich schmücken sollte. Sie wollte bei ihrer Fahrt in die Stadt frisches Reisig und ein paar dicke Kerzen besorgen. In den letzten beiden Jahren war sie zu Weihnachten bei Johanna gewesen. Deren Kinder flogen über die Feiertage immer gern in die Tropen, und so verbrachten die beiden die Zeit mit Kochen, Essen, Trinken und langen Spaziergängen.

Rosa mied nach dem Tod von Paul herkömmliche Familienweihnachten. Johannas Kinder hatten sich für dieses Jahr allerdings ausnahmsweise angekündigt und würden auch ihre jeweiligen Partner mitbringen. Rosa gehörte zwar schon zur Familie, sie wollte aber nicht stören, und Riesenveranstaltungen waren so und so nicht ihre Sache. Also überlegte sie, ob sie Weihnachten mit ihrer Schwester Anna und deren Familie verbringen sollte. Anna hatte sie, wie jedes Jahr, auch heuer wieder eingeladen. Die beiden hatten ein gutes Verhältnis, und Rosa spielte mit dem Gedanken, zuzusagen. Sie beschloss, am Abend mit ihr zu telefonieren.

Als sie bei Hermann Weninger anrief, begann es zu schneien. Johannes Weninger war am Apparat. Er teilte ihr mit, dass es seinem Vater sehr schlecht gehe. Er sei nicht ansprechbar, deshalb wisse er noch nicht, dass man den Kopf seiner Mutter gefunden habe, Johannes wolle ihm das auch gerne ersparen. Als sie das Gespräch beendet hatten, rief Rosa Liebhart an, um zu erfahren, ob sie schon Näheres über Sarah Weningers Aufenthalt wüssten.

»Der Besitzer des Steiner Wirten hat uns bestätigt, dass zwei Frauen vor drei Tagen bei ihm gewesen sind. Er erkannte Sarah Weninger auf einem Foto als eine der beiden«, meinte Liebhart.

»Und wo ist sie jetzt?«, fragte Rosa.

»Sie haben wegen des Wetterumschwungs ihre ursprüngliche Route geändert, deswegen konnten wir sie nicht finden. Sie haben mit dem Wirt über eine Strecke gesprochen, über die sie ausweichen können. Wir haben Tage damit verbracht, sie auf der falschen Seite des Berges zu suchen. Ich bin mir sicher, dass wir sie bald finden werden. Wann triffst du dich mit Johannes Weninger?«, wollte Liebhart wissen.

»Um zehn Uhr im Universitätscampus, da er heute sowieso außer Haus sein wollte. Er sagte mir, dass Kohlen ins Haus geliefert werden, und es mache immer einen Heidenlärm, wenn die Kohlen auf der Rutsche vom Kohlewagen durchs offene Kellerfenster rutschen.«

»Die haben keine Zentralheizung in dem Luxuskasten?«, rief Liebhart erstaunt.

»Ja, das hat mich auch gewundert. Ich kann aber ihre Vorliebe für die Wärme von Kachelöfen recht gut verstehen, geht mir genauso.«

Als Rosa ins Freie trat, war die Landschaft unter einer dicken Schneedecke verschwunden. Es schien ihr, als sei die Katze noch fetter geworden, was auf einen harten Winter schließen ließ. Da es sich bei der schmalen Straße, die sich vor ihrem Haus befand, um eine öffentliche Straße handelte, musste Rosa nur ihre Auffahrt von Schnee befreien, die Räumung der Straße übernahm die Gemeinde.

Ihr Auto hatte sie gestern in der Auffahrt geparkt. Sie setzte ihre Füße vorsichtig in den Schnee, um den perfekten Fußabdruck zu bekommen; ein Spiel aus ihrer Kindheit, das sie sich erhalten hatte. Die Luft wirkte wie gewaschen, und Rosa tat einen tiefen Atemzug, bevor sie ins Auto stieg. Sie hob den Blick himmelwärts und segnete den Allradantrieb und ihre Winterreifen, bevor sie startete.

Kurz vor den Fischteichen beschloss sie, zu halten und sich zwei große Karpfen für Weihnachten reservieren zu lassen; die würde sie zu ihrer Schwester mitnehmen. Als sie sich dem Industriegebiet im Norden von Wien näherte, verwandelte der Schnee die weiten geraden Steppen in monotone Ebenen. Rosa war froh, inmitten von Hügeln zu wohnen. Obwohl sie der Fall sehr interessierte, wäre sie an so einem Tag gerne zu Hause geblieben und hätte die frische Luft und die Landschaft, die langsam unter dem Schnee versank, genossen.

Sie stand lange vor dem vergrößerten Stück Leinwand, das man in Waltraud Weningers Mund gefunden hatte. Dann lief sie ein paarmal zwischen dem Elektronen-Raster-Mikroskop und dem Röntgengerät hin und her. Nach zwei Stunden rief sie Liebhart an.

»Wie sieht es mit dem Leinwandstück aus?«, war das Erste, was er wissen wollte. In einer Stunde gab er die Pressekonferenz, und er erhoffte sich von Rosas Untersuchung wohl noch ein wichtiges Ergebnis.

»Man kann Haare erkennen, aber noch keinen Kopf. Das Stück Leinwand ist ein Randstück, die untere Reißkante passt zur oberen Reißkante des Stückes, das ihr in Karls Mund gefunden habt. Er hinterließ wieder keine Spuren, tut mir leid. Ich kann das nicht verstehen. Ölfarbe trocknet sehr langsam; sobald in dem Zimmer irgendein Luftzug ist, bleibt Staub, manchmal sogar Fasern daran kleben. Ganz abgesehen davon, dass der Mensch ja auch Haare verliert.«

»Was sagt das Röntgenbild?« Liebhart klang gehetzt.

»Da sind schwach die Falten eines Vorhanges zu sehen.«

»Also kein bahnbrechendes Detail«, brummte er. »Ich muss auflegen, wir hören einander später.«

Rosa wollte ihn noch fragen, ob sie den Schaffner, der Karl Weningers Bahnkarte entwertet hatte, gefunden hätten, aber Liebhart hatte schon aufgelegt.

Rosa fand einen Parkplatz in der Pelikangasse, nur zwei Straßen vom Universitätscampus »Altes AKH« entfernt. Obwohl sie bis zum Haupttor nur zehn Minuten gehen musste, empfand sie den brüllenden Stadtverkehr als quälend. Der Lärm der Straße wurde schließlich von dem weitläufigen Areal des Campus verschluckt, und als sie den ersten Hof betrat, breitete sich angenehme Stille aus. Sie hatten sich vor dem Denkmal von Theodor Billroth verabredet. Im 18. Jahrhundert hatte sich auf dem Areal ein Krankenhaus befunden, bevor es zweihundert Jahre später zu einem Universitätscampus umgebaut worden war. Das erklärte die Statue von Billroth, einem der bedeutendsten Chirurgen des 19. Jahrhunderts.

Johannes Weninger wartete schon; er fragte Rosa, ob sie gemeinsam ein Stück gehen wollten. Sie hatte gegen einen kurzen Spaziergang im Schnee nichts einzuwenden. Der Beamte, der zu Johannes Weningers Sicherheit abgestellt worden war, folgte ihnen in diskretem Abstand. Sie gingen langsam eine kurze Allee Richtung Jahoda-Tor, das in den zweiten Innenhof führte, entlang.

Rosa fror, sie zog ihre Mütze tiefer ins Gesicht. »Ich möchte gerne da beginnen, wo wir das letzte Mal unterbrochen wurden: Warum ist Ihr Vater 1973 über Nacht in die Schweiz verschwunden?«

»Ach ja, die Schweiz ...« Johannes fuhr sich mit der Hand über die Stirn.

Erst jetzt bemerkte Rosa, dass er keine Jacke anhatte und dieselben Sachen wie gestern trug.

»Ich habe mit ihm nie darüber gesprochen, denke aber, dass ihm die strenge Hand meines Großvaters zu viel wurde und meine Großmutter sich zu sehr an ihn geklammert hat.«

»Gibt es Freunde oder Bekannte in der Schweiz, zu denen Ihr Vater ein näheres Verhältnis hatte, mit denen er über sich ein wenig reden konnte?«

Johannes schüttelte langsam den Kopf und blieb kurz stehen. »Durch die Krankheit meiner Mutter zogen sich meine Eltern gesellschaftlich völlig zurück, und falls es Freunde gegeben hat, weiß nur mein Vater davon, und seinen Zustand haben Sie ja mitbekommen.«

Fröhliche junge Leute gingen an ihnen vorüber, hatten Freude am Schnee und genossen die frische Luft. Johannes schien von alldem nichts mitzubekommen. Die letzten Tage hatten ihn offenbar ausgezehrt, und obwohl er noch so jung war, machte sich die Belastung nun auch schon körperlich bemerkbar.

Als sie ihren Weg fortsetzten, fragte Rosa: »Wie war das Verhältnis Ihrer Großmutter zu Ihrem Vater, nachdem Sie von der Schweiz wegen der Kanzleiübernahme nach Wien gezogen sind?«

»Meine Großmutter hat immer gedacht, dass er nun wieder zu ihr kommen würde. Nach der Testamentseröffnung meines Großvaters wollte sie mit ihm reden. Er hat sie hinausgeschmissen. Sie haben sich dann nicht mehr gesehen. Er hat uns Kinder, vor allem aber mir, verboten, sie auch nur anzurufen. Und so ist es auch geblieben.«

Sie blieben wieder stehen und ließen ihren Blick über den zweiten Innenhof gleiten. Träge fielen die großen Flocken vom Himmel und verhinderten fast die Sicht zur gegenüberliegenden Seite. In der Mitte des Hofes stand die Statue von Joseph II.; in seiner Armbeuge hatte sich Schnee gesammelt, und von seiner Lockenperücke blies der Wind den frisch gefallenen Schnee wie feinen Staub über den Hof.

Johannes zitterte ohne Mantel, und Rosa fragte ihn, ob sie nicht eines der Lokale im ersten Innenhof aufsuchen sollten. Er wollte aber weitergehen und meinte, dass ihm die frische Luft guttäte.

»Wir haben einen Brief in der Wohnung Ihrer Tante gefunden.« Rosa zog eine Kopie in einer Klarsichthülle aus ihrer Tasche. »Wissen Sie vielleicht, an wen er adressiert gewesen sein könnte?«

Johannes sah ihn sich genau an. »Ungewöhnliche Wortwahl für meine Tante, und auf ein Blatt Papier, das aus einem Collegeblock herausgerissen wurde, zu schreiben war auch nicht ihr Stil. Sind Sie sicher, dass diese Zeilen von ihr sind?«

»Ja, das sind wir. Eine Schriftprobe hat das bestätigt. Sie war zwar noch recht jung, als sie das geschrieben hat, aber die Zeilen sind mit Sicherheit von ihr.«

Johannes legte den Kopf in den Nacken und schlang die Arme um seinen Körper. »Mein Vater hat ja nie über sich gesprochen und auch keinen so richtig an sich herangelassen. Aber auch bei meiner Tante, die doch etwas offener war, hatte ich immer den Eindruck, als ob es die Zeit, in der sie Kinder gewesen waren und bei ihren Eltern gewohnt hatten, nicht gegeben hätte, als sei sie ausgelöscht. Sie wollten weder darüber reden noch auch nur daran denken. Deswegen hat meine Mutter auch darauf bestanden, wenigstens die Bilder, die Sie auch gesehen haben, im Salon aufzustellen. Alles, was ich weiß, habe ich nur durch penetrantes Fragen erfahren, und das ist nicht viel. Mein Vater, mein Onkel und meine Tante dürften keine glücklichen Kinder gewesen sein.«

So wie du, dachte Rosa.

Nach dem Gespräch mit Johannes Weninger zog es Rosa in die Innenstadt. Sie wollte Geschenke für die Familie ihrer Schwester und für Johanna besorgen. Die Weihnachtsdekoration war schon über dem Kohlmarkt, einer der exklusivsten Einkaufsstraßen der Wiener Innenstadt, angebracht. Rosa war immer dankbar, wenn Menschen ihre Balkone oder Fenster in dieser Zeit des Jahres schmückten, sie empfand das als Geschenk.

Der Lärm der Autos wurde, je weiter sie in die Fußgängerzone vordrang, vom Schnee verschluckt, der in immer dichteren Flocken fiel. Ein junges Paar lief lachend an ihr vorbei. Kinder mit roten Wangen und verrutschten Wollmützen bewarfen sich quietschend mit Schneebällen. Rosa bohrte die Hände tiefer in die Manteltaschen und war glücklich. Sie beschloss, etwas zu trinken, was sie aufwärmte, und betrat den »Demel«. Die Kälte draußen und der Dunst der Menschen drinnen hatten die Fenster beschlagen. Es war nur mehr ein Platz an der Bar frei, und auf diesen steuerte sie zu. Sie entschied sich für einen Absinth und gab die Bestellung bei einer der zahlreichen Kellnerinnen auf, die alle schwarz gekleidet waren und kleine weiße Schürzen trugen. Das Kaffeehaus war ein alteingesessenes der Stadt, was die immer wieder hereindrängenden Touristengruppen erklärte. An den Wänden standen beleuchtete Schaukästen mit nostalgischen Bonbonniereschachteln. Von der reich verzierten Kassettendecke aus Holz hing ein riesiger Luster, der sein warmes Licht auf die Vitrinen mit den kunstvollsten Torten warf. Die eingelassene dunkle Glasplatte an der Bar war trotz des Betriebs spiegelblank.

Rosa gefiel es, etwas erhöht zu sitzen, so hatte sie die Möglichkeit, den Raum zu überblicken. Als der Absinth kam, legte sie das Zuckerstück auf den dafür vorgesehenen Löffel, zündete es an und sah zu, wie der Zucker schmolz und langsam in das Glas tropfte. Sie liebte dieses nach Wermut, Anis und Fenchel schmeckende Getränk und konnte sich noch dunkel an die Zeit erinnern, als es verboten gewesen war. Ausgerechnet ein Mordfall hatte dazu geführt, dass im 19. Jahrhundert die Diskussion um das Getränk eskalierte und es schlussendlich für über achtzig Jahre verboten wurde: Ein Weinbergarbeiter in der Schweiz hatte nach dem Genuss von Wein und Absinth seine schwangere Frau und seine zwei Töchter erschlagen. In Belgien nahm man den Mord als Anlass, Absinth zu verbieten, in der Schweiz erfolgte das Verbot fünf Jahre später. An dieser Initiative war maßgeblich die Weinindustrie beteiligt, die im Absinth einen starken Konkurrenten sah. Abgesehen davon wurde in Thujon, einem Bestandteil des Wermuts, ein starkes Nervengift vermutet. Um 1999 stellte man allerdings fest, dass das im Absinth enthaltene Thujon in nur geringer und nicht schädigender Menge vorhanden ist, und gab das Getränk wieder frei.

Ein Mord verändert alles, überlegte Rosa und konnte da nur an sich selbst denken.

Sie goss Wasser in das Absinthglas und sah zu, wie das Getränk milchig weiß wurde. Als sie den ersten Schluck nahm, musste sie an

Liebhart denken und dass sie den Kontakt zueinander nie ganz verloren hatten. Seine Ungeduld hatte er noch immer nicht abgelegt, sie wurde, so schien es Rosa, mit dem Alter noch schlimmer. Sie musste lächeln und nahm sich vor, ihm das bei Gelegenheit zu sagen. Das Angenehme an der Freundschaft mit ihm war, dass sie einander oft Jahre nicht sahen, aber wenn sie sich wieder trafen, war es so, als sei nur ein Tag verstrichen. Sie gratulierten sich nicht zum Geburtstag oder tauschten gute Wünsche zu Weihnachten aus, empfanden das jedoch nicht als kränkend, da ihre Gespräche trotz allem nichts Oberflächliches hatten. Sie hatte ihn um Unterstützung gebeten bei dem Unglück, das Paul zugestoßen war, und er hatte ihr bereitwillig geholfen und ihr Einblick in die Ermittlungen verschafft, obwohl Unfälle nicht in seinen Zuständigkeitsbereich fielen.

Rosa schüttelte den Kopf, wie sie es immer tat, wenn sie an dieses Unglück dachte. Sie konnte den plötzlichen Tod von Paul bis heute nicht begreifen. Er hatte sich die tödliche Verletzung an einem Holzpflock geholt, an dem der Steg befestigt gewesen war. Der Aufschlag musste sehr heftig gewesen sein, denn er hatte den Holzpflock mit seinem Kopf zur Hälfte abgerissen. Er war ins Wasser gefallen und ertrunken.

Paul und sie hatten lange nach dem passenden Haus gesucht, und als sie es schließlich gefunden hatten, viel darin investiert. Sie schufen sich sehr sorgfältig ein Zuhause, aus dem er so früh und gerade als sie sich eingelebt hatten, herausgerissen wurde. Paul war Chemiker gewesen, sie waren einander vor fünfzehn Jahren auf einem Kongress in Bern zum Thema »Bestandteile historischer Malfarben und ihre Verwendung« begegnet. Über zehn Jahre waren sie beisammen gewesen, bevor das Unglück geschah.

Rosa leerte ihr Glas und schüttelte sich. Eine Gruppe Japaner hatte das Kaffeehaus betreten und die Türe offen gelassen; der kalte Dezemberwind blies herein, bis ein eifriger Ober die Türe wieder schloss. Sie griff nach ihrer Tasche. Als sie nach der Geldbörse suchte, bekam sie die Klarsichthülle mit der Kopie von Antonias Brief in die Hand. Sie studierte die Handschrift und fand, dass sie von einem Menschen stammte, der noch an seinem endgültigen Schriftbild arbeitete. Sie konnte sich erinnern, dass es auch in ihrem Leben eine Phase gegeben hatte, in der sich ihre Schrift von der eines Kindes zu der einer Erwachsenen änderte. In der Pubertät übertrieb sie mit lang gestreckten Ls und tief gezogenen Gs, und auch die Schräglage der Schrift war so überzeichnet gewesen, dass ihr oft das Handgelenk von dieser unnatürlichen Haltung wehgetan hatte. Im Vergleich mit der späteren Handschrift Antonias, die Rosa von den vielen Dokumenten aus dem Schreibtisch kannte, war die Handschrift des Briefes genauso übertrieben. Und so schätzte sie, dass der Brief geschrieben worden war, als Antonia zwischen fünfzehn und achtzehn Jahre alt gewesen war, was zu Liebharts Aussage das Papier betreffend passte. Ein Alter, in dem Ausbrüche und Beschuldigungen an der Tagesordnung stehen. Auch Antonia, die nach Auskunft ihres Exmannes nicht zu übertriebenen Gesten neigte, war sicher ähnlich gewesen und wohl von der Familie nicht ernst genommen worden. Rosa nahm diesen Brief sehr ernst.

Sie bezahlte und verließ den »Demel«. Am Graben schlenderte sie an der Pestsäule vorbei. Sie blieb kurz vor dem barocken Ungetüm stehen und erinnerte sich an den Ausspruch Johannas, die das Konglomerat aus Wolkentürmen und Engeln, gekrönt von einer vergoldeten Dreifaltigkeit, als »heilloses Durcheinander, das einen bei längerer Betrachtung unglaublich nervös macht«, bezeichnet hatte. Rosa konnte ihr nur recht geben.

Eine alte, sehr gepflegte Frau in einem wuchtigen Pelzmantel wackelte an Rosa vorbei. Auf ihrem blondierten gelockten Haar schaukelte eine riesige Pelzmütze. Sie trug dezentes Make-up, teuren, auffälligen Schmuck und zerrte an einer Leine, an der ein unablässig keifender Pekinese hing. Alle paar Meter blieb sie stehen und schimpfte. »Hoit jetzt endlich amal die Goschn, du deppates Viech!«

Hinter dem »Steffl«, einem großen Einkaufszentrum auf der Kärntner Straße in der Nähe des Stephansdomes, befand sich ein Spielwarengeschäft, das sich noch nicht in ein anonymes Kaufhaus verwandelt hatte. An den Straßenecken wurden Maroni und Bratkartoffeln verkauft, der Schneefall war nun nicht mehr so stark. Der Duft von Punsch hing in der Luft. Die Dämmerung senkte sich langsam über die Stadt, und vom Büro entlassene Menschen drängten sich auf den Straßen, um Weihnachtseinkäufe zu machen oder den Arbeitstag mit einem handfesten Punschrausch zu beschließen. Rosa wurde bewusst, dass der Mörder unter diesen Menschen sein konnte.

Vielleicht steht er in der Schlange an der Kassa hinter dir, oder er hilft dir beim Aufheben deiner Weihnachtseinkäufe, die du gerade hast fallen lassen, oder er prostet dir an einem der Punschstände zu, dachte Rosa, und du hast keine Ahnung davon.

Sie sah sich fröstelnd um und betrat rasch das Spielwarengeschäft. Die Wärme dort drinnen tröstete sie und gab ihr Sicherheit. Rosa ging eine Weile zwischen den Regalen hin und her. Sie erkundete das Sortiment gerne alleine, ohne die störenden Erklärungen von Verkäuferinnen. Ihr Neffe Andreas war fünf Jahre alt und ihre Nichte Luise drei Jahre. Rosa drehte einen weichen Eisbären in der Hand und spürte ein leichtes Bedauern, dass sie keine Kinder hatte. Paul und sie hatten vorgehabt, eine Familie zu gründen, nachdem das Haus fertiggestellt gewesen wäre. Leider waren sie nicht mehr dazu gekommen. Rosa griff fester in den weichen Plüsch des Eisbären und legte ihn danach wieder in das Regal. Sie wollte etwas finden, mit dem sich die Kinder beschäftigen konnten und das genug Raum für ihre Phantasie ließ. Ein Gameboy kam also nicht in Frage. Sie entschied sich für einen Kasten mit buntem Knetmaterial für ihre Nichte, da sie annahm, dass das Kneten sicher gut für die kleinen Finger sei. Ihr Neffe bekam ein Tankstellen-Lego-Set. Sie erinnerte sich, wie gerne sie immer mit Lego gespielt hatte.

Ihre Schwester Anna war drei Jahre älter sie. Als Anna sieben Jahre alt gewesen war, hatten die beiden Schwestern einen riesigen hölzernen Lego-Kasten geschenkt bekommen. Wenn man zwei dünne Holzplatten, die seitlich in einer Rille liefen, wegzog, konnte man aus Tausenden Lego-Teilen, die in einzelnen Fächern nach Größe und Funktion geordnet waren, auswählen. Anna war die Technikerin von ihnen, und Rosa war sich sicher, dass das Fundament ihrer späteren Berufswahl mit diesem Lego-Kasten gelegt wurde. Sie wurde zur einzigen Bauingenieurin der Familie und widmete ihr Leben bis zu ihrer Heirat dem Hoch- und Tiefbau. Rosa interessierte sich eher für den ästhetischen Aspekt, und so waren sie beide als Kinder ein perfektes Team im Entwerfen und Konstruieren von einzigartigen Lego-Häusern, Lego-Kathedralen, Lego-Tiefgaragen, Lego-Museen und Lego-Gutshöfen gewesen.

Rosas Blick fiel auf ein Faschingskostüm für Kinder, der Umhang eines Ritters mit dem weißen Kreuz der Malteser auf rotem Grund. Sie kannte die Insignien des Ordens von dem Gemälde eines unbekannten Meisters, das den Dichter Annibale Caro, der im 16. Jahrhundert in Rom gelebt hatte und Commendatore des Malteserordens gewesen war, darstellte. Rosa begann zu überlegen, ob sie der Signatur des Mörders nicht zu wenig Aufmerksamkeit schenkten. Vielleicht war er Mitglied des Ordens, oder die Weningers hatten mit dem Orden zu tun. Sie beschloss, mit Liebhart und Schurrauer die Möglichkeiten zu besprechen.

Als sie auf der Suche nach einer Telefonzelle den Laden verließ und auf die Straße trat, war es bereits dunkel. Liebhart und Schurrauer waren über das Mobiltelefon nicht zu erreichen, Frau Grand teilte Rosa säuerlich mit, dass die beiden nach der Pressekonferenz am Nachmittag noch in einer Sitzung mit dem Justizminister seien. Rosa ärgerte sich, das vergessen zu haben, sie hätte den Auftritt gerne im Fernsehen verfolgt. Sie ging einige Zeit ziellos durch die Stadt Richtung Schwedenplatz und kaufte noch einen bunten Seidenschal für Johanna. In der Auslage eines Herrenmodengeschäftes lag ein Wollpullover mit »Rudolf dem Rentier« im Porträt, die Nase war ein riesiger roter Bommel. Rosa stand einige Zeit davor und schrieb ihn gedanklich auf die mögliche Weihnachtsgeschenkliste für Ludwig. Er würde ihn sicher todernst tragen.

Am Schwedenplatz beschloss sie, mit der U1 eine Station bis Stephansplatz zurückzufahren. Als sie am Bahnsteig wartete, sah sie die Meldungen am Infoscreen. Die Pressekonferenz vom Nachmittag wurde vor dem Wetterbericht gebracht. Rosa las, dass Liebhart die Identität der Familie Weninger preisgegeben hatte. Sie überlegte, dass der Presserummel, dem die Familie ab jetzt ausgesetzt war, es dem Mörder doppelt schwer machen würde, unbemerkt in ihre Nähe zu kommen. Er müsste zuerst am Personenschutz vorbei und dann noch an einem Haufen Journalisten und dem Kamerateam des ORF, die von nun an das Haus belagern würden. Liebhart hatte weder die Leinwandstücke noch den Kopf von Waltraud Weninger erwähnt. Rosa las, dass er über den Einbruch in der Hofburg aus ermittlungstechnischen Gründen noch keine Details preisgegeben habe. Am Stephansplatz stieg sie langsam die Treppen zum Graben empor. Es hatte wieder zu schneien begonnen. Die bei der Peterskirche parkenden Autos waren unter weißen

Hauben verschwunden; die Stimmen der Vorbeieilenden drangen gedämpft durch den Schnee zu Rosa. Das Gefühl, für jemanden Geschenke eingekauft zu haben und damit durch die verschneiten Gassen zu gehen, machte sie glücklich.

Rosa legte den Kopf in den Nacken und ließ die Schneeflocken auf ihrem Gesicht zergehen. Dabei fiel ihr Blick auf den Weihnachtsschmuck über dem Graben, der zu den schönsten in Wien zählte. Ketten mit winzigen Lämpchen, zu riesigen Kronleuchtern drapiert, hingen über der Fußgeherzone und verwandelten sie in einen großen Ballsaal. Den schönsten Ausblick auf den Graben hatte man von dem Restaurant, das sich im ersten Stock des »Meinl am Graben«, einem exquisiten Kaufhaus, befand. Rosa überlegte kurz, ob sie sich dort einen zweiten Absinth leisten sollte, entschied sich aber dagegen, als sie die Menschenmassen sah, die sich in den »Meinl« drängten. Sie entschloss sich, langsam zu ihrem Auto zurückzugehen.

***

Astrid schmiss ihren Rucksack in den Schnee. »Scheißwetter!«, schimpfte sie.

Sarah sah ihr zu, wie sie ihre Hände massierte und von einem Bein aufs andere trat, um wieder warm zu werden.

Sie ließ ihren Blick über den Himmel schweifen. »Wir gehen ins Dorf zurück, das hat keinen Sinn. Gott sei Dank sind wir nicht zu weit oben, wir können die zweite Station bei dem Schneefall sowieso erst in ein paar Monaten erreichen.«

»Ein halbes Jahr Planung, zunichtegemacht durch starken Regen, gefolgt von dichtem Schneefall, na danke!«

»Komm, Astrid, fahren wir heim!«, meinte Sarah, und sie begannen mit dem Abstieg ins Tal.

Als sie beim »Steiner Wirt« einkehrten, teilte man ihnen mit, dass sie sich sofort bei der Gendarmerie melden sollten, die suchten sie schon seit Tagen. Bevor sie aufbrachen, riefen beide voll Sorge zu Hause an. Astrids Eltern sagten, bei ihnen sei alles in Ordnung. Die Polizei sei bei ihnen gewesen und habe nach Sarah gefragt; sie sollten bitte so schnell wie möglich zum nächsten Revier gehen, mehr wüssten sie nicht. Bei Sarah ging niemand ans Telefon.

Sie ließen ihre Rucksäcke beim Wirt. Heftiger Schneefall setzte ein, als sie zur Gendarmerie-Station am Hauptplatz liefen. Mit ihren schweren Bergschuhen rutschten sie auf dem glatten Pflaster und mussten aufpassen, nicht hinzufallen. Den weißen Kombi gegenüber dem Eingang der Gendarmerie bemerkten sie nicht.

10

Es hatte zu schneien aufgehört, die weiße Pracht war grauem Matsch gewichen. Liebhart lehnte sich zurück; Schurrauer und er sichteten nun schon seit Stunden die vorliegenden Beweise. Sie saßen an einem großen Tisch, auf dem sich beschriftete Plastikbeutel mit Stoffresten, Kalendern, privaten Telefonbüchern in Ledereinbänden und Dokumenten neben Mitschriften und Aktenordnern stapelten. An der Wand hing ein großer Bogen mit Papier, auf dem Liebhart die Ahnentafel der Weningers fertiggestellt hatte. Er hatte gestern Abend noch mit Rosa telefoniert. Sie hatte ihm von ihrer Malteserorden-Theorie erzählt und vorgeschlagen, am nächsten Tag über den Orden zu recherchieren, danach würde sie zu ihm ins Büro kommen.

Schurrauer und Liebhart arbeiteten so konzentriert, dass sie zusammenzuckten, als das Telefon läutete. Die Zentrale teilte Liebhart mit, dass Sarah Weninger gefunden worden und mit Polizeischutz auf dem Weg nach Hause sei. Sie bestehe allerdings darauf, vor einer Vernehmung mit ihrer Familie zu sprechen. In vier Stunden würde sie eintreffen. Sogar Schurrauers bleiche Wangen bekamen vor Erleichterung etwas Farbe. Liebhart versuchte, Rosa zu erreichen, und kam an den Anrufbeantworter.

Als er auflegte, läutete es sofort wieder. Er nahm ab und hörte einige Zeit zu, dann beendete er das Gespräch mit einem kurzen Dank.

»Die ÖBB hat den Schaffner, der am 6. September Dienst hatte und Karl Weningers Bahnkarte entwertet haben muss, ausfindig gemacht«, sagte er zu Schurrauer. »Er ist in einer halben Stunde hier. Ich rede mit ihm, wird wahrscheinlich nichts bringen, denn die Bahnfahrt liegt ja schon fast drei Monate zurück. Danach fahr ich nach Währing zur Villa der Familie. Versuch bitte, Rosa zu erreichen, ich möchte sie bei der Befragung von Sarah Weninger dabeihaben.«

Das Gespräch mit dem Schaffner bot für Liebhart eine große Überraschung.

***

Sarah Weninger saß Rosa erschöpft und verstört im großen Wohnzimmer im Haus ihrer Eltern gegenüber. Die beiden Beamten, die sie nach Wien gebracht hatten, waren trotz der Witterung sehr schnell gefahren und hatten von Flattach in Kärnten nur dreieinhalb Stunden gebraucht. Sarah hatte noch eine halbe Stunde mit ihrem Bruder und ihrem Vater verbringen können, dann mussten die beiden ins Spital, da sich Hermann Weningers Gesundheitszustand nicht besserte. Es würde noch einige Zeit dauern, bis sie wieder nach Hause kämen.

Schurrauer hatte Rosa erreicht, sie traf früher in der Villa ein als Liebhart, der, nachdem die beiden Frauen belanglose Höflichkeiten ausgetauscht hatten, das Wohnzimmer außer Atem betrat. Er nickte Rosa zu und stellte sich Sarah Weninger vor. Sie hatte ihre blonden Haare zu einem Pferdeschwanz gebunden, aus dem sich schon wieder ein paar Haarsträhnen lösten und ihr nun ins Gesicht hingen. Sie hatte offenbar geduscht, ihre Wangen waren noch gerötet vom heißen Wasser, und sich frische Kleidung angezogen. Der große Rucksack und ihre schweren, schmutzigen Bergschuhe lagen im Vorzimmer. Man sah ihr an, dass sie eine strapaziöse Tour hinter sich hatte; trotz der roten Wangen hatte sie Augenringe und wirkte übermüdet. Liebhart hatte ihr eine kurze Zusammenfassung gegeben und ihr auch erklärt, warum sie und ihre Familie unter Polizeischutz standen. Sie nickte zu allem.

»Können Sie sich irgendjemanden vorstellen, der Ihrer Familie etwas antun will?«, war seine erste Frage.

Sarah schüttelte langsam den Kopf. »Vielleicht ein Beklagter meines Vaters? Es fällt mir sonst nicht allzu viel ein. Ich habe aber auch keinen tiefen Einblick in das Leben meines Vaters. Er hat nie über seine Arbeit erzählt, ist eher verschlossen. Ich kann nicht verstehen, was jetzt mit ihm los ist. So habe ich ihn noch nie erlebt, er hat geweint, als er mich gesehen hat. Ich habe meinen Vater noch nie weinen sehen.«

»Denken Sie, dass der Verlust seiner Geschwister und die Angst um seine Familie ihn so zerrütten?«, fragte Rosa.

»Mein Onkel und meine Tante sind für mich wie Fremde. Mein Vater hatte keinen Kontakt mehr zu seiner Familie. Er hat keine Träne beim Begräbnis meines Großvaters vergossen. Ich kann mich noch genau daran erinnern, obwohl ich damals erst acht Jahre alt war. Ich habe gar nicht verstehen können, dass das sein Vater da in dem Sarg war. Es war für mich die erste Begegnung mit dem Tod, und als kleines Mädchen dachte ich natürlich sofort daran, wie es mir wohl gehen würde, wenn da mein Vater drinnen läge. Die Vorstellung hat mir Wochen nach dem Begräbnis noch immer den Schlaf geraubt. Was ich damit sagen will: Obwohl es seine Geschwister sind, kann der Grund für den Nervenzusammenbruch nicht deren Tod sein.«

Dämmerung senkte sich über den großen Park, und der Tee im Samowar auf dem niedrigen Teetisch zwischen ihnen sang. Es begann wieder leicht zu schneien, und Rosa dachte, dass für das Haus der Weningers sicher so mancher morden würde, aber dennoch eine unendliche Traurigkeit und Hoffnungslosigkeit über allem lag – trotz teurer Bilder, Bücher, Kamine und Dienstmädchen.

»Ihr Onkel wurde vom 9. auf den 10. September getötet. Nur um Sie als Täterin auszuschließen: Wo waren Sie am Abend des 9. September?«, wollte Liebhart wissen.

»Ich war bis zum 15. September in Tirol bergsteigen. Die Tour hat der Alpenverein, bei dem ich Mitglied bin, geplant. Sie können mein Alibi gerne überprüfen«, antwortete Sarah müde.

Liebhart nickte. »Ist Ihnen während Ihrer jetzigen Bergtour irgendjemand begegnet, der Ihnen seltsam vorkam? Hat Sie jemand angesprochen, oder hatten Sie das Gefühl, verfolgt zu werden?«, fragte er weiter.

Sarah sah in den Park hinaus, schlang ihre Arme um sich und begann ihren Oberkörper leicht vor und zurück zu wiegen. »Ich halte das für nicht besonders wichtig, aber als wir vor ein paar Tagen nach einem Regenschauer nach Flattach runtergestiegen sind, ist ein Mann bei meinem Auto gestanden. Er hat hineingesehen. Ich dachte, er will es vielleicht klauen und sieht sich die Innenausstattung an. Als ich näher kam, hat er mich um Feuer gebeten, aber das war es eigentlich schon.«

»Können Sie beschreiben, wie der Mann ausgesehen hat?«

»Er war so zwischen fünfunddreißig und vierzig, schätze ich. Ich habe sein Gesicht nicht gut sehen können, weil er eine Schirmkappe aufhatte, deswegen weiß ich auch nicht, welche Haarfarbe er hatte. Er war circa einen halben Kopf größer als ich, ich schätze, so eins achtzig, und hatte eine normale Statur. Seine Hände waren richtige Arbeiterhände: groß, kräftig und sehr trocken. Und er roch stark nach Azeton.«

Auf der Straße quietschten Reifen eines bremsenden Autos, und Rosa zuckte zusammen.

»Ich würde Sie bitten, sich so gut wie möglich an ihn zu erinnern: Was hatte er an, war er alleine?«, fragte Liebhart.

Sarah senkte den Blick und starrte auf den Teetisch. »Er trug eine hellgraue Bomberjacke und helle Jeans. Seine Turnschuhe waren weiß.«

»War ein Aufdruck auf der Kappe zu sehen?«, wollte Rosa wissen.

»Kein Schriftzug, mehr ein Logo, ich habe es nicht genau erkennen können.« Sie dachte nach, hob dann den Kopf und sagte: »Nein, ich konnte das Logo beim besten Willen nicht erkennen. Und ich habe keine weitere Person bemerkt. Er hat sich, nachdem ich ihm Feuer gegeben hatte, umgedreht und ist die Straße hinunter in die andere Richtung gegangen.«

»Können Sie sich erinnern, am welchem Tag Sie den Mann gesehen haben?« Liebhart beobachtete Sarah genau.

Sie rieb sich die Stirn. »Das war am Dienstag, nein, warten Sie, am Mittwoch vor einer Woche. Oder … verdammt, ich weiß es nicht mehr. Am Berg hat man kein Zeitgefühl mehr. Tut mir leid.«

»Haben Sie ihn noch einmal gesehen?«, fragte Liebhart.

»Wir waren nicht so oft in Flattach und sonst immer am Berg. Wir sind tagelang niemandem begegnet.«

Aber ihr seid beobachtet worden, dachte Rosa.

»Wie kann er gleichzeitig an zwei Orten sein?«, wollte Liebhart wissen, als sie über die Straße zu ihrem Auto hasteten. »Er kann nicht in den Bergen sein und gleichzeitig hier in der Stadt Menschen abschlachten.«

Rosa blieb stehen und drehte sich zu ihm. »Sarah hat uns nicht sagen können, an welchem Tag der Mann sie angesprochen hat. Der Mörder kann ja auch hin- und herfahren. Die Fahrtzeit von Wien nach Kärnten beträgt circa vier Stunden.«

»Ich bete darum, dass es nicht zwei Täter sind«, sagte Liebhart angespannt. »Wir müssen den Bekannten- und Freundeskreis der Weningers noch einmal unter die Lupe nehmen. In der Nacht vom

9. auf den 10. September wird Karl ermordet. Dann ist es über zwei Monate ruhig. In der Nacht vom 26. auf den 27. November holt er sich Antonia, und nur ein paar Tage später gräbt er die Leiche von Waltraud aus, schlägt ihr den Kopf ab und arrangiert alles zu diesem schaurigen Stillleben. Ich glaube, er hatte zuerst vor, sich nach den beiden ersten Morden an Hermann heranzumachen, das ist aber sehr schwierig, nachdem der vierundzwanzig Stunden unter Polizeischutz steht. Ich fürchte, dass es also noch nicht zu Ende ist.«

Vor ihren Autos beschlossen sie, getrennt ins Büro zu fahren. Rosa wollte mit ihrem eigenen Wagen fahren; sie würde sonst nach der Besprechung mit Liebhart und Schurrauer ein Taxi nach Währing zurücknehmen müssen.

Liebhart drehte sich im Einsteigen zu Rosa und sagte: »Ich hatte, bevor ich hierhergekommen bin, ein Gespräch mit Herrn Köhler, dem Schaffner, der Karl Weningers Bahnkarte entwertet hat.«

»Er kann sich wahrscheinlich nicht mehr an ihn erinnern, oder?«

»Ganz im Gegenteil, Herr Köhler hat ein ausgezeichnetes Gedächtnis.« Liebhart lächelte. »Und er kann sich sogar noch besser an die Begleitung von Karl Weninger erinnern als an ihn selber. Die war nämlich sehr auffällig.«

Rosa hätte ihn würgen können, weil er nicht mit der Sprache rausrückte.

»Es war eine sehr große, stark geschminkte und parfümierte Frau in einem Pelzmantel.«

Als Rosa in Liebharts Büro ankam, zog sich Frau Grand gerade ihren Mantel an. Rosa fragte sich, ob sie Familie hatte; sie hatte keinen Ehering an ihrem Finger gesehen. Das musste zwar nichts heißen, aber Rosa konnte sich niemanden vorstellen, der mit Frau Grand das Leben teilen wollte. Die quetschte sich gerade einen dunkelvioletten Filzhut auf den Kopf. Rosa war sich sicher, dass die Farbe des Hutes eine Netzhautablösung verursachen würde, falls sie noch länger darauf starrte.

»Guten Tag, Frau Grand«, sagte Rosa, »war Ihr Arbeitstag mit zahllosen Gemeinheiten erfüllt, oder konnten Sie niemandem das Leben schwer machen?«

»Zwei erfolgreiche Giftmorde und ein Sprengsatz in einem Aktenkoffer, leider ein Blindgänger«, erwiderte Frau Grand, ohne das Gesicht zu verziehen.

»Blindgänger? Das tut mir leid, bei Ihrer Erfahrung«, antwortete Rosa.

Liebhart erschien in der Tür und schob Rosa kopfschüttelnd in sein Büro, dort fragte er: »Was zum Henker ist bloß los mit euch beiden?«

Rosa schälte sich aus ihrem Wollmantel. »Wieso? Ist doch alles bestens! Glaubst du, Frau Grand würde mit mir sonst auch nur ein Wort wechseln? Wir haben eine Ebene gefunden, miteinander zu kommunizieren. Abgesehen davon finde ich, dass sie durchaus Humor hat. Menschen, die alle anderen anbeißen und sich furchtbar benehmen, sind eigentlich unglaublich bedürftig. Ihnen fehlt irgendetwas, und sie können es nicht artikulieren. Über die Jahre wird ein nicht artikuliertes Bedürfnis zur Verbitterung, und am Ende der Verbitterung steht Frau Grand, als Spitze der Verbitterungsevolution, sozusagen.«

»Du spinnst, Rosa.« Liebhart schüttelte grinsend den Kopf.

»Ich mein das ernst. Was glaubst du, was mit einem Menschen passieren muss, bevor er zum Beispiel solche Morde begeht?«

Liebhart sah sie scharf an. »Du willst diesen psychopathischen Mörder doch nicht auf die gleiche Ebene wie meine Sekretärin stellen?«

»Jetzt sei bitte nicht gleich wieder grantig! Nein, das meine ich natürlich nicht, aber wenn wir überlegen, was für ein Mensch er sein könnte, wie er so geworden ist, dann finden wir ihn auch schneller. Und jetzt möchte ich bitte die Geschichte von der Frau im Pelzmantel hören.« Rosa setzte sich und sah ihn erwartungsvoll an.

»Herr Köhler konnte sich an die Unbekannte nicht nur wegen ihres auffälligen Äußeren erinnern.«

»Weswegen noch?«

»Als sie im Zug neben Karl Weninger Platz genommen hatte, hat sie sich auf einen Kaugummi gesetzt. Der Pelzmantel war ruiniert, und sie machte den Schaffner persönlich für den Zustand der Sitzgarnitur verantwortlich.«

»Und er ist sich sicher, dass sie zu Karl gehört hat?«

»Ja, denn sie hat ihm gedroht, ihn auf der Stelle zu verklagen, sie habe einen Anwalt dabei. Karl Weninger hat versucht, sie zu beruhigen. Doch die Frau ging dermaßen in Saft, dass sie Herrn Köhler beinahe eine geschmiert hätte. Wir haben jetzt ein Phantombild.« Liebhart griff zu einem Blatt Papier und legte es vor Rosa auf den Tisch. »Herr Köhler hat ihre Größe auf einen Meter neunzig geschätzt, beachtlich für eine Frau, nicht?«

Rosa war erstaunt, dass Phantombilder tatsächlich so schlecht waren, wie es in Fernsehkrimis der Fall war. Das Bild der Frau traf circa auf jede vierte Wienerin zu. Rosa glaubte in ihr sogar ihre Gemüsehändlerin zu erkennen.

Sie schwieg jedoch, weil sie Liebhart seine Euphorie nicht nehmen wollte, und fragte stattdessen: »Glaubst du, dass sie die Mörderin ist? Sie muss für eine Frau sehr viel Kraft haben, um jemanden köpfen zu können, und sie ist wirklich sehr groß. Vielleicht ist sie gar keine Frau?« Rosa dachte an Yvonne.

»Ich habe Herrn Köhler gefragt, ob es sich vielleicht um einen verkleideten Mann gehandelt haben könnte. Er hat das entschieden verneint. Gut, wir suchen nach ihr und werden das Bild auch an die Presse weitergeben. Hast du über die Malteser etwas rausfinden können?«, wollte Liebhart wissen.

Rosa gab ihm das Phantombild zurück. »Ja, das habe ich. Johannes der Täufer gilt als Ordensgründer der Bruderschaft der Malteser, deswegen hat Caravaggio das Bild ›Enthauptung des Täufers‹ direkt mit dem Blut des Ordensgründers, das aus seiner Wunde am Hals sprudelt, unterschrieben. Die Bruderschaft wurde in Jerusalem Mitte des 11. Jahrhunderts gegründet. Sie hat es sich zur Aufgabe gemacht, die kranken Pilger, die die Heiligtümer besuchten, zu versorgen. Heute ist der Orden in rund hundert Ländern durch karitative Arbeit vertreten.«

»Wie passt ein Trunkenbold wie Caravaggio in einen karitativen Orden?«

Rosa sah zum Fenster in das Schneetreiben hinaus. »Kämpfen im Namen Gottes hat im 11. Jahrhundert als Tugend gegolten. Die Malteser haben sich ausgiebig an den Kreuzzügen und an den Kämpfen gegen das Osmanische Reich beteiligt. Sie haben sich mit den christlichen Mittelmeermächten 1565 bei der Seeschlacht von Lepanto gegen die Türken vereinigt und gewonnen. Nachdem die äußere Bedrohung durch die Türken weggefallen war, begann ein schleichender moralischer Niedergang des Ordens, er hat sich erst

Mitte des 18. Jahrhunderts wieder auf seine alten Werte besonnen. Die Ernennung Caravaggios zum Ritter des Malteserordens 1608 fällt genau in diese instabile Phase.«

Liebhart kratzte sich am Kopf. »Was mich noch mehr interessiert: Was hat ein Mörder, der im 21. Jahrhundert mit Vorliebe Menschen köpft, mit so einem Orden zu tun?«

»Vielleicht fühlt er sich auch als Märtyrer, wie Johannes der Täufer, und signiert seine Taten im übertragenen Sinne mit dessen Blut. Unter Umständen konzentrieren wir uns zu sehr auf die Person Caravaggios und zu wenig auf das, was er gemalt hat, und damit finde sogar ich, dass wir uns auf das dünne Eis der Vermutungen begeben.«

Schurrauer betrat das Büro, er trug einen weiteren Aktenstoß in den Armen. Er begrüßte Rosa und legte die mitgebrachten Akten vorsichtig auf die Kante des großen Besprechungstisches, die einzige Stelle, an der noch etwas frei war.

»Oh mein Gott«, sagte Rosa und sah sich um, »hat das alles mit unserem Fall zu tun?«

Schurrauer nickte bekümmert. »Wir sind gerade dabei, die Testamentsliste von Waltraud Weninger durchzugehen. Hier siehst du Informationen zu den einzelnen Personen.« Er deutete auf einen circa fünfzig Zentimeter hohen Stapel aus A4-Papieren. Nach etwa jeder zehnten Seite konnte man ein rosa Zwischenblatt erkennen.

»Kann ich mir den Stapel mit nach Hause nehmen?«, fragte Rosa. »Es hat alles mit der Testamentseröffnung von Waltraud Weninger begonnen. Vielleicht finde ich eine Spur, die sich mit unserem Wissen, das wir bis jetzt über den Mörder haben, deckt.«

»Wir werden die Personenbeschreibung, die uns Sarah Weninger von dem Unbekannten gegeben hat, weiterleiten. Morgen kommen die Untersuchungsergebnisse der Spuren, die wir am Tatort von Waltraud Weningers Kopf gefunden haben. Ich rufe dich an, sobald ich sie habe«, meinte Liebhart.

Als Rosa zu Hause angekommen war, rief sie ihre Schwester an, um ihr mitzuteilen, dass sie Weihnachten gerne bei ihr verbringen würde. Die Kinder johlten und lachten daraufhin im Hintergrund, und Rosa tat es gut, dass sie sich anscheinend wirklich freuten.

Sie schleppte die Kiste mit den Informationen der Testamentsbegünstigten zu ihrem großen Esstisch im Wohnzimmer. Zahlreiche Bildbände und Bücher lagen aufgeschlagen auf dem Tisch und in der Wohnung verstreut. Rosa musste die Katze zehn Minuten suchen, bevor sie sie unter einem Haufen getragener Kleidung fand. Sie sah sich um und beschloss, sich zuerst etwas zu essen zu machen, Wäsche zu waschen und aufzuräumen. Das Chaos hatte schon unangenehme Dimensionen angenommen, und Rosa konnte, im Gegensatz zu Johanna, so nicht arbeiten.

Sie warf die Wäsche in die Maschine, briet sich ein Steak und aß dazu einen gemischten Salat und ein Stück Bauernbrot. Während der Kaffee in der Küche brodelte, legte sie Bücher zusammen, räumte schon gelesene wieder an ihren Platz und sortierte Notizen, die sie sich gemacht hatte. Innerhalb von eineinhalb Stunden war das Haus wieder in Ordnung. Rosa holte sich ihren Kaffee aus der Küche und setze sich damit an den großen Tisch. Sie öffnete den Karton und begann, mit einer Namensliste neben sich, die Informationen zu den einzelnen Personen durchzugehen.

Waltraud Weninger hatte enorme Beträge dem katholischen Krankenhaus, in dem sie auch gestorben war, einer Organisation, die sich um die Erhaltung der Kulturgüter der Stadt kümmerte, und, obwohl sie nicht musikalisch war, den Freunden der Oper gestiftet. Neben der katholischen Flüchtlingshilfe, Ärzte ohne Grenzen und Care Adoption International war auch eine Zahlung an UNICEF gegangen. Das Kunsthistorische Museum, vor dem Antonias Kopf gefunden worden war, war auch nicht leer ausgegangen. Rosa notierte dieses Detail, vielleicht war es ein Hinweis. Auch kleinere Kunstgalerien waren bedacht worden. Kleine Beträge und auch Renten gingen an Privatpersonen, die sie wohl in den letzten Lebensjahren begleitet hatten. Waltraud Weningers Vermächtnis war eine lange Liste, sie musste ihr halbes Leben Buch geführt haben, wen sie nach ihrem Tod finanziell bedenken würde. Rosa wurde das Gefühl nicht los, dass sie fast ihr gesamtes Vermögen nicht der Familie hinterlassen hatte, um ihrem ältesten Sohn Hermann eins auszuwischen. Er war der Einzige, der bis auf den Pflichtteil nichts geerbt hatte. Als das Telefon läutete, schrak Rosa zusammen. Sie sah auf die Uhr: Es war elf Uhr.

»Chantall ist zusammengeschlagen worden!«, schrie Yvonne ins Telefon.

»Wer?«, fragte Rosa.

»Chantall, die den Kopf im September gefunden hat. Helga meint, das hätte etwas damit zu tun. Chantall war heute das erste Mal wieder im Dienst. Wir wollten am Abend miteinander reden, aber sie ist nicht aus dem Zimmer gekommen. Als Helga und ich nachgesehen haben, fanden wir sie zusammengeschlagen im Badezimmer.«

»Oh mein Gott, das tut mir leid!«

»Sie hat mir gesagt, dass ihr noch etwas eingefallen ist, und sie wollte es mir nach ihrem ersten Freier sagen. Die blöde Kuh hat einfach zu viel geplappert. Der Scheißkerl hat ihr sämtliche Knochen gebrochen, ich hab so schreckliche Angst!«, fuhr Yvonne schluchzend fort.

»Bitte beruhigen Sie sich. Wo sind Sie denn?«

»Ich stehe hier auf einem Bahnhof und frier mir die Eier ab« – Rosa überlegte kurz, ob sie das als brauchbaren Hinweis auf Yvonnes Geschlecht nehmen konnte, über das sie noch immer keine Klarheit hatte – »ich hab Ihre Nummer und Adresse von dem Zettel, den Sie mir dagelassen haben. Ich bin in den nächsten Zug gestiegen und in Ihre Richtung gefahren. Ich weiß nicht, wohin, und den Bullen traue ich nicht.« Sie nannte Rosa den Namen des Bahnhofes.

Er war tatsächlich der nächste in ihrer Umgebung. Rosa versprach, sie gleich abzuholen, schlüpfte schnell in ihre Schuhe und den dicken Wintermantel, griff nach dem Autoschlüssel und jagte wenig später wie eine gesengte Sau über die verschneite Landstraße. Es hatte erneut zu schneien begonnen, die Straße war spiegelglatt. Yvonne war so klug gewesen, in die Bahnhofswartehalle zu gehen, wo Rosa sie gerade noch davon abhalten konnte, Herrn Treuhand, den stadtbekannten und harmlosen Vagabunden und Bettler, zu verprügeln, der ihr offensichtlich zu nahe gerückt war. Bis auf die beiden war die Wartehalle leer.

Yvonnes Wimperntusche war verwischt, sie war totenbleich. Unter ihrem Pelzmantel trug sie nichts als ein dünnes Cocktailkleidchen und sehr hohe Stilettos. Rosa packte sie in ihr Auto, stellte die Heizung auf die höchste Stufe und fuhr langsam nach Hause. Yvonne begann zu weinen und war sich sicher, dass der Mörder Chantall zusammengeschlagen hatte und sie die Nächste sei. Als sie bei Rosa angekommen waren, kochte sie erst einmal einen starken schwarzen Tee. Yvonne hatte es sich inzwischen auf dem Sofa bequem gemacht, Rosa wickelte sie in ein paar Decken und warf noch ein paar Holzscheite in den Kamin. Als sie mit dem schwarzen Tee, Zucker, hochprozentigem Rum und ein paar Keksen auf einem Tablett wieder zu Yvonne kam, hatte diese die Schuhe ausgezogen und die Füße unter die Decke hochgezogen. Sie starrte ins Feuer und schien ihre Umgebung gar nicht wahrzunehmen. Alles Selbstsichere hatte sich verflüchtigt, sie saß da wie ein Häufchen Elend. Rosa setzte sich neben sie und schenkte ihr eine Dreivierteltasse mit Tee und den Rest mit Rum ein.

Als sie ihr die Tasse reichte, fragte sie: »Was ist denn jetzt genau passiert?«

Yvonne nippte an ihrem Tee und begann lautlos zu weinen. Rosa folgte ihrem Impuls und nahm sie in die Arme. Sie hatte das Gefühl, dass nun alle Anspannung von Yvonne abgefallen war und sich in Tränen auflöste. So saßen sie einige Zeit da, bis Yvonne sich zurücklehnte und Rosa aufstand, um ihr ein paar Taschentücher zu holen. Yvonne wischte sich die Tränen ab und schnäuzte sich; unter dem Make-up kam die großporige Haut eines jungen Mannes zum Vorschein.

»Ich denke, Sie sollten heute hierbleiben«, begann Rosa erneut.

Yvonne nickte wie ein verzagtes Kind.

»Ich muss auf jeden Fall meinen Freund Liebhart, der bei der Polizei arbeitet, anrufen.«

Bei dem Wort »Polizei« zuckte Yvonne zusammen.

»Bitte nicht! Ich kenne die Bullen, die nehmen mich schon alleine dafür fest, dass ich nicht Frau und nicht Mann bin.«

Rosa überlegte kurz, ob sie gleich nachhaken sollte, um endlich herauszufinden, was denn nun tatsächlich der Fall war, unterließ es aber in Anbetracht von Yvonnes Zustand. Stattdessen griff sie nach ihrer Hand und sagte:

»Liebhart ist kein Bulle in diesem Sinne. Ich werde ihm sagen, dass Sie in Gefahr sind, und deswegen brauchen wir hier heute Nacht Polizeischutz. Ich lasse Sie hier nicht mehr weggehen, das verspreche ich Ihnen.«

Sie stand auf und ging zum Telefon. »Abgesehen davon braucht er mich noch für seine Ermittlungen, er wird mir also sicher entgegenkommen«, meinte sie augenzwinkernd und nahm den Telefonhörer in die Hand.

Liebhart nahm sofort ab. Rosa berichtete ihm, was vorgefallen war; er versprach ihr, zwei Beamte abzustellen. Sie würden vor dem Haus Stellung beziehen. Rosa protestierte, es habe Minusgrade draußen, und die Männer könnten bei ihr unten auf den Sofas schlafen. Liebhart willigte ein und schlug vor, sich bei den Spitälern der Stadt zu erkundigen, wo Chantall eingeliefert worden war und wie es ihr ging. Yvonne hatte das Gespräch ängstlich vom Sofa aus mitgehört.

»Na sehen Sie, ich musste nicht einmal drohen. Zwei Männer werden zu Ihrer Sicherheit in einer Stunde da sein und auch die Nacht hier im Haus verbringen. Wir können uns also noch ein wenig unterhalten, bis sie eintreffen.«

Sie setzte sich wieder neben Yvonne, die zu erzählen begann: »Chantall hat so erholt ausgesehen, die Pause hatte ihr gutgetan. Wir haben uns gefreut, einander wiederzusehen, und einen kleinen Drink an der Bar genommen, während sie auf ihren ersten Kunden wartete. Ich habe ihr erzählt, dass Sie bei mir gewesen sind und dass Sie sehr sympathisch seien.« Beim letzten Satz sah sie Rosa an, und Rosa wusste, dass sie es wirklich so meinte. Sie legte ihre Hand auf Yvonnes Unterarm.

»Wir haben von dem Mord geredet, und sie konnte mir nur noch sagen, dass ihr noch etwas eingefallen sei. Sie habe es noch nicht der Polizei erzählt, weil sie es bisher für unbedeutend gehalten habe, aber sie wolle es mir erzählen, damit ich beurteilen könne, ob es wichtig sei oder ob sie sich nur zum Affen mache. Dann kam ihr Kunde, und sie ist mit ihm aufs Zimmer gegangen. Ich bin noch ein wenig sitzen geblieben, hab eine Zigarette geraucht und mir einen Katalog mit Weihnachtsdekoration angesehen. Bis mein Freund gekommen ist und ich mit ihm aufs Zimmer gegangen bin. Als wir eine Stunde später wieder runtergekommen sind, war Chantall nicht da. Ich hab mir gedacht, dass sie wahrscheinlich viel zu tun hat. Wenn ein Mädchen nach so langer Zeit wieder arbeitet, wollen ihre Stammkunden sie natürlich gleich sehen. So ist der Tag vergangen, und ich hab dann eigentlich vergessen, dass sie mir ja noch etwas Wichtiges sagen wollte. Um neun Uhr abends hat mich Helga gefragt, ob ich Chantall gesehen hätte. Wir sind nachsehen gegangen und haben sie im Badezimmer gefunden.«

Yvonne begann erneut zu weinen. Rosa streichelte ihren Arm und ließ ihr Zeit.

»Es war alles voller Blut, ich konnte es schon im Vorraum riechen. Dass ein Mensch so viel bluten kann!«, stieß sie hervor. »Ihr Gesicht war nicht mehr zu erkennen. Was ist das bloß für ein Schwein?«

Nach einer Weile schnäuzte sie sich. »Sie wollte mir etwas sagen, verstehen Sie. Ich könnte die Nächste sein, der Mistkerl weiß doch nicht, ob sie mir nicht irgendetwas erzählt hat.«

»Können Sie sich erinnern, ob noch jemand in der Bar war, als Sie mit Chantall gesprochen haben?«

»Es gehen dort ständig irgendwelche Leute ein und aus. Jetzt vor Weihnachten ist sowieso die Hölle los. Ich hab nicht so darauf geachtet.«

»Wir können morgen auch noch darüber reden, jetzt ruhen Sie sich erst einmal aus. Wollen Sie nicht ein heißes Bad nehmen? Ihre Hände sind immer noch ganz kalt.«

Yvonne nickte dankbar und ging mit Rosa einen Stock höher ins Badezimmer. Rosa ließ ihr die Wanne ein und zeigte ihr, wo Handtücher und ein Bademantel zu finden seien. Sie führte Yvonne in das Gästezimmer, es lag gegenüber von Rosas Schlafzimmer. Rosa suchte noch schnell einen Pyjama von sich heraus und legte ihn Yvonne ins Bad, bevor diese die Türe schloss.

Rosa bezog das Bett im Gästezimmer und drehte die Heizung höher; das Zimmer wurde von ihr nie benützt, deswegen war es eiskalt. Sie suchte auch noch Bettzeug für die beiden Sicherheitsbeamten heraus und richtete ihnen gerade die Sofas im Wohnzimmer her, als es an der Tür läutete. Bevor sie aufmachte, schnappte sie sich noch die Feuerzange aus dem Gestell vor dem Kamin. Vorsichtig sah sie durch den Spion. Vor der Tür standen zwei Männer.

Rosa bat sie, sich auszuweisen und ihre Namen zu nennen. Die beiden stellten sich als Kuttner und Becker vor und zeigten ihre Ausweise. Rosa informierte sie, dass sie zuerst Liebhart anrufen würde, bevor sie sie hereinließ, um sich zu erkundigen, ob das die richtigen Männer waren. Liebhart bestätigte die Richtigkeit der Namen und gab noch eine kurze Personenbeschreibung durch, die nach Rosas erstem Eindruck passte. Dann berichtete er ihr, dass er Chantall im Allgemeinen Krankenhaus gefunden habe. Der Täter habe ihr jeden Knochen im Gesicht gebrochen, sie sei nicht bei Bewusstsein; zu ihrem Schutz seien zwei Männer vor der Intensivstation postiert worden. Rosa legte auf und öffnete Kuttner und Becker die Türe.

Die beiden hatten Schrankformat. In dem winzigen Vorraum hatten sie nicht zu zweit Platz. Rosa setzte Kaffee auf, während die Sicherheitsleute das Haus einer schnellen Inspektion unterzogen. Sie kontrollierten die schwere Eingangstür mit ihren Riegeln und dem Zylinderschloss und schlossen die Fensterläden der rückwärtigen Fenster des Hauses. Als beide wieder im Wohnzimmer waren, brachte Rosa ihnen Kaffee und ein paar Kekse. Sie zeigte ihnen das Badezimmer im Erdgeschoss und legte ihnen auch ein paar Handtücher hin.

Als sie im ersten Stock war, sah sie, dass die Badezimmertür offen stand, und überprüfte, ob das Fenster dort auch gut verschlossen war. Danach ging sie leise zum Gästezimmer und klopfte. Als ihr niemand antwortete, trat sie ein und fand Yvonne tief schlafend im frisch bezogenen Bett. Rosa deckte sie noch ein wenig zu und ging dann selbst ins Bett. Als sie das Licht ausgeschaltet hatte, blieb sie noch eine Weile wach und starrte an die Decke. Draußen fiel leise der Schnee. Sie war es nicht mehr gewöhnt, so viele Menschen im Haus zu haben, und ging im Geiste ihre Vorräte durch, ob es für ein Frühstück reichen würde. Obwohl sie Yvonnes Angst ernst nahm, überlegte sie, ob die Morde wirklich mit dem zusammenhingen, was Chantall passiert war, oder ob Chantall einem gewalttätigen Freier in die Hände gefallen war. Sie war niedergeschlagen, noch nie war sie mit so viel Gewalt konfrontiert worden. Nach ein paar Stunden fiel sie in einen unruhigen Schlaf, in dem sich Traumfetzen von den abgetrennten Köpfen mit dem Bild von Paul, wie er im Wasser lag, verspannen.

***

Er war müde. Die letzen Wochen hatten sich ausgezahlt, ihn aber auch viel Kraft gekostet. Ruhe umgab ihn. Er hatte die Fenster austauschen lassen, als sie eingezogen waren. Jetzt waren sie schalldicht, und das brauchte er. Er konnte Straßenlärm nicht ertragen. Als sie ihn verlassen hatte, war es noch stiller in der Wohnung geworden, und das war auch der Zeitpunkt gewesen, an dem alles begann.

Er rollte die Leinwand ein, wusch die Pinsel aus und leerte das Atelier von allem, was ihn an das Malen erinnerte. Wenn alles vorbei war, würde er nie wieder einen Pinsel anfassen.

11

Der frisch gefallene Schnee lag in kleinen Wechten über ihren Blumenbeeten und bedeckte die Zypressen, die den Gartenweg gegenüber säumten. Von den dick verschneiten Ästen hingen Eiszapfen und tropften lautlos in die blütenweiße Schneedecke. Rosa hatte die halbe Nacht nicht geschlafen. Sie war in der Dämmerung aufgewacht und wollte nicht nach unten gehen, um die beiden Polizisten nicht aufzuwecken. Also starrte sie in einem Lehnstuhl sitzend in den Garten hinaus, bis es hell war, und versuchte Ordnung in ihren Kopf zu bekommen. Mittlerweile glaubte sie hundertprozentig, dass der Mann, der Chantall verprügelt hatte, und der Mörder ein und dieselbe Person waren. Sie versuchte in Gedanken der Spur nachzugehen, ohne sich darauf zu versteifen, denn sie hatte Sorge, sonst blind für mögliche andere Hinweise zu werden. Als sie die Zeit für halbwegs christlich hielt, rief sie Liebhart von ihrem Telefonanschluss neben dem Bett an. Er nahm sofort ab.

»Ich wusste nicht, ob du schläfst oder arbeitest, offensichtlich Ersteres«, begann sie unvermittelt.

Liebhart berichtete ihr, was er die Nacht über getan hatte: Nach ihrem Telefonat war er in die »Villa Rouge« gefahren und hatte zuerst Helga Trattner, danach Chantalls letzten Freier verhört, einen untersetzten Steuerberater, der beteuerte, sie gesund und munter verlassen zu haben. Helga Trattner gab ihm noch ein Alibi, da er nach seiner Stunde mit Chantall bei ihr vorbeigesehen hatte, um ihr schöne Weihnachten zu wünschen. Falls er es gewesen war, hätte er sich auf jeden Fall umziehen müssen, da er über und über mit Chantalls Blut bespritzt gewesen wäre. Er hatte jedoch dieselbe Kleidung getragen, als er gekommen war, und hatte auch keine Tasche bei sich. Danach war Chantall noch von Helene gesehen worden, bei der sie sich einen Lippenstift ausgeborgt hatte. Sie hatte gesagt, sie wolle nur noch einmal kurz zurück ins Zimmer, um sich frisch zu machen. Helene habe ihr noch nachgerufen, dass sie den Lippenstift aber wiederhaben wolle. Chantall borgte sich dauernd irgendwelche Sachen von ihr und brachte sie dann nicht mehr zurück.

Liebhart hatte das Phantombild der Frau, die Karl nach Klosterneuburg begleitet hatte, in der »Villa Rouge« herumgezeigt. Es konnte sich niemand an sie erinnern. Danach war er ins Spital zu Chantall gefahren.

»Helga Trattner hat Chantall mit einer Rettung ins Spital gebracht und erst danach die Polizei gerufen«, erklärte er.

»Wahrscheinlich wollte die Trattner noch ein paar bedeutenden Gästen die Chance geben, ihr Etablissement zu verlassen«, spekulierte Rosa.

Der diensthabende Arzt hatte Liebhart erklärt, dass sie Chantall in einen künstlichen Tiefschlaf versetzen mussten, um ihren Organismus zu entlasten. Ihre Überlebenschancen lägen bei zehn Prozent. Der Täter habe sie mit einem stumpfen, schweren Gegenstand ohnmächtig geschlagen und dann auf sie eingedroschen, deswegen hatte sie auch nicht geschrien.

Liebhart las Rosa den Befund vor, den ihm der Arzt gegeben hatte: »Nach Aufnahme von Marina Bauer, so der tatsächliche Name von Chantall, konnte ein Nasenbeinbruch mit Verschiebung des Nasengerüstes, Jochbeinbruch, Rissquetschwunden im Gesicht an der Stirn und in der Scheitelgegend, Bruch der Stirnhöhlenwand, Oberkiefertrümmerbruch und Unterkieferbruch, Kopfprellung, Hautabschürfungen, Schädel-Hirn-Trauma, Verlust mehrerer Zähne, Rippenbruch, Bauchprellung, Rissquetschwunden am Oberschenkel, Bruch eines Lendenwirbels und eines Schulterblattes, Bruch des Mittelhandknochens festgestellt werden.«

Rosa dachte an die vielen Steinputten, die im Zimmer der »Villa Rouge«, in dem man Karls Kopf gefunden hatte, herumstanden.

»Jetzt reicht es mir, Rosa, ich dreh der Puffmutter den Hahn zu«, beendete Liebhart seine Ausführungen.

Rosa verstand seine Wut. Sie beschlossen, später noch einmal zu telefonieren. Rosa solle mit Yvonne bleiben, wo sie war, Kuttner und Becker würden auf sie aufpassen. Sie beendeten das Gespräch, und Rosa vernahm Regungen aus dem unteren Teil des Hauses. Sie ging ins Bad und sah danach noch kurz nach Yvonne, die tief und fest schlief, so wie es für jemanden, der es gewohnt war, in der Nacht zu arbeiten, um diese Uhrzeit normal war. Kuttner und Becker saßen angezogen auf den Sofas. Rosa bezweifelte, dass sie geschlafen hatten, oder sie hatten das Bettzeug, dass sie hergerichtet hatte, wieder schön brav zusammengefaltet. Kuttner telefonierte, und Becker blätterte in einer mitgebrachten Zeitschrift. Rosa begrüßte beide und machte sich daran, ein Frühstück für vier Personen herzurichten. Die beiden Männer nahmen dankend an und verputzten unglaubliche Mengen an Eierspeis und frischem Brot, während Rosa nur an ihrem Kaffee nippte und nervös durchs Haus lief, um dort etwas zusammenzuräumen und da in dieses Buch zu sehen. Nach dem Essen teilten die beiden Rosa mit, dass sie einen Rundgang machen wollten, um nachzusehen, ob irgendjemand in der Nacht ums Haus geschlichen war, was bei dem frisch gefallenen Schnee einfach zu erkennen wäre. Rosa nickte zustimmend und ließ sich, nachdem beide gegangen waren, auf ihr Sofa nieder. Als das Telefon läutete, zuckte sie zusammen.

»Hohoho, möchtest du mit mir einen Vorweihnachtspunsch heben?«, rief Johanna ins Telefon.

Rosa lächelte und sagte dankend ab; sie erzählte, was seit gestern passiert war. Johanna bot an, vorbeizukommen, und Rosa sagte zu. Zwanzig Minuten später wurde sie von lautem Schimpfen von draußen aufgejagt.

Ach Mist, Kuttner und Becker, hab ich total vergessen, dachte sie, als sie schnell nach draußen lief und den beiden alles erklärte.

Sie hatten versucht, Johanna aufzuhalten, und das würde nicht einmal den Toren der Hölle gelingen. Rot vom Fluchen und Schimpfen schälte sich Johanna in Rosas Wohnzimmer aus ihrem Mantel.

»Du siehst scheiße aus«, war das Erste, was sie ihr sagte.

»Ich habe auch fast nicht geschlafen. Möchtest du einen Kaffee?«, antwortete Rosa.

Als sie auf dem Sofa saßen und Rosa die Langfassung der Ereignisse wiedergab, kam Yvonne die Treppe herunter. Sie hatte ihr Kleid von gestern an und war tadellos geschminkt. Rosa nahm an, dass ihr das Sicherheit gab. Als sie Yvonne Kaffee einschenkte, berichtete sie ihr, dass Chantall im Krankenhaus auf der Intensivstation lag und Polizeischutz bekommen hatte. Yvonne wollte wissen, ob sie sie besuche könne. Davon riet ihr Rosa ab, sie solle bei ihr bleiben, da wäre sie sicher. Rosa ließ die beiden daraufhin alleine und ging in die Küche, um für Yvonne und Johanna eine Kleinigkeit zu essen zuzubereiten. Sie konnte wegen der Küchengeräusche nicht genau hören, worüber die beiden sprachen, doch als sie ihr Wohnzimmer betrat, hörte sie Johanna sagen: »... also das habe ich tatsächlich noch nie gehört. Ich dachte, wenn Frauen sich zu Männern operieren lassen, ginge ein erfülltes Sexualleben nur noch mit Hilfsmitteln.«

Ganze fünfzehn Minuten, um jede Hemmschwelle zu überwinden, dachte Rosa, das ist halt meine Johanna.

Als sie sich zum Tisch setzte, klärte Johanna Rosa auf: »Yvonne hat mir soeben erzählt, dass Frauen, die sich für eine Geschlechtsumwandlung entscheiden, ein künstlicher Penis aus dem Fleisch des Unterarmes gefertigt und angenäht würde. Hast du das gewusst?«

»Aus dem Unterarm«, wiederholte Rosa, »mit Harnröhre und allem, was man sonst noch braucht?«

»Für alles, was man sonst noch braucht, muss man eine Pumpe verwenden«, fügte Yvonne hinzu und nippte an ihrem Kaffee.

»Eine elektronische?«, fragte Johanna.

»Das wäre wohl zu gefährlich«, meinte Yvonne. »In der Hitze des Gefechts besteht die Gefahr, dass man nicht rechtzeitig den Generator stoppen kann, und dann ... peng ... aus die Maus!«

Rosa und Johanna starrten sie mit offenem Mund an.

Yvonne nahm einen Bissen von Rosas Eierspeis. »Ich hatte einmal eine Freundin, die nach missglücktem Aufpumpen wie ein Fesselballon ...« Doch weiter kam sie nicht, denn alle drei brachen in schallendes Gelächter aus.

Rosa stand mit verrutschter Mütze und den Karton mit Schurrauers Informationen umklammernd vor Frau Grand.

Ohne dass diese dazu kam, sie abfällig zu mustern, setzte Rosa an: »Verschonen Sie mich heute mit allem, was Sie so auf Lager haben. Ich habe fast nicht geschlafen, in meinem Haus haben sich ein – ich muss zugeben – reizender Transvestit und meine übergewichtige Freundin einquartiert, während zwei – ich muss zugeben, ebenso reizende – Gorillas schwer atmend im Garten ihre Kreise ziehen und wahrscheinlich jeden abknallen, der sich auf zehn Meter nähert. Ich bin im Schnee mit diesem scheißschweren Karton ausgerutscht. Ein Radar hat mich geknipst. Auf der Autobahn war ein acht Kilometer langer Stau, und ich habe heute noch nichts gegessen. Wenn Sie auch nur den Mund aufmachen, gnade Ihnen Gott.« Sprach's und stieß mit dem Fuß die Tür zu Liebharts Büro auf.

Sie setzte sich und begann den Inhalt des Kartons auf dem Boden auszubreiten. So saß sie drei Stunden, bis Liebhart und Schurrauer kamen.

Die fanden sie in einem Berg von Papieren, und das Erste, was sie sagte, als sie die beiden sah, war: »Hat bitte irgendjemand eine Zigarette für mich? Ich habe mir schon überlegt, ob ich den verdorrten Gummibaum rauchen soll!«

Schurrauer begann nervös zu hüsteln, Liebhart setzte sich und fragte sie, warum sie Yvonne alleine gelassen habe.

»Sie ist nicht alleine. Deine zwei zuverlässigen Beamten sind bei ihr und meine noch zuverlässigere Freundin Johanna. An der kommt mit Sicherheit niemand vorbei, also keine Angst. Ich kann nur schwer zu Hause arbeiten bei dem ganzen Trubel, und deswegen habe ich mir erlaubt, dein Büro zu besetzen. Wie geht es Chantall?«

»Sieht nicht gut aus, sie ist noch nicht stabil.« Liebhart rieb sich die Augen. »Wir haben noch nicht einmal die Ergebnisse von Waltraud Weninger vollständig ausgewertet, und schon kommt der nächste Fall rein.«

Die drei saßen kurz schweigend da, man konnte die Müdigkeit im Raum spüren. Liebhart raffte sich auf und bestellte bei Frau Grand Kaffee für Rosa und sich und heißes Wasser für Schurrauer.

Drei Stunden später hatten sie das Testament Waltraud Weningers nach der Höhe der Geldbeträge geordnet, die die Erben bekommen hatten. An erster Stelle standen die Personen, die am meisten von Waltraud Weningers Ableben profitiert hatten. Am Ende der Liste hatten sie die Personen gereiht, die mit kleineren Beträgen oder Geschenken bedacht worden waren. Eine Extra-Kategorie bildeten Institutionen und die nahen Verwandten, die schon befragt und deren Alibis bereits überprüft worden waren oder noch wurden. Schurrauer verbiss sich in Telefonlisten und suchte nach übereinstimmenden Nummern auf den Telefonen der Ermordeten und Chantalls Mobiltelefon. Am Nachmittag ließen sie sich etwas vom Italiener kommen. Schurrauer verweigerte und rührte sich irgendwelche Körner mit einer milchig weißen Masse an – kein Joghurt; Rosa hielt es für Elektrikergips. Sie aß unter dem entsetzten Blick von Schurrauer eine Portion Cannelloni con Gamberetti – Cannelloni gefüllt mit Garnelen – und hatte noch extra eine große Portion Salat bestellt. Das Essen war ausgezeichnet. Die zarte Fülle der Cannelloni zerging auf der Zunge. Liebhart schenkte seinen Gnocchi mit Tomatensauce nicht viel Beachtung, er war wohl einfach zu müde, um hungrig zu sein. Während sie aß, sah sich Rosa die nun neu sortierte Aufstellung an: An erster Stelle stand die Haushälterin von Waltraud Weninger, Frau Anna Jakowsky, die neben einer kleinen Eigentumswohnung in Unter Sankt Veit auch eine monatliche Rente in Höhe von dreitausend Euro bekam.

»Frau Jakowsky ist fünfundsiebzig Jahre alt, ich denke nicht, dass sie schwertschwingend durch die Stadt läuft. Abgesehen davon fehlt meiner Meinung nach das Motiv. Ich reihe sie als Verdächtige nach hinten. Seid ihr damit einverstanden?«, fragte Rosa.

Liebhart und Schurrauer nickten.

»Gut, der Nächste ist Dr. Paulinger. Er hat für Waltraud Weninger das Testament aufgesetzt und war auch mit dessen Eröffnung betraut. Er bekam einmalig zweihunderttausend Euro.«

»Den kannst du auch nach hinten reihen«, brummte Liebhart, und Schurrauer nickte.

»Frau Rettl, die Köchin. Zweiunddreißig Jahre bei den Weningers, hat einen einmaligen Geldbetrag von ebenfalls zweihunderttausend Euro bekommen und lebt mit ihrer Familie nicht weit von der Villa Waltraud Weningers.«

Rosa sah Schurrauer und Liebhart an, die beiden schüttelten den Kopf.

»Was ist eigentlich mit den Kindern von Hermann Weninger?«, fragte Schurrauer. »Die sind doch leer ausgegangen, oder?«

»Nein, nur Hermann ist, bis auf den Pflichtteil, leer ausgegangen. Er erwähnte Liebhart und mir gegenüber, dass er sich darüber aber nicht gewundert hat, denn er habe nach dem Tod ihres Vaters dessen Kanzlei übernommen, und da fiel der Betrag, den seine Geschwister bekommen haben, verhältnismäßig bescheiden aus.« Rosa blätterte die Liste vor, bis sie zu den Familienangehörigen kam. »Sarah und Johannes haben sogar mehr als Karl und Antonia bekommen.«

»Dann fällt Geld als Motiv wohl aus«, brummte Schurrauer.

»Der Vierte auf der Liste ist ein gewisser René Paterson«, setzte Rosa fort, »sein Aufenthaltsort ist zurzeit unbekannt. Vielleicht ein Krankenpfleger, der sich schwarz noch etwas dazuverdient hat? Er erhielt ebenfalls zweihunderttausend Euro. Die restlichen sechzig Personen wurden mit kleinen Beträgen, so zwischen dreihundert und tausend Euro, bedacht oder haben Möbel oder Vasen bekommen«, Rosa blätterte weiter, »sogar ein Kanarienvogel wechselte seinen Besitzer.«

Liebhart beugte sich vor. »Meine Leute werden versuchen, diesen René Paterson ausfindig zu machen. Währenddessen reden wir zuerst mit Dr. Paulinger, vielleicht kann er uns Auskunft über Personen geben, mit denen Waltraud in ihren letzten Lebensjahren Kontakt hatte. Wie läuft die Suche nach der unbekannten Begleiterin von Karl Weninger?«, wollte er von Schurrauer wissen.

»Zwei Männer gehen mit dem Phantombild den Bahnhof Wien Mitte und den Bahnhof in Klosterneuburg ab. Das Bild erschien heute in allen wichtigen Tageszeitungen. Bis jetzt hat sich noch niemand gemeldet.«

Rosa und Liebhart zogen sich die Mäntel an. Schurrauer wollte im Labor vorbeischauen, um sich nach den Untersuchungsergebnissen von Waltrauds Kopf und den Spuren zu erkundigen, die man in Chantalls Zimmer in der »Villa Rouge« gefunden hatte.

Sie fuhren mit einem Dienstwagen in die Stadt. Dr. Paulingers Büro lag in der Wollzeile im ersten Bezirk. Im Stiegenhaus führten knarrende Holzstufen in den zweiten Stock. Sie blieben vor der schweren Eichentüre mit dem blank geputzten Messingschild, auf dem in geschwungener Schrift »Rechtsanwaltskanzlei Dr. Paulinger« stand, stehen.

Durch die geschlossene Türe drangen Stimmen. »Was sind Sie für ein unglaublicher Trampel?«, brüllte ein Mann.

Eine den Tränen nahe Frau antwortete: »Aber Herr Doktor, Sie wollten doch unter keinen Umständen gestört werden …«

»Wie kann man nur so deppert sein? Wie lange arbeiten Sie eigentlich schon hier? Drei Jahre, oder? Da müssten Sie wissen, dass Draunstein Consulting einer unserer wichtigsten Klienten ist.«

Die Stimme des Mannes wurde leiser, und man hörte eine Tür

knallen. Liebhart sah mit hochgezogenen Augenbrauen zu Rosa und drückte auf den Klingelknopf. Es summte, und die Türe öffnete sich.

Die Sekretärin hatte gerade noch Zeit genug gehabt, sich die Tränen aus dem Gesicht zu wischen. Sie lächelte Liebhart und Rosa tapfer zu und fragte, ob sie einen Termin hätten. Als Liebhart verneinte, aber die Dringlichkeit der Angelegenheit betonte, bat sie die beiden zu warten und verschwand im rückwärtigen Teil des Büros.

Nach ein paar Minuten erschien sie wieder und sagte: »Der Herr Doktor lassen bitten.«

Dr. Paulinger stand hinter einem wuchtigen Schreibtisch. Ein dunkelrotes Gilet umspannte seinen Bauch. Der graue Wollanzug, den er darüber trug, musste ein Vermögen gekostet haben. Eine Messinglampe mit dunkelgrünem Glasschirm tauchte den Schreibtisch und die Papiere, die darauf lagen, in ein angenehmes Licht. In einer Ecke des Zimmers stand eine riesige Topfpflanze, deren große Blätter in den Raum nickten. Ein echter Perserteppich bedeckte fast zur Gänze den Parkettboden des Büros.

Als sich Liebhart als Kriminalpolizist vorstellte, zuckte Dr. Paulinger zusammen. Rosa bildete sich ein, dass er blass wurde.

Dr. Paulinger setzte sich langsam und sah die beiden aus großen Augen an. Liebhart und Rosa nahmen ungefragt auf zwei Stühlen vor seinem Schreibtisch Platz. Rosa fiel das Bild, genauer die Tapete hinter dem Bild auf, das sich direkt über dem Kopf von Dr. Paulinger befand. Es sah aus, als habe vormals ein größeres Bild dort gehangen, die Tapete darunter hatte sich ihre Originalfarbe erhalten. Dann hatte man das Bild offensichtlich abgenommen und, um den Fleck auf der Tapete zu überdecken, ein anderes Bild darübergehängt, das allerdings kleiner war als das vorherige Bild. So blieb ein dunkler Rahmen, den Rosa nun anstarrte.

»Wir möchten mit Ihnen über das Testament von Waltraud Weninger reden, mit dessen Verwaltung Sie vor einem halben Jahr betraut waren«, begann Liebhart.

Rosa bemerkte einen Schweißtropfen, der von der Schläfe des Anwalts Richtung Kragen rann.

Er räusperte sich. »Wie kann ich Ihnen denn helfen?«

»Waltraud Weninger hat in ihrem Testament vier Personen, die zu ihrem Personal gehörten, mit je zweihunderttausend Euro bedacht. Wir wissen von drei Personen, welche Rolle sie in Frau Weningers Leben gespielt haben. Nur über einen Mann namens René Paterson wissen wir nichts. Können Sie uns vielleicht erklären, warum er von Waltraud Weninger so viel Geld bekommen hat?«, wollte Liebhart wissen.

Die alten Fenster zitterten leicht, als ein Autobus durch die schmale Wollzeile Richtung Ring fuhr.

Dr. Paulinger atmete erleichtert auf. »Frau Weninger hat es nicht als notwendig angesehen, mir Erklärungen für jeden ihrer Wünsche nach ihrem Tod zu geben. Die Gespräche mit ihr in den letzten Monaten ihres Lebens liefen wie Diktate ab. Ich kam zu ihr, sie hat, solange sie noch lesen konnte, ihr Notizbuch geöffnet und mir dann Namen und Summen angesagt. Als es ihr nicht mehr so gut ging, hat sie diese Dinge aus dem Gedächtnis zitiert.«

Liebhart unterbrach ihn. »Hat Frau Weninger Ihnen denn sonst nähere Informationen über René Paterson gegeben?«

»Nein, hat sie nicht. Sie hat mir nur seinen Namen und die Summe die sie ihm hinterlassen wollte, diktiert.«

»Wo haben Sie ihn denn gefunden?«

»Er hat damals im zehnten Bezirk gewohnt, die genaue Adresse weiß ich nicht auswendig. Meine Sekretärin kann für Sie aber gerne in den Akten nachsehen.«

»Wissen Sie vielleicht über den jetzigen Aufenthaltsort von ihm Bescheid?«, fragte Liebhart.

Der Anwalt faltete seine Hände vor dem Bauch und legte die Fingerspitzen aneinander. »Tut mir leid, keine Ahnung«, antwortete er knapp und begann unter dem Schreibtisch mit seinem Fuß zu wippen.

Rosa spürte, dass Dr. Paulinger nichts sehnlicher wünschte, als dass sie endlich verschwinden würden. »Finden Sie es nicht etwas eigenartig, dass sie so vielen Menschen Geld vermacht hat, nur ihrem ältesten Sohn vermachte sie keinen Groschen?«

»Wissen Sie, Frau Weninger hatte immer sehr konkrete Vorstellungen davon, wie die Dinge abzulaufen hatten. Sie hat ihr Begräbnis und die Testamentseröffnung bis ins kleinste Detail geplant. Ich habe auf ihren Wunsch hin auch eine kleine Zusammenfassung ihres Lebens geben müssen, von ihrer Geburt über ihre Heirat zu den Kindern bis zu ihrem schweren Autounfall vor fünf Jahren. Das ist absolut unüblich für einen Anwalt, der eigentlich nur durch das Testament den Willen des Verstorbenen vollstreckt. Ich nehme an, dass es mit ihrer Familie nicht anders verlaufen ist. Wenn ihre Kinder nicht das Leben lebten, das sie sich für sie vorgestellt hat, dann hatte das Konsequenzen.«

»Haben Sie mit der hohen Summe gerechnet, die Ihnen Waltraud Weninger hinterlassen hat?«, fragte Rosa, die ihren Blick endlich von dem dunklen Rechteck rings um das Bild über Dr. Paulingers Kopf reißen konnte.

Dr. Paulinger rutschte auf seinem Sessel hin und her. »Ich vertrete die Interessen von Frau Weninger, seit ihr Mann gestorben ist; ich nehme an, es war ihre Art, sich bei mir zu bedanken. Wollen Sie sonst noch etwas von mir wissen?«, fragte er mehr aus Höflichkeit als aus wirklichem Interesse und stand, noch während er das sagte, auf. »Nein? Sehr gut, denn ich muss jetzt zum Gericht.«

Er griff nach einer Packung Zigaretten und einem goldenen Feuerzeug, die auf dem Tisch lagen, und verstaute beides in seiner Aktentasche, dann begleitete er Rosa und Liebhart nach draußen. Im hellen Licht des Vorraumes konnte Rosa einen Schmiss an seiner Wange erkennen.

Dr. Paulinger bat seine Sekretärin, die Adresse von René Paterson herauszusuchen, und verließ nach ein paar weiteren kurzen Anweisungen mit einem Kopfnicken zu Rosa und Liebhart die Kanzlei.

Die blieben enttäuscht zurück. Die Verzweiflung der Sekretärin hatte sich in Wut verwandelt, und sie sah Dr. Paulinger schmallippig nach. Rosa ergriff die Gelegenheit, sie alleine sprechen zu können, und fragte sie, welches Bild vormals hinter Dr. Paulingers Schreibtisch gehangen habe.

»Ich weiß nicht, wie der Künstler heißt, aber es war ein sehr farbenfrohes Ölgemälde«, antwortete sie bereitwillig.

»Können Sie beschreiben, was dargestellt war?«, wollte Rosa wissen.

Liebhart sah sich die großformatigen gerahmten Fotografien an, die im Vorzimmer hingen. Er stutzte genau in dem Moment, in dem die Sekretärin antwortete:

»Ein junger Mann hat den abgeschlagenen Kopf eines älteren Mannes in der Hand gehalten. Ungefähr so …« Und sie ahmte die

Pose von David nach, der den Kopf von Goliath in seiner ausgestreckten Hand hält.

Kaum standen sie auf der Straße, riss Rosa Liebhart aufgeregt am Arm. »Du musst ihn verhaften. Wieso tust du nichts? Er hatte das kopierte Bild von Caravaggio in seinem Büro direkt über seinem Kopf hängen. Liebhart, bitte. Hast du nicht bemerkt, wie eigenartig er war? Er hat zu schwitzen begonnen! Liebhart, warum sagst du nichts?«

»Rosa, bitte!« Liebhart befreite sich von ihrem Griff und ging ein paar Schritte. Sie folgte ihm fassungslos.

»Hast du die Fotos an der Wand gesehen?«, fragte er. Rosa schüttelte den Kopf. »Dr. Paulinger gehört offenbar dem Orden der Malteser an. Die Fotos zeigen ihn bei irgendwelchen Feierlichkeiten. Er trägt eine schwarze Kutte mit dem Kreuz der Malteser auf der Brust!«

Sie schlug die Hände vor den Mund. »Warum stehen wir denn dann noch hier? Du musst ihn verhaften, er ist uns gerade abgehauen«, flüsterte sie entsetzt.

Liebhart blieb stehen und sah sie an. Die Partie um seinen Mund wurde blass, als er zwischen den Lippen hervorpresste: »Sag mir verdammt noch mal nie mehr, wie ich meine Arbeit zu tun habe! Hast du das verstanden? Polizeiarbeit funktioniert nicht so, das habe ich dir schon einmal gesagt.« Er ging schnell davon, blieb aber nach ein paar Schritten stehen und drehte sich zu Rosa um. Sanfter fügte er hinzu: »Ich bin auch deiner Meinung, dass er sich eigenartig verhalten hat, aber ich kann zu keinem Untersuchungsrichter der Welt gehen und um einen Haftbefehl für einen angesehenen Rechtsanwalt bitten, nur weil er ein Bild in seinem Büro durch ein anderes ersetzt hat, dem Malteserorden angehört und geschwitzt hat, als wir mit ihm gesprochen haben. Der Untersuchungsrichter würde mich auslachen, bis er tot umfällt.«

Rosa ließ enttäuscht die Schultern hängen.

»Wir schauen uns den Burschen aber einmal genauer an, in Ordnung?« Liebhart kam ein paar Schritte auf sie zu, legte seinen Arm um ihre Schulter, und sie gingen langsam die Strobelgasse entlang zu ihrem Auto.

Sie vereinbarten, noch bei Frau Jakowsky vorbeizuschauen. Auf der Fahrt telefonierte Liebhart mit Schurrauer und berichtete ihm, wie das Gespräch mit Dr. Paulinger verlaufen war. Schurrauer versprach, den Anwalt genauer zu durchleuchten. Nachdem Liebhart aufgelegt hatte, war es eine Weile still im Auto. Rosas Kehle war ausgedörrt, und sie war so erschöpft, dass ihr nicht einmal auffiel, dass es bereits zu dämmern begann.

Nach ein paar Minuten räusperte sich Liebhart und fragte: »Wie schwer ist es eigentlich, ein Ölbild zu kopieren?«

»Wenn man es gut machen will, sehr schwer. Man muss sich wirklich intensiv mit dem Künstler, den man kopieren will, auseinandersetzen. Einen vielschichtigen Gesichtsausdruck oder eine Geste zu kopieren ist eine ausgesprochen anspruchsvolle Arbeit. Wir kennen leider erst einen kleinen Ausschnitt des Bildes, das der Mörder hinterlassen hat. Zu klein, um Rückschlüsse auf sein künstlerisches Können zu ziehen. Nur weil er alte Leinwand gründlich abschleifen kann und sich mit Ölfarben auskennt, muss er kein guter Maler sein. Könnt ihr in Erfahrung bringen, ob Dr. Paulinger eine künstlerische Ausbildung hat?«

Liebhart brummte: »Bei Ermittlungen dauert die Erforschung des sozialen Umfelds am längsten. Ohne handfeste Begründung sind uns weitgehend die Hände gebunden.«

Sie fuhren den Ring entlang bis zur Staatsoper; dort bogen sie Richtung Linke Wienzeile ab. Bei der Secession blieb Rosas Blick an der goldenen Schrift oberhalb des Eingangs hängen: »Der Zeit ihre Kunst, der Kunst ihre Freiheit«. Sie musste lächeln: Die Wiener nannten die Kuppel, ein Blätterwerk aus vergoldeter Bronze, »das Krauthappel« und reagierten so auf den ehernen Gedanken der Gründer der Secession, die sich Ende des 19. Jahrhunderts mit deren Bau vom traditionellen konservativen Stil des Wiener Künstlerhauses abwandten.

Der Wiener Seele sind halt eherne Gedanken und radikale Veränderungen suspekt, dachte Rosa müde.

Frau Jakowskys Eigentumswohnung lag in Unter Sankt Veit in einem Wohnhaus mitten im Villenviertel. Das Haus von Rudolf und Waltraud Weninger befand sich nur zwei Straßen weiter. Es war nach dem Tod der Eltern verkauft und der Erlös unter den Kindern aufgeteilt worden.

Es begann bereits zu dämmern, als sie im Aufzug in den dritten Stock fuhren. Das Haus war alt, und der Aufzug war innen mit einer rot gepolsterten Bank ausgestattet.

Frau Jakowsky reichte Rosa bis zum Nabel. Sie hatte noch nie eine so winzige und zierliche Frau gesehen. Frau Jakowsky wirkte auf beängstigende Weise vertrocknet, und ihr Kopf zitterte leicht. Sie bat sie in ihre gut beheizte Wohnung und beruhigte einen Rauhaardackel, der die Fremden laut anbellte.

»Ich dachte mir schon, dass die Polizei nach den tragischen Todesfällen der Familie Weninger bei mir vorbeikommen würde«, meinte sie, als sie noch im Vorraum standen. »Ich hab es in der Zeitung gelesen. Schrecklich, schrecklich, die armen Menschen.« Sie schüttelte traurig den Kopf und ging ins Wohnzimmer vor.

Die Wohnung war nicht besonders groß, hatte aber einen phantastischen Ausblick in einen privaten Garten. Es standen alte, viel zu große Mahagonimöbel im Wohnzimmer; wahrscheinlich hatte sich Frau Jakowsky auch ein paar Stücke aus der Villa von Rudolf und Waltraud Weninger nach deren Tod mitnehmen dürfen. Ein Monstrum von Anrichte ragte fast bis zur Hälfte in das kleine Wohnzimmer hinein. Darauf lagen Spitzendecken, auf denen Bilder der Familie Weninger standen. Sie waren denen im Haus von Hermann Weninger sehr ähnlich, nur dass hier Waltraud eindeutig dominierte.

Rosa und Liebhart nahmen um einen winzigen Teetisch in der Nähe des Fensters Platz, Frau Jakowsky setzte sich aufrecht in einen großen Ohrensessel ihnen gegenüber. Sie trug ein altmodisches Kleid und ein graues Wollgilet, ihre grauen Haare waren in Wellen an den winzigen Kopf gelegt. Rosa kannte die Frisur von Bildern, die Filmstars aus den dreißiger Jahren des vorigen Jahrhunderts zeigten.

»Bevor wir beginnen, darf ich Ihnen vielleicht etwas anbieten? Einen Sherry oder etwas Stärkeres? Ich kann auch gerne Kaffee aufsetzen«, piepste Frau Jakowsky und starrte sie aus zwei mausgrauen Äuglein an.

Rosa nahm dankend einen Sherry, während Liebhart nur um ein Glas Wasser bat. Frau Jakowsky brachte das Gewünschte auf einer kleinen Silberplatte, unter jedes Glas war ein kleines Spitzendeckchen gelegt.

Ganz die alte Hausdame. Mit dem Vorrat an Spitzendeckchen könnte man Schönbrunn einpacken, dachte Rosa und hoffte, dass ihr Frau Jakowsky auch eine Zigarette anbieten würde. Da sie leichten Zigarettenrauch roch, nahm sie an, dass die Wohnungseigentümerin rauchte. Der Schlafmangel und die Aufregung hatten Rosa schon so weit gebracht, dass sie auch den verdammten Rauhaardackel rauchen würde, der hechelnd hinter seinem Frauchen stand. Der Sherry war ausgezeichnet, und Rosa spürte, wie er sich warm in ihr ausbreitete. Entspannt lehnte sie sich zurück.

»Sie waren sehr lange bei der Familie Weninger, nicht?«, begann Liebhart lächelnd.

»Ja«, antwortete Frau Jakowsky, »doch fast fünfzig Jahre ...« Sie nickte. »Herr Weninger hat mich kurz nach seiner Hochzeit mit Frau Weninger eingestellt. Damals war es für begüterte Familien noch durchaus selbstverständlich, sich Hausdamen zu leisten. Er war ein reizender Mann, immer sehr korrekt. Seine Frau war oft alleine und noch so jung.«

»Wie war denn das Verhältnis der Familie untereinander?«

»Ach, wissen Sie, es waren die üblichen Auseinandersetzungen. Nichts Besonderes auf jeden Fall.«

»Ich denke, dass Rudolf Weninger doch sehr von seinen Söhnen enttäuscht war«, sagte Liebhart. »Sie haben ihn doch mit der Kanzlei im Stich gelassen. Vor allem Karls Homosexualität ...«

Frau Jakowsky schloss die Augen, schüttelte den Kopf und bat ihn mit erhobener Hand, zu schweigen. »Ich weiß nichts über Karls Krankheit!«

Sie bringt nicht einmal das Wort über die Lippen, dachte Rosa, das wird eine zähe Sache.

»Nun gut.« Liebhart senkte lächelnd den Kopf und rieb sich den Nacken; er spürte wohl, dass er da nicht weiterkam. Frau Jakowsky war eine Hausdame der alten Schule. Die Familie, bei der sie gearbeitet hatte, war absolut unantastbar, und es wurde nichts nach außen gelassen.

»Können Sie sich erinnern, ob es in Waltraud Weningers letzten Lebensmonaten jemanden mit dem Namen René Paterson gegeben hat?«

Frau Jakowsky hielt inne, legte einen Zeigefinger an die Wange und betrachtete die Decke, als ob sie dort die Antwort finden könnte.

»René Paterson, ich kann mich nicht erinnern. Wir hatten für Frau Weninger eine eigene Diätköchin, Frau Rettl; sie war so freundlich, auch für mich die Speisen zuzubereiten. Eine ausgezeichnete Köchin! Und dann kam noch öfter Dr. Paulinger, er war es auch, der das Testament aufgesetzt hat.«

»Wie stand Dr. Paulinger zur Familie Weninger?«

»Dr. Paulinger hat als Student bei Herrn Rudolf Weninger ein Praktikum gemacht. Der Kontakt mit der Familie Weninger ist seitdem nicht mehr abgerissen.«

»Gab es irgendwelche Vorkommnisse zwischen Waltraud Weninger und Dr. Paulinger?«

Rosa wusste schon, als Liebhart die Frage aussprach, dass Frau Jakowsky kein Wort sagen würde, selbst wenn etwas zwischen ihrer Dienstherrin und dem Anwalt vorgefallen war. Aber er wollte wohl nichts unversucht lassen.

»Es gab keine ›Vorkommnisse‹«, sie stieß das Wort empört aus, »im Hause Weninger.«

War ja vorauszusehen, dachte Rosa.

Freundlicher erklärte Frau Jakowsky: »Hermann war halt immer sehr beschäftigt, er hat ja auch die Kanzlei seines Vaters nach dessen Tod wirklich vorbildlich geführt. Karl war in Amerika«, fügte sie leise hinzu, wohl aus Angst, das Thema Karl noch einmal anschneiden zu müssen, »aber Antonia ist einmal die Woche vorbeigekommen. Wissen Sie, sie hatte ja so eine ausgezeichnete Erziehung in Frankreich genossen und war so gebildet«, sagte sie stolz.

»Wer war in Frankreich?«, fragte Liebhart.

»Na, Antonia. Sie wurde mit sieben Jahren nach Paris geschickt. In ein feines Mädcheninternat, dort blieb sie dann, bis sie vierzehn Jahre alt war. Frau Weninger musste damals für ein halbes Jahr auf Kur nach Lausanne fahren. Ich bin bei Herrn Weninger und Karl geblieben. Als Antonia wiedergekommen ist, war sie eine richtige kleine Französin. Ihr Zimmer musste in französischem Stil eingerichtet werden. Ich zeige Ihnen ein paar Fotos.«

Frau Jakowsky stand auf und eilte zu einem Bücherkasten. Die Glastüren öffneten sich geräuschvoll, und der Dackel begann wieder zu bellen. Rosa malte sich aus, was passieren würde, wenn sie ihn einfach mit einem Fußtritt aus dem Fenster schießen würde, so sehr ging ihr das Gekeife auf die Nerven. Hypernervöse Hunde waren noch nie ihre Sache gewesen. Frau Jakowsky brachte ihn mit immer lauter werdenden Drohungen zum Schweigen und zog ein dickes Fotoalbum aus der untersten Reihe des Bücherkastens. Sie schlug es auf und deutete auf ein Foto, auf dem ein etwa vierzehn Jahre altes Mädchen mit dunklem Haar an einem zierlichen Schreibtisch saß. Die Wände des Zimmers waren mit einer klein gemusterten Blumentapete tapeziert, an den Fenstern hingen schwere Vorhänge bis zum Boden.

»Den Schreibtisch hat Herr Weninger extra aus Paris kommen lassen, eine Handarbeit«, erklärte sie eifrig. »Das Zimmer von Karl war ein richtiges Bubenzimmer, mit Modellflugzeugen, die an Schnüren von der Decke hingen.« Sie blätterte weiter zu einem Foto, auf dem ein etwa zehn Jahre alter Bub auf seinem Bett lag, das Gesicht hinter einem Buch verborgen. Von der Decke hingen die erwähnten Flugzeuge.

»Wie hat denn das Zimmer von Hermann Weninger ausgesehen?«, wollte Rosa eher nebenbei wissen.

»Oh, der hatte kein eigenes«, Rosa und Liebhart stutzten, »er verstand sich so gut mit seiner Mutter, dass er, bis er ausgezogen ist, bei ihr schlief. Die Herrschaft hat in getrennten Zimmern geschlafen, das war damals durchaus so üblich.«

Rosa und Liebhart sahen sich an.

»Verzeihen Sie, aber Hermann war schließlich schon siebzehn Jahre alt, als er in die Schweiz ging, kommt Ihnen das nicht eigenartig vor?«, fragte Rosa.

Frau Jakowsky knallte das Fotoalbum zu und hob die Hand zu der schon bekannten Schweigen gebietenden Geste. »Ich weiß nicht, was daran eigenartig sein soll, wenn eine Mutter ihren Sohn liebt.« Sie stellte das Album wieder an seinen Platz zurück und setzte sich noch immer leicht empört in den großen Ohrensessel.

Rosa und Liebhart warteten ein wenig, schließlich schnappte Frau Jakowsky: »Jedenfalls kann ich mich an niemanden mit dem Namen René Paterson erinnern.« Sie legte ihre winzigen Hände in den Schoß und sah beide vorwurfsvoll aus ihren kleinen Mausaugen an.

»Ist Ihnen bei der Testamentseröffnung irgendjemand aufgefallen?«, fragte Liebhart.

»Da waren unglaublich viele Leute, die ich nicht kannte. Frau

Weninger ist ja in ihren jungen Jahren oft aus gewesen, und ich habe nicht alle Menschen, mit denen sie sich getroffen hat, gekannt. Aber ich war doch sehr erstaunt, dass es so viele waren. Sie hat oft in ihrem Notizbuch herumgestrichen und geschrieben. Zuletzt war ihre Handschrift fast nicht mehr zu lesen.« Frau Jakowsky hüstelte in ein Spitzentaschentuch, das sie aus ihrem Ärmel gezogen hatte.

Rosa und Liebhart verabschiedeten sich und traten wenig später in die Dunkelheit hinaus. Es glänzten bereits die ersten Sterne am Himmel, und es versprach eine glasklare und kalte Nacht zu werden.

»Ich finde zwei Dinge sehr eigenartig: zum einen, dass Hermann Weninger als Ältester kein eigenes Zimmer hatte«, sagte Rosa. »In dem Alter hat man doch schon ein eigenes Zimmer, zumal die Villa von Rudolf und Waltraud Weninger sicher genügend Platz geboten hat.«

»Ich wollte schon mit acht Jahren mein eigenes Zimmer haben«, sagte Liebhart.

Rosa nickte. »Die zweite Sache ist die: Hermann Weninger, Waltrauds Lieblingssohn, haut über Nacht einfach ab. Sie hat schon ein Kind verloren und schickt ein zweites, nämlich Antonia, nach Frankreich und geht selber für ein halbes Jahr auf Kur, um auch ihr einzig verbleibendes drittes Kind, nämlich Karl, nicht sehen zu müssen.«

»Ich werde auch nicht schlau daraus«, warf Liebhart lahm ein.

Von unterwegs rief er im Spital an, um sich nach Chantalls Befinden zu erkundigen. Es gab keine Neuigkeiten, ihr Zustand war weiterhin kritisch. Rosa lieh sich sein Telefon und rief Johanna an, um zu erfahren, wie es Yvonne und ihr gehe. Johanna war guter Laune und sagte, sie seien inzwischen zu ihr nach Hause gegangen, da sei mehr im Kühlschrank, und abgesehen davon denke Johanna, dass Rosa nach der letzten Nacht vielleicht etwas Ruhe haben wolle. Heute Abend fand außerdem eine Besprechung des Flüchtlingskomitees bei Johanna statt, und Yvonne wollte unbedingt daran teilnehmen. Rosa musste lächeln bei dem Gedanken, Yvonne neben der dicken Frau Peier, der zaundürren Frau Kaspar und dem erstaunten Ludwig Seebold sitzen zu sehen. Wahrscheinlich war

Yvonne der erste Transvestit, den die drei jemals zu Gesicht bekamen. Kuttner und Becker zogen nun um Johannas Haus ihre Kreise, und sie hatte ihnen auch schon einen Schlafplatz in ihrem Wohnzimmer gerichtet.

Liebhart fuhr Rosa noch zu ihrem Wagen. Die beiden hatten vor Müdigkeit eine leicht graue Gesichtsfarbe, als sie sich schließlich verabschiedeten.

Als Rosa durch die klirrend kalte Nacht fuhr, war es schon so spät, dass es auf der Autobahn keinen Stau mehr gab. Das Wetter schlug um, in Brunn prasselte ein eisiger Regenschauer auf die Windschutzscheibe des Geländewagens. Der Schnee knarzte unter ihren Reifen, als sie das Auto in der Einfahrt parkte. Die Luft war kristallklar und scharf.

Die vier hatten kein Chaos hinterlassen, und Rosa nahm an, dass da Yvonne federführend gewesen war. Sie blieb lange vor ihrem Tiefkühlschrank stehen und entschied sich, eine Hühnersuppe aufzutauen. Sie aß sie im Stehen in der Küche, während die Katze um ihre Beine strich. Rosa wusste nicht, ob sie krank werden würde oder ob es nur die Müdigkeit war, durch die sie sich so angeschlagen fühlte. Mit einer Tasse heißem Tee nahm sie auf ihrem Sofa Platz und konnte nichts anderes mehr, als blöd ins Fernsehen zu glotzen. Als die Tasse leer war, raffte sie sich auf, stieg die Stufen zu ihrem Schlafzimmer hinauf und schlief auf der Stelle ein.

12

Rosa erwachte und streckte sich; sie war so tief in ihre Daunendecken und Kissen vergraben, dass sie ein paar Sekunden brauchte, um sich zu befreien. Der Wecker zeigte acht Uhr. Sie hatte fast zehn Stunden wie ein Stein geschlafen. Sie kraulte noch ein wenig die Katze, die wegen Rosas ungewohnt häufiger Abwesenheit etwas beleidigt war, und stand dann auf, um sich ein Frühstück zuzubereiten. Während der Kaffee auf dem Herd brodelte, rief sie Liebhart an, der etwas frischer klang und ihr sagte, dass er erst jetzt ins Büro gekommen sei. Chantalls Zustand war unverändert, und die Laborergebnisse von Waltraud Weninger würden heute Vormittag noch eintreffen. Rosa sagte, dass sie zuerst Chantall und dann Frau Rettl besuchen wollte, danach käme sie gleich zu ihm ins Büro.

Sie öffnete kurz die Eingangstür, um die Katze, die nervös daran scharrte, rauszulassen. Auf ihrer Fußmatte fand sie einen kleinen Einkaufskorb mit frischen Semmeln und Butter und eine kurze Nachricht in Johannas großer geschwungener Schrift. *»Kopf hoch, Süße! Alles wird gut! Yvonne ist wunderbar! Wir telefonieren später.«*

»Was für ein Schatz«, murmelte Rosa und trug den Korb ins Haus.

Johanna war anscheinend sehr früh aufgestanden, um frische Semmeln aus dem Dorf zu holen. Während sie sich Honig auf eine Semmelhälfte schmierte, beneidete Rosa Johanna um ihr offenes Wesen. Sie ging mit Menschen so locker und unkompliziert um. Im Gegensatz zu Rosa blühte sie geradezu auf, wenn viele Menschen um sie waren, die sie bekochen und mit denen sie sich unterhalten konnte. Sie saugte die Lebensgeschichten und Schicksale anderer Menschen wie ein Schwamm auf und half, wo sie nur konnte. Deswegen ging sie auch in ihrer Arbeit in der Flüchtlingshilfe so auf. Rosa hatte auch gerne Besuch, und sie kochte auch gerne für andere, aber sie besaß nicht die Grandezza, mit der Johanna ganze Heerscharen bei sich einquartierte. Johanna stand über einem leeren Eisschrank und der unglaublichen Unordnung in ihrem Haus. Das Gespräch war ihr immer das Wichtigste, während Rosa alle anderen Details – das Licht, das Besteck, ist es zu warm oder zu kalt, fühlen sich auch alle wohl – im Kopf hatte und daher auch recht oft nicht sehr entspannt war. Sie empfand sich als kleinlich und beschloss, das zu ändern.

Die Semmeln waren herrlich, die Kruste zerbrach beim Reinbeißen, so frisch waren sie, und der starke Kaffee dampfte in der Tasse. Rosa dachte an Chantall, während sie auf ihren verschneiten Garten sah, und daran, dass sie selbst so viel Glück hatte, gesund zu sein und sich so ein Haus in so einer wunderbaren Gegend leisten zu können. Sie hatte sich nach dem Tod von Paul so zurückgezogen, bis ihre Welt auf dieses Haus und den Garten geschrumpft war. Jetzt, mit ihrer neuen Aufgabe, brach der Rest der Welt mit all seinen schrecklichen und schönen Dingen auf sie ein. Sie fühlte sich wie von einer Lawine überrollt und stellte mit Erstaunen fest, wie viel Kraft sie hatte, um dieser Lawine standzuhalten. Sie hatte sich nach Pauls Tod für kraftlos gehalten, und nun bemerkte sie, dass sie es nicht mehr war.

Der Kopf der jungen Frau sah aus wie der einer Puppe, so klein und zerbrechlich. Er war umwickelt von Bandagen und wurde von einer Hals-Wirbelsäulen-Schiene gehalten, damit sie ihn nicht bewegen konnte. Schwellungen und Blutergüsse machten das Gesicht unkenntlich. Aus Mund und Nase hingen Ernährungs- und Beatmungsschläuche. Rosa hatte noch nie ein solches Gesicht gesehen. Sie konnte weder erkennen, wo die Nase, noch wo die Augen waren. Es wirkte durch die Hals-Wirbelsäulen-Schiene gequetscht. Unter der dünnen Krankenhausdecke zeichnete sich ein zierlicher, schlanker Körper ab. Die schmalen Handgelenke wirkten wie die eines Kindes, und Rosa war dankbar, dass Chantall nicht wach war und daher die unglaublichen Schmerzen, die sie mit Sicherheit hatte, nicht spüren konnte. Maschinen piepten, und das Gerät zur künstlichen Beatmung pumpte Luft in Chantalls Lunge. Rosa konnte nicht nachvollziehen, was in einem Menschen vorging, der einen anderen so vernichten wollte. Die Verletzungen im Gesicht und am Kopf waren die schwersten, als ob der Täter Chantalls Antlitz von dieser Erde hatte tilgen wollen. Das erste Mal wurde Rosa bewusst, mit was für einem gefährlichen und brutalen Gegner sie es zu tun hatten.

Sie verließ das Spital nach einer Stunde und blieb noch eine Weile im Auto sitzen. Sie überlegte, warum ihr Chantalls Schicksal näherging als das von Karl und Antonia, und kam zu dem Schluss, dass sie die beiden Köpfe, die sie gesehen hatte, nicht mehr mit etwas Menschlichem verband. Sie sahen aus wie aus Wachs, und Rosa hatte eher das Gefühl gehabt, ein besonders realistisches Bild zu begutachten. Die junge Prostituierte hingegen lebte noch, und dadurch war ihr Leiden für Rosa greifbarer.

Sie blieb noch so lange sitzen, bis ihr zu kalt wurde, dann ließ sie den Motor an und machte sich auf den Weg zu Frau Rettl.

Das Haus der Familie Rettl war ein einfaches Reihenhaus mit roten Ziegeleinfassungen um Fenster und Türen. Frau Rettl war sechsundfünfzig Jahre alt und hatte einen Buben, dreizehn Jahre (ein Nachzügler, wie sie Rosa leicht errötend erklärte), und eine Tochter, die zwanzig Jahre alt war. Da es noch Vormittag war, war der Bub in der Schule; in dem kleinen Vorzimmer hingen überall Bilder von den Kindern, die sie zahnlückig grinsend vom Schulfotografen aufgenommen zeigten. Frau Rettls Mann war Bäcker und auch nicht da. Seine Schicht fing um drei Uhr früh an, er würde gegen Mittag zu Hause sein. Das Mädchen war in der Lehre, sie wollte Friseurin werden.

Das Haus war im Cottagestil eingerichtet und bot das übliche Durcheinander eines Haushaltes mit Kindern. Frau Rettl trug ihre dunklen Haare kurz geschnitten, der praktischste Haarschnitt für eine Köchin. Rosa empfand die Atmosphäre nach ihrem Besuch bei Chantall tröstlich.

Sie hatten sich noch gar nicht richtig hingesetzt, als Frau Rettl schon loslegte.

»Also, das ist ja furchtbar, was mit der Familie da passiert ist, ich habe es in den Nachrichten gehört. Dachte, mich trifft der Schlag! Haben Sie schon eine Spur? Waren Sie dabei, als man die Köpfe gefunden hat? Wie haben sie denn ausgesehen? Wo ist denn bitte schön der Rest von den Leichnamen? Die Russenmafia wird Wien noch überrollen, da bin ich mir ganz sicher!« Sie sprang auf und entschuldigte sich: »Na, wo bleiben denn meine Manieren? Wollen Sie einen Kaffee? Ich hab gerade Kekse gebacken. Wartens einen Moment!« Während sie in der Küche auf und ab lief, erzählte sie:

»Mit vierundzwanzig bin ich zu den Weningers gekommen, war noch ein ganz verschrecktes Mädchen. Die Köchin vor mir haben sie fast zwei Jahr zuvor gekündigt. Frau Jakowsky hat mir erzählt, man hätte sich von ihr trennen müssen. Was sie in den Jahren ohne Köchin gemacht haben, weiß ich nicht. Die haben mir nicht so ausgesehen, als würden sie von Fertiggerichten leben. Aber sie haben in der Zeit das gesamte Personal ausgewechselt. Das war aber wohl nichts Ungewöhnliches, denn das andere Personal hat in den zweiunddreißig Jahren, in denen ich dort war, auch zigmal gewechselt. Die Herrschaften waren fast nie da, meine Chefin war Frau Jakowsky. Am Anfang hat sie mir sehr imponiert mit ihrer hundertprozentigen Loyalität zu den Herrschaften. Aber dann ... Ich kann Ihnen gar nicht sagen, wie sehr einem so etwas auf die Nerven geht, wenn man zweiunddreißig Jahre so einen Menschen als einzige Ansprechperson bei der Arbeit hat. Natürlich waren da noch der Gärtner und der Chauffeur, aber die bekamen von den Sachen, die im Haus geschehen sind, nichts mit. Im Übrigen: Haben Sie schon mit der Jakowsky geredet?«

Rosa hatte schon bemerkt, dass Frau Rettl gar nicht mit der Beantwortung ihrer Fragen rechnete; das konnte ihr nur recht sein, so musste sie sich nicht herauswinden, da sie von der laufenden Ermittlung nichts preisgeben durfte. Sie stellte erfreut fest, dass die ehemalige Köchin der Weningers um einiges gesprächiger war als Frau Jakowsky, und biss in einen der angebotenen Riesenkekse, die Frau Rettl vor ihr auf den Tisch gestellt hatte. Ihre Geschmacksnerven explodierten, und sie musste die Augen schließen. Der Keks war ein Traum.

Als sie wieder zuhörte, schien sie nichts Wesentliches verpasst zu haben, denn Frau Rettl war noch immer dabei, sich über die loyale Frau Jakowsky auszulassen.

»... und oft hab ich sie gefragt, ob sie dies oder das so ganz allgemein denn richtig fände. Dann kam diese Bewegung« – sie machte dieselbe Handbewegung, mit der Frau Jakowsky gestern Liebhart und Rosa zum Schweigen gebracht hatte; über die Jahre hatte sie wohl genug Gelegenheit gehabt, sie einzustudieren – »und aus war's. Fremden ist sie immer mit ihrer schmierigen Art gekommen: Sie kann sich dies und das nicht vorstellen, und überhaupt sind ja alle so reizend. Die hat sich jeden Klatsch verboten, zum Aus-der-

Haut-Fahren sind solche korrekten Menschen! Dabei ging's in dem Haus ordentlich zu. Die alte Weninger ist wirklich jedem hinterhergestiegen. Sie machte das, um den Alten zu demütigen. Ich war dabei, als sie einen jungen Installateur einmal so anstieg, und stellen Sie sich vor, ihr Mann ist danebengestanden und hat keine Miene verzogen. Das ist doch nicht normal, oder? Meinen Mann hat sie auch dauernd becirct, dabei war sie damals ja schon ganz schön in den Jahren. Der hat's gelassen genommen. ›Lass sie doch, die alte Schachtel‹, hat er zu mir gesagt.«

»Wissen Sie irgendetwas von einem René Paterson?«, unterbrach Rosa sie.

»René Paterson, René Paterson …« Frau Rettl überlegte. »Keine Ahnung, wer soll das sein?«

»Sein Name taucht im Testament von Waltraud Weninger auf. Er hat nach ihrem Tod eine stattliche Summe erhalten, und wir wissen nicht, in was für einem Verhältnis er zur Familie Weninger stand.«

»Die alte Weninger hat einer ganzen Menge Leute etwas vermacht. Der Anwalt, wie hieß er noch …«, sie fächelte ihre Hand, als ob sie sich verbrannt hätte, »ach ja, dieser Dr. Paulinger, ging dauernd ein und aus in den letzten Monaten ihres Lebens.«

Rosa spitzte die Ohren. »Was halten Sie denn von Dr. Paulinger?«

»Ach, der war eigentlich immer sehr nett. Hat mich, wenn wir einander begegnet sind, gegrüßt und ist dann gleich zur alten Weninger verschwunden. Ich kann nicht sagen, dass er mir durch irgendetwas aufgefallen wäre. Wieso, was ist denn mit ihm?«

»Gar nichts.« Rosa tat die Frage ab. »Wir sind an jeder Person, die zum Umfeld der Familie Weninger gehört, interessiert. Können Sie sich erklären, warum Hermann Weninger damals so Hals über Kopf sein Elternhaus verlassen hat?«

»Das kann ich nur vermuten, er war ja schon weg, als ich meinen Dienst dort angetreten bin: Der Vater streng und nie da, die Mutter ist auf ihm gehockt wie eine Spinne. Der Jüngere, Karl, ist ja auch abgehauen. Das war ein Krach, als herauskam, dass er nur auf Männer steht.« Frau Rettl lachte laut und schlug sich dabei mit der Hand auf den Oberschenkel. »Das hab sogar ich mitbekommen, obwohl ja sonst nichts von den Herrschaften in die Küche gedrungen ist, dank der Jakowsky. Antonia war in Frankreich in einem Internat, als ich kam, ich habe sie erst ein paar Jahre später kennengelernt, und dann war die so was von einer abgehobenen Internatsschülerin, dass es kaum auszuhalten war. Aber sie hat ihre Mutter bis zum Schluss besucht. Antonia war für meinen Geschmack etwas schrill und verrückt. Mit dem Alter ist dann auch das Abgehobene von ihr abgefallen, und dann wurde sie eigentlich recht sympathisch.«

»Können Sie mir vielleicht erklären, an wen Antonia diesen Brief hätte schreiben können? Wir haben nur diese zweite Seite in ihrer Wohnung gefunden.«

Rosa kramte in ihrer Tasche und hielt Frau Rettl die Klarsichthülle mit dem Brief entgegen. Die setzte ihre Brille auf, die an einer Kette um ihren Hals baumelte.

»Was soll denn das heißen? ›*... die besondere Abscheulichkeit, die Du verbrochen hast, Dich den Rest Deines Lebens verfolgen wird. Antonia*‹.« Sie legte den Brief kurz nieder und sah aus dem Fenster. »Antonia und ihre Mutter haben sich oft gestritten, ihr Verhältnis war nicht besonders gut. Als Frau Weninger noch gesund war, hat sie Antonia sogar einmal nach einem Riesenkrach aus dem Haus geworfen. Ich weiß das deswegen, weil ich gerade vom Markt gekommen war und die beiden überrascht hab. Antonia ist nie ausfällig geworden, aber ihre Mutter hatte es schon drauf.«

»Worum ist es in dem Streit gegangen?«

»Ich hab nicht so viel mitbekommen, aber Antonia hat ihrer Mutter anscheinend vorgeworfen, dass sie Schuld daran habe, dass die Familie so zerfallen war. Die alte Weninger hat sie angeschrien, dass sie keine Ahnung habe, wie es ist, Mutter zu sein und ihr liebstes Kind zu verlieren. Sie hat natürlich Hermann gemeint, auch nicht gerade nett, ein Kind so offensichtlich dem anderen vorzuziehen. Frau Weninger war zu mir nicht unangenehm, ihr hat alles geschmeckt, was ich gekocht habe. Als Mutter hätte ich sie aber nie im Leben haben wollen.«

Im Vorraum läutete das Telefon. Frau Rettl entschuldigte sich, kam nach ein paar Sekunden wieder und sagte zu Rosa: »Ist für Sie, ein Chefinspektor Mitbart oder so, ist ziemlich aufgebracht. Haben Sie kein Mobiltelefon?«

Rosa trennte sich schweren Herzens von dem Teller mit den

Keksen und ging ins Vorzimmer. Als sie den Hörer in der Hand hielt, schnauzte Liebhart sie an: »Verdammt, Rosa, leg dir endlich ein Mobiltelefon zu.«

Rosa war so verdattert, dass sie nur rausbrachte: »Lässt der Herr Chefinspektor Mitbart seine schlechte Laune wieder einmal an mir aus! Ich …« Sie drehte sich von Frau Rettl, die in der Tür stand und das Gespräch neugierig verfolgte, weg.

»Chefinspektor wer? Ich habe jetzt keine Zeit für deine Scherze. Wir treffen uns bei Dr. Paulinger. Die Wirtschaftspolizei hat mir ein paar wichtige Informationen über den Mann zukommen lassen.«

Rosa sagte: »Ich komme!«, und legte auf. Sie verabschiedete sich schnell von Frau Rettl und fuhr mit einem Bleifuß am Gaspedal in die Stadt.

Liebhart wartete, als sie mit dem Auto vorbeifuhr, schon beim Hauseingang der Kanzlei Dr. Paulingers. Da Rosa schon seit zwanzig Minuten einen Parkplatz suchte und damit rechnete, noch länger zu suchen, beugte sie sich über den Beifahrersitz und bedeutete ihm, zu ihr in den Wagen zu steigen.

»Ich habe heute Mittag einen sehr interessanten Anruf der Wirtschaftspolizei bekommen«, begann Liebhart, während er einstieg. »Gegen Dr. Paulinger läuft ein Konkursverfahren. Er hat sich vor einem Jahr bei einem Immobiliengeschäft verspekuliert, als er ein ehemaliges Fabrikgelände im ›Industriegebiet Süd‹ an der Breitenleer Straße, nahe der niederösterreichischen Grenze, gekauft hat. Er hat wohl damit gerechnet, dass sich der Gewerbepark Stadlau in den nächsten Jahren über die Wiener Nordrand Schnellstraße ausdehnen würde.«

Rosa hörte so konzentriert zu, dass sie erst jetzt bemerkte, dass sie schon dreimal um das Haus der Kanzlei gefahren war. Sie beschloss, großflächiger zu suchen, und fuhr die Wollzeile Richtung Ring.

Liebhart umfasste den Haltegriff oberhalb der Beifahrertür. »Doch der erhoffte Bauboom kam nicht. Die Bauträger hatten kein Interesse mehr, den Gewerbepark weiter auszubauen. Der Umsatz, der in den Geschäften der Shopping City im Süden Wiens gemacht wurde, konnte bei den schon bestehenden Geschäften dort nicht verzeichnet werden. Dr. Paulinger musste Konkurs anmelden.«

Rosa entdeckte am rechten Straßenrand einen älteren Herrn, der in einen Mercedes stieg. Sie blinkte und blieb stehen. »Seine Schulden machen ihn aber nicht zum Verdächtigen«, merkte sie an. Hinter ihr hupte es, sie drehte ihr Fenster runter und brüllte den ungeduldigen Fahrer an: »Verdammt, was is? Ich will mich da einparken!« Endlich glitt der Mercedes aus der Parklücke. Rosa stellte ihren Wagen ab und sah im Augenwinkel den ungeduldigen Fahrer vogelzeigend an ihr vorbeifahren.

»Stimmt, das macht ihn nicht zum Verdächtigen. Aber die Wirtschaftspolizei hat ein Konto von ihm in der Schweiz aufgetan mit drei Millionen Euro.«

»Gibt's nicht!«, stieß sie hervor und sah Liebhart an. »Aber was hat das mit unserem Fall zu tun?«

Liebhart lächelte. »Rate einmal, wann das Geld dorthin überwiesen wurde.«

Die Sekretärin von Dr. Paulinger saß zwischen weit geöffneten Aktenschränken und durcheinanderliegenden Akten. Aus Platzmangel hatte sie diese schon über den Vorzimmerboden verstreut. Als Liebhart und Rosa eintraten, telefonierte sie gerade mit einem Mobiltelefon, während das Telefon, das auf ihrem Schreibtisch stand, dauernd läutete. Sie sah Liebhart und Rosa verzweifelt an und beendete das Gespräch, doch kaum hatte sie aufgelegt, läutete es erneut. Auf ihren Wangen hatten sich hektische rote Flecken gebildet.

Sie ignorierte das Chaos und sagte zu Liebhart: »Dr. Paulinger ist leider nicht da.«

»Wir müssen ihn dringend sprechen«, ließ sich Liebhart nicht beirren. »Wissen Sie vielleicht, wo wir ihn finden können?«

Die Sekretärin schüttelte den Kopf, Tränen stiegen ihr in die Augen. »Er ist heute nicht ins Büro gekommen, obwohl er um neun Uhr seinen ersten Termin hatte.«

»Kommt das öfter vor?«

»Nein, Dr. Paulinger ist immer pünktlich. Ich habe keine Ahnung, wo er ist. Ich habe ihn gestern, als er nach Ihrem Gespräch die Kanzlei verließ, das letzte Mal gesehen.« Sie hob verzweifelt die Hände.

»Ist er vielleicht krank geworden?«

»Seit ich hier arbeite, war er noch keinen einzigen Tag krank. Ich habe schon zigmal versucht, ihn auf seinem privaten Mobiltelefon zu erreichen. Es ist ausgeschaltet! Das ist auch noch nie vorgekommen.«

Liebhart und Rosa sahen sich an.

Rosa wagte ein paar gefährliche Überholmanöver, als sie mit hoher Geschwindigkeit den Ring entlangfuhr. Liebhart telefonierte währenddessen mit seinem Büro.

Als er aufgelegt hatte, fragte Rosa: »Wieso ist er abgehauen? Und zwar, nachdem wir gestern bei ihm waren!«

»Ich habe keine Ahnung. Der hat Dreck am Stecken!« Liebhart schnallte sich an.

Ein Lastwagen schnitt Rosa, sie stemmte sich mit der Hand auf die Hupe. »Er hatte ein Bild, wahrscheinlich mit dem Motiv von David und Goliath, in seinem Büro hängen und ist Mitglied des Malteserordens. Ich kann nicht glauben, dass er uns durch die Lappen gehen konnte. Er ist sicher der Mörder!«

Liebhart machte eine beschwichtigende Handbewegung. »Langsam, Rosa. Es gibt viele Fragen, die uns Dr. Paulinger beantworten muss. Aber er hat sich mit seinem Verschwinden immerhin so verdächtig gemacht, dass ich nach ihm fahnden lassen kann.«

Dr. Paulingers Sekretärin war aufs Präsidium zum Verhör gebeten worden. Liebhart besorgte sich einen Durchsuchungsbefehl für die Wohnung des Anwalts und für die Kanzlei. Allem Anschein nach war Dr. Paulinger überstürzt aufgebrochen. Bei ihm zu Hause standen die Kleiderschränke offen und waren halb leer.

Schurrauer und Rosa hatten auf dem großen Arbeitstisch in Liebharts Büro, so gut es ging, Platz geschaffen und dort drei Fotografien aus Dr. Paulingers Büro ausgebreitet. Sie zeigten den Anwalt im Kreise seiner Mitbrüder des Malteserordens anlässlich seiner Ernennung zum Magistral-Ritter des zweiten Standes.

Liebhart verhörte die völlig aufgelöste Sekretärin nun schon seit Stunden. Sie gab zu Protokoll, dass Dr. Paulinger gestern, nachdem er mit Rosa und Liebhart gesprochen hatte, nicht mehr in die Kanzlei zurückgekehrt war. Da im Moment sehr viel zu tun sei, war sie selbst bis zehn Uhr abends geblieben.

Rosa gab Liebhart eine Kopie von Caravaggios »David und Goliath« und bat ihn, das Bild der Sekretärin zu zeigen. Sie erkannte darin jedoch nicht das Motiv des Bildes, das vormals in der Kanzlei gehangen hatte. Rosa recherchierte an Liebharts Computer im Internet nach weiteren Bildern mit dem Motiv »David und Goliath«, um sie der Sekretärin vorlegen zu können. Fotos von Dr. Paulinger wurden in der »Villa Rouge« herumgezeigt.

Rosa gab Frau Grand die Faxnummer von Johanna, damit diese Yvonne ein Bild von ihm zeigen konnte. An den Taxiständen und in den Geschäften, die sich um die Kanzlei befanden, wurde ebenfalls sein Foto herumgezeigt, um herauszufinden, in welche Richtung er gestern verschwunden war. Niemand konnte sich erinnern, Dr. Paulinger gesehen zu haben.

»Wenn er schlau ist, hat er den Autobus der Linie 1A genommen und ist bis zum Stubentor runtergefahren. Wenn er dann eine der Ringlinien bestiegen hat, kann sich sicher keiner mehr an ihn erinnern«, meinte Schurrauer.

»Und was ist, wenn er beim Stubentor in die U3 eingestiegen ist?«, gab Rosa zu bedenken und sah vom Computer auf.

»Dort gibt es Überwachungskameras. Ich telefoniere mit den Wiener Linien.« Schurrauer hob den Telefonhörer ab.

Um neun Uhr am Abend wurde Dr. Paulinger am Frankfurter Flughafen festgenommen.

»Verhör Dr. Paulinger durch Chefinspektor Liebhart am 9. Dezember um dreiundzwanzig Uhr zwanzig. Ebenso anwesend sind Dr. Sandtleitner, der Rechtsbeistand von Dr. Paulinger, und Dr. Strobel von der Wirtschaftspolizei. Dr. Paulinger, gegen Sie läuft ein Konkursverfahren, obwohl Sie auf ein Konto in der Schweiz drei Millionen Euro transferiert haben. Dr. Sandtleitner wird sich später mit Ihnen über die rechtlichen Folgen, die eine solche Transaktion bei laufendem Konkursverfahren haben, unterhalten. Sie haben die Testamentsverwaltung von Waltraud Weninger vor einem halben Jahr übernommen. Einen Tag nach deren Tod haben Sie drei Millionen auf das Konto in der Schweiz überwiesen. Woher hatten Sie das Geld?«

»Ich war seit dem Tod von Rudolf Weninger für die juristischen Belange von Frau Waltraud Weninger verantwortlich. Sie hatte den Kontakt zu ihren Söhnen verloren, und mit ihrer Tochter verstand sie sich nicht besonders gut. Mit den drei Millionen hat sie sich bei mir bedankt, da ich all die Jahre wie ein Sohn für sie war.«

»Warum wurde das Geldgeschenk an Sie nicht im Testament angeführt, sondern nur die zweihunderttausend Euro? Frau Weninger schien ihre Großzügigkeit geheim halten zu wollen.«

»Ich weiß nicht, warum Frau Weninger das so wollte.«

»Warum haben Sie gestern, drei Stunden nach unserem Gespräch, ein Flugzeug nach Frankfurt bestiegen? Warum wollten Sie heute Abend um neun Uhr von Frankfurt nach Belize fliegen, das Steuerparadies in der Karibik? Ihre Sekretärin wusste nichts von dieser Reise, und Sie hätten heute Vormittag noch Geschäftstermine in Wien wahrnehmen müssen. Erklären Sie mir bitte Ihren plötzlichen Aufbruch.«

»Ich ... meine Sekretärin weiß nicht über all meine Termine Bescheid ...«

Pause.

»Mit einem Konkursverfahren in Wien und einem Konto über drei Millionen Euro in der Schweiz kann ich es noch verstehen, dass Sie das Weite suchen, sobald die Wirtschaftspolizei bei Ihnen anklopft. Aber in unserem gestrigen Gespräch haben wir über das Testament von Waltraud Weninger gesprochen. Was hat Sie an unserer Unterhaltung so erschreckt, dass Sie beschlossen haben, das Land zu verlassen?«

»... ich bin zu müde, um ...«

Pause.

»Dr. Paulinger, bitte beantworten Sie meine Frage.«

Pause.

»Haben Sie ein Alibi für den Abend des 9. September und den Abend des 26. November?«

»Was soll das?«

»Am 9. September wurde Karl Weninger ermordet. Am 26. November Antonia Bibersacher.«

»Sie glauben doch nicht im Ernst, dass ich die beiden umgebracht habe?«

»Ihr Verhalten bestärkt meinen Verdacht. Sie versuchen, das Land zu verlassen, nachdem wir über das Testament von Waltraud Weninger gesprochen haben.«

»Ich bin in Panik geraten ... verstehen Sie doch.«

»Nach meiner Vermutung haben Sie das Geld unterschlagen. Wahrscheinlich hat Frau Weninger es Ihnen anvertraut. Karl ist Ihnen draufgekommen und musste sterben. Antonia war die Nächste. Sie wollten die Familie ausrotten, damit Ihnen niemand auf die Schliche kommt.«

»Das ist doch vollkommener Schwachsinn! Ich … wie können Sie behaupten …«

Pause.

»Ich möchte mit meinem Anwalt unter vier Augen reden.«

13

Rosa sah auf die Landschaft vor ihrem Haus. Der Schnee lag nur mehr stellenweise, die dicke Wolkendecke färbte die Hügel in eintöniges Graubraun. Die Katze hatte es sich auf ihrem Schoß bequem gemacht und schnurrte heftig. Rosa drehte eine Tasse mit kalt gewordenem Kaffee in ihren Händen. Um drei Uhr früh hatte sie das Kriminalamt verlassen. Dr. Paulinger hatte für die Abende, an denen Karl Weninger und Antonia Bibersacher getötet worden waren, ein Alibi. Nachdem er sich mit seinem Anwalt beraten hatte und mit diesem übereingekommen war, dass es vernünftiger sei, wegen eines Wirtschaftsdeliktes als wegen zweier Morde ins Gefängnis zu gehen, gab er preis, woher er die drei Millionen Euro hatte. Er habe Waltraud Weninger kurz vor ihrem Tod geraten, das Geld in Immobilien anzulegen, da diese in Österreich vererbt werden können, ohne Erbschaftssteuer zu zahlen. Die Immobilien wollte Frau Weninger ihren Enkelkindern Sarah und Johannes hinterlassen zum Andenken an ihre Großmutter, die sie nicht kennenlernen durften. Dr. Paulinger zögerte die Investition so lange hinaus, bis Frau Weninger starb, und transferierte das Geld dann auf sein Konto in der Schweiz. Als Liebhart bei ihm aufkreuzte, bekam er es mit der Angst zu tun und flüchtete.

Sie konnten also wieder von vorne beginnen. Rosa wusste nicht, woher sie die Kraft nehmen sollte. Sie hatte mit dem Bild über dem Schreibtisch von Dr. Paulinger falschgelegen. Die Sekretärin erkannte schließlich in dem Bild »Judith und Holofernes« von Jean-Pierre Rivalz die Kopie, die in der Kanzlei gehangen hatte. Dr. Paulinger sagte aus, dass er das Bild vor ein paar Wochen entfernen musste, da der Rahmen defekt gewesen sei und er Angst gehabt habe, das Bild würde sich eines Tages lösen und ihn erschlagen. Er gab der Polizei die Adresse des Restaurators, der die Reparatur vornahm.

Rosa verstand, warum die Sekretärin gemeint hatte, die abgebildete Judith sei ein Mann. Jean-Pierre Rivalz' Judith hatte tatsächlich nichts Weibliches an sich, der Hals und die Beine waren dick und muskulös. Die Haare verschwanden unter einem Turban, und die Gesichtszüge hatten nichts Weiches.

Das Einzige, was Dr. Paulinger noch verdächtig machte, war seine Mitgliedschaft bei den Maltesern, die er allerdings mit über zwölftausend anderen teilte.

Rosa seufzte und streckte sich. Unter der Dusche überlegte sie, ob sie heute nicht einfach blaumachen sollte. Gegen Mittag trieb es sie jedoch aus dem Haus Richtung Wien. Sie wollte Liebhart und Schurrauer nicht im Stich lassen – und immerhin lief da draußen noch ein Mörder frei herum.

Als Rosa Liebharts Büro betrat, saß Frau Grand an ihrem Platz und hämmerte auf ihre Tastatur ein, als müsse sie diese in den Tisch klopfen. Rosa stellte sich, ohne ein Wort zu sagen, vor sie hin und starrte sie an. Frau Grand unterbrach ihre Arbeit und stand ebenfalls auf. So standen sie sich ein paar Minuten mit ausdruckslosem Gesicht gegenüber. Das Telefon klingelte, Frau Grand ließ es klingeln, dann öffnete Liebhart seine Tür und fand die beiden im eisernen Schweigen. Er zog Rosa in sein Büro und schloss die Türe hinter ihr. Schurrauers Kopf tauchte aus einem Aktenberg auf, er grüßte Rosa und tauchte gleich wieder unter. Rosa war erstaunt, Liebhart so gelassen vorzufinden, während sie das Gefühl hatte, bleierne Schultern zu haben.

Als sie ihn darauf ansprach, zuckte er die Achseln.

»Ich war gestern auch sehr enttäuscht, doch Polizeiarbeit verläuft nie geradlinig. Es ist besser, einer Spur nachzugehen, auch wenn sie sich als falsch herausstellt, als ihr nicht nachzugehen, und der Mörder bleibt dadurch auf freiem Fuß. Ich hoffe sehr, dass wir die Unbekannte aus dem Zug finden. Gibt es irgendwelche Neuigkeiten?«

»Leider nein. Auf das Foto in den Tageszeitungen haben sich die üblichen Verrückten gemeldet«, sagte Schurrauer resigniert.

»Wir müssen jedem halbwegs brauchbaren Hinweis nachgehen.«

»Die forensischen Gutachten über Chantall und den Leichnam Waltraud Weningers haben zumindest eine Übereinstimmung ergeben.« Schurrauer stand auf und öffnete eine Akte, die vor ihm lag. »Der Täter hat nicht nur mit dem Steinsockel einer Büste, die im Badezimmer stand, auf Chantall eingeschlagen, er hat ihren Körper auch mit Fußtritten traktiert. Dadurch hinterließ er einen Schuhabdruck. Er trug dieselben Schuhe wie der Mann, der auf Waltraud Weningers Leiche eingetreten hatte.«

»Chantall muss irgendetwas gesehen haben«, überlegte Rosa laut. »Es ist ihr eingefallen, als sie sich eine Auszeit genommen hat, und sie hat es in der ›Villa Rouge‹ Yvonne erzählt. Ich verstehe nicht, warum der Täter sie nicht geköpft hat. Zuerst habe ich daran gezweifelt, dass es ein und dieselbe Person ist, weil Zusammenschlagen nicht zu ihm passt. Er ist zwar grausam, aber er liebt es, seine Tat ins rechte Licht zu rücken und die Köpfe wie in einem Stillleben zu arrangieren. Die Untersuchungsergebnisse sagen uns aber, dass ein und dieselbe Person Chantall zusammengeschlagen und Waltraud Weningers Leichnam geschändet hat. Was ist an Chantall so anders?«

»Chantall gehörte nicht zum Plan«, erklärte Liebhart, »sie kam ihm nur dazwischen. Wir befragen gerade ihren Freundeskreis, ob sie gegenüber irgendjemandem etwas erwähnt hat.«

»Wir haben eine Menge Fingerabdrücke im Badezimmer gesichert, in dem Chantall gefunden wurde«, setzte Schurrauer fort und stützte sich auf dem Tisch ab, »es gibt aber noch keine, mit denen wir sie vergleichen können. Auf dem Steinsockel haben wir keinen Abdruck gefunden, er hat also wieder Handschuhe getragen.«

Rosa knöpfte sich den Mantel auf. »Die Frage, die mich beschäftigt, ist: Wie konnte er so unauffällig verschwinden? Wenn ein Mensch einen anderen so zusammenschlägt, ist er doch danach voller Blut.« Sie ließ gedankenverloren ihre Tasche auf den Tisch und somit auf Schurrauers Hand fallen. Er zog sie schnell weg und warf einen Aktenberg um. Rosa erschrak und entschuldigte sich. Liebhart lachte und meinte, dass könne leicht passieren, Schurrauer gehöre ja fast schon zum Büroinventar.

Rosa starrte ihn im allgemeinen Gelächter an. »Sag das noch einmal!«, bat sie ihn.

Liebhart stutzte und sagte: »Das kann leicht passieren?«

»Nein, nicht das, was hast du noch gesagt?«

»Schurrauer gehört schon zum Inventar?«

»Genau.« Rosa hielt inne und legte die Stirn in Falten. »Natürlich, warum bin ich denn da nicht gleich draufgekommen! Man nimmt Personen, deren Anwesenheit man schon so gewöhnt ist, nicht mehr wahr. So wie die Arbeiter in der ›Villa Rouge‹. Yvonne war der Meinung, dass niemand anwesend gewesen war, als Chantall mit ihr in der Bar gesprochen hat. Die Arbeiter, die seit Monaten Renovierungsarbeiten durchführen, sind für sie nicht von Bedeutung, sie nimmt sie nicht mehr wahr.«

Liebhart nickte. »Das ist zwar nur eine Vermutung, aber es kann durchaus sein, dass der Mörder zum Team der Renovierungsfirma gehört oder sich einen Arbeitsanzug geklaut und ihn nach der Tat übergezogen hat.«

»Die Renovierungsarbeiten werden von der Firma Weissteiner GmbH durchgeführt.« Schurrauer blätterte in der Liste, die er von der Firma hatte. »Es war seit fünf Monaten ein fixes Team von acht Arbeitern in der ›Villa Rouge‹ tätig und gleichzeitig fünf ständig wechselnde Hilfskräfte. Wir haben sie alle, nachdem der Kopf von Karl Weninger gefunden worden war, befragt. Keiner hat etwas gesehen oder sich irgendwie auffällig verhalten.«

»Gut, gehen wir die Sache von einer anderen Seite an.« Liebhart stand auf und ging im Raum umher. »Wo ist die Verbindung zu den drei Orten, an denen man die Köpfe gefunden hat? Der Täter muss unerkannt in die ›Villa Rouge‹, und er muss, ohne ein Schloss zu knacken, in die Sammlung alter Musikinstrumente in die Hofburg. Schurrauer, überprüf bitte die Aufträge der Firma Weissteiner GmbH im letzten Jahr! Die Schaukästen dort sahen aus, als wären sie frisch gestrichen worden.«

»In Antonia Bibersachers Wohnung lagen neben dem Sofa Farbmusterbücher. Von Herrn Bibersacher wissen wir, dass sie ihn vor einem Dreivierteljahr um Geld gebeten hat. Es könnte doch sein, dass sie das Geld wollte, um ihre Wohnung renovieren zu lassen. Wir müssen noch einmal mit Frau Weber, ihrer Putzfrau, reden, ob sie irgendetwas in der Richtung erwähnt hat. Und Yvonne hat sich ihren Seidenkimono durch Farbe ruiniert, als sie sich an den Türstock des Zimmers lehnte, in dem der Kopf von Karl Weninger gefunden wurde.«

Liebhart blieb abrupt stehen. »Sarah Weninger wurde von einem jungen Mann angesprochen, der stark nach Azeton roch!«

Schurrauer stieß den nächsten Aktenberg um. Niemand nahm von den langsam herabsegelnden Blättern Notiz. Wie ein Puzzle setzten sich die Teile vor den geistigen Augen der drei zusammen.

»Der Scheißkerl ist Anstreicher!«, rief Rosa.

Die Firma Weissteiner GmbH hatte tatsächlich vor einem Jahr auch den Auftrag, die Ausstellungssäle der Sammlung alter Musikinstrumente in der Hofburg zu renovieren. Drei Einheiten rasten mit Blaulicht durch die Stadt, um die Personalakten einzufordern. Weissteiner war schon ins Wochenende gefahren, er sperrte seine Firma am Freitag immer um dreizehn Uhr zu. Die Polizei musste ihn erst erreichen, und es dauerte noch zwei Stunden, bis er ihnen außer Atem die Türen seines Büros aufsperrte und die Personalakten mit den Einsatzplänen übergab. Drei Arbeiter, ein fix beschäftigter Maler und Anstreicher und zwei Hilfskräfte, waren auf beiden Baustellen der Sammlung alter Musikinstrumente in der Hofburg und der »Villa Rouge« eingeteilt worden. Zwei waren noch bei Weissteiner beschäftigt, einer war Mitte November gekündigt worden, sein Name war Christoph Kuschtezka. Er war einer der Hilfskräfte, Weissteiner hatte ihn für vier Monate aufgenommen. Da er in den letzten Monaten häufig zu spät oder gar nicht zur Arbeit gekommen war, musste Weissteiner ihn kündigen. Die beiden anderen Arbeiter, die bei beiden Baustellen eingesetzt worden waren, konnten Liebharts Leute finden. Sie waren noch in der »Villa Rouge« und wurden ins Kriminalamt zum Verhör gebracht. Rosa und Schurrauer wohnten dem Verhör in einem Nebenraum bei.

Rosa hatte die Arme vor der Brust verschränkt und sagte zu Schurrauer: »Ich glaube, dass der Mörder als Künstler nie richtig Fuß fassen konnte und deswegen alle möglichen anderen Jobs annehmen musste. Christoph Kuschtezka wurde Mitte November gekündigt. Wir suchen nach einer Person, die um diese Zeit einen weiteren schweren Schlag hinnehmen musste: Es war der Auslöser für den Mord an Antonia Bibersacher, die Leichenschändung an Waltraud Weninger und die Körperverletzung an Chantall, da sie ihn offensichtlich erkannt hatte. Aber wie kommt er gerade auf die Familie Weninger?«

Liebhart betrat den Raum. »Die wissen nichts. Sie beschreiben Christoph Kuschtezka als einen ruhigen Kerl, der sich allerdings nicht gut anpassen konnte. Die beiden meinen, dass er sich die Haare, Augenbrauen und Wimpern dunkel gefärbt hat. Aus seiner Personalakte geht hervor, dass er sehr unregelmäßig eingesetzt wurde. Diese Hilfsarbeiter haben überhaupt keine Rechte, sie werden auch nicht fix angestellt, sondern nach Stunden bezahlt.«

Bevor Rosa Liebharts Büro verließ, rief sie bei Johanna an. Sie und Yvonne waren im Flüchtlingsheim, Kuttner und Becker standen wie zwei Schränke vor der Tür. Rosa war viel zu aufgewühlt, um heimzugehen. Sie versprach, auch vorbeizukommen, und legte auf.

»Der wilde Hund« lag im Ortskern von Brunn gleich in der Nähe eines Brunnens, der mitten am Hauptplatz stand und jetzt im Winter durch Holzbretter vor der Witterung geschützt wurde. Die ursprüngliche Fassade des alten Gasthauses war erhalten worden, man hatte auch den alten Schriftzug »Zum wilden Hund«, der oberhalb des Portals angebracht war, restauriert. Auf der Straßenseite mit ihrem Kopfsteinpflaster lagen die Büros. Hinter dem Gasthaus erstreckte sich ein schöner Garten, der unter Johannas Obhut und mit Hilfe ihrer Schützlinge eine wahre Augenweide geworden war. Unter drei riesigen Kastanienbäumen lagen gewundene Kieswege, die von Laternen gesäumt waren. Mitten im Garten befand sich ein kleiner Kinderspielplatz mit Schaukel und Rutsche. Im Sommer standen Tische mit Sitzbänken unter den Kastanienbäumen. Rosa läutete, die schwere Eingangstür wurde ihr von einem circa fünf Jahre alten dunkelhäutigen Mädchen aufgemacht.

»Hallo, Samara«, begrüßte Rosa sie und strich ihr mit der Hand über die gekrausten Haare. Das Mädchen grinste und zeigte eine Reihe winziger schneeweißer Zähne. Rosa nahm sie bei der Hand, und sie gingen durch den verschneiten Garten auf den rückwärtigen Trakt zu, in dem der Veranstaltungsraum lag. Die ursprünglichen kleinen Zimmer für das Gesinde im Erdgeschoss und im oberen Stockwerk entlang einer Galerie waren zu Wohneinheiten mit Kochnischen umgebaut worden. Vor der Türe standen Kuttner und Becker, rauchten eine Zigarette und unterhielten sich. Rosa grüßte die beiden und öffnete dann die Türe zum Veranstaltungsraum, in dem Yvonne und Johanna Wäsche begutachteten und zusammenlegten. Bei ihnen waren, soweit Rosa sehen konnte, alle im Moment hier wohnenden Flüchtlinge und halfen ihnen, die Kleidungsstücke auszusortieren.

Ludwig Seebold trug einen Haarreifen mit einem Elchgeweih aus braunem Filz. Er balancierte auf einer Leiter und brachte Weihnachtsschmuck an einer Wand an. In der Luft lag Punschgeruch,

Weihnachtsmusik lief im Hintergrund. Rosa legte ihren Mantel und ihre Mütze ab und ging auf Yvonne und Johanna zu. Yvonne trug Jeans und einen dunkelroten Wollpullover von Rosa.

»Steht dir gut«, meinte Rosa und lächelte.

Die drei waren seit ihrem gemeinsamen Frühstück per Du. Rosa hatte Yvonne, bevor sie sie gestern verließ, noch aus ihrem Kleiderschrank versorgt; sie hatte sie unmöglich in einem Cocktailkleid zurücklassen können. Rosas Hosen waren ihr zu kurz, offensichtlich hatte Johanna Kleider für sie organisiert. Sogar ein paar Damenstiefel in ihrer Größe hatte sie gefunden. Yvonne hatte rosa Bäckchen und nur ganz dezent Make-up aufgelegt. Die blonden Haare waren hochgesteckt, damit sie ihr beim Wäschesortieren nicht dauernd ins Gesicht fielen.

»Weißt du, wie es Chantall geht, wann kann ich sie besuchen?«, war ihre erste Frage.

»Ihr Zustand ist immer noch unverändert. Ich habe mit Liebhart gesprochen, es kann dich natürlich keiner festhalten, aber wir raten dir davon ab, sie zu besuchen. Etwas anderes: Kannst du dich an einen Arbeiter in der ›Villa Rouge‹ mit gefärbten dunklen Haaren erinnern? Sein Name ist Christoph Kuschtezka.«

Yvonne überlegte. »Die Arbeiter waren eigentlich immer dieselben, ab und zu kam ein neuer dazu, aber ich habe nicht so darauf geachtet. Ich glaube, ich war denen irgendwie unheimlich, eine normale Reaktion auf mich«, fügte sie betrübt hinzu.

Mit den spektakulären Kleidern und dem Schmuck war auch ihre Souveränität gewichen. Der Überfall auf Chantall hatte sie so erschüttert, dass sie nun wie eine normale junge, verletzbare Frau vor ihnen saß.

Rosa brauchte einen Punsch. Johanna braute jedes Jahr ein teuflisches Getränk, und vor zwei Jahren hatte es Rosa so erwischt, dass sie an einem peinlichen Karaoke-Wettbewerb teilgenommen hatte. Über dieses Ereignis hatte sie Johanna am nächsten Tag mit einer kühlen Kompresse auf der Stirn und halb tot am Sofa liegend Sprechverbot erteilt. Sie sortierten gemeinsam noch ein wenig Wäsche aus und beobachteten dabei die Kinder, die in der Mitte des Raumes spielten. Danach beschlossen sie, ein deftiges Abendessen beim »Goldenen Hahn« einzunehmen, ein Gasthaus nicht weit vom Flüchtlingsheim.

Im Gang zum Gastraum hingen gerahmte Drucke mit Jagdszenen, die sich auf der dunkelgelben Tapete bis zum Eingang reihten. Johanna und Rosa grüßten ein paar bekannte Gesichter.

Der Dorfpoet und Wahlortsansässige Eduard Hirnschaden saß mit seinem vertrocknet wirkenden Lektor Lorenz Todor am großen Stammtisch. Hirnschaden fiel durch seine überdurchschnittliche Größe auf. Um an einem normal gebauten Gasthaustisch Platz zu nehmen, musste er seine Gliedmaßen ineinander verrenken. Wenn er aufsprang, um jemanden zu begrüßen, entzwirbelte er sich in Windeseile. Beide starrten betrübt in ihre Weingläser. Hirnschaden, weil er sich verkannt fühlte, er hatte seit fünf Jahren nichts mehr publiziert, und Todor, weil er pleite war. In Todors Glatze spiegelte sich die Deckenbeleuchtung der Gaststube. Er dürfte schon länger hier sitzen und trinken, was man an dem hellrosa Ton seiner Glatze sehen konnte. Rosa war fasziniert, denn sie konnte im Vorbeigehen sogar die Glühbirnen der Deckenbeleuchtung erkennen, so glänzend rosa lag sie vor ihr.

Brunn war durch die Nähe zu Wien in den letzten Jahren zu einem beliebten Aufenthalts- und schließlich Wohnort für Literaten geworden. Der Wein war hier noch billig und der Ort mit seinen Einwohnern noch offen gegenüber poetisch gestalteten Weinetiketten und Leseabenden bei Kerzenschein. Johanna und Rosa erinnerten sich gerne an die einzigartige Lesung einer jungen Griechin vor einem Jahr, die sich auch ein zweites Standbein im Ausdruckstheater gesichert hatte. Sie wurde von Hirnschaden protegiert, und er hatte sich beim Bürgermeister für einen Leseabend der Künstlerin eingesetzt. Nachdem sie zwanzig Minuten brüllend auf und ab hopsend vor der staunenden Dorfgemeinde Hexameter gegeben hatte, brachen Rosa und Johanna in der hinteren Reihe in Lachen aus und wurden des Saales verwiesen. Hirnschaden schrieb darauf ein wütendes Pamphlet im hiesigen Gemeindeblatt, in dem er sich über die Borniertheit der Ansässigen beschwerte, die eine Lesung von solcher Kraft und Schönheit nicht zu würdigen wüssten. Johanna ließ tags darauf, noch immer in sich hineinlachend, Erdäpfelschalen auf den Artikel fallen und warf ihn danach weg.

Johanna, Yvonne und Rosa steuerten einen großen runden Tisch im rückwärtigen Teil des Gasthauses an. Becker und Kuttner nahmen an einem Tisch etwas von den dreien entfernt Platz. Rosa bestellte die Käsespätzle und einen extragroßen grünen Salat. Johanna wagte sich an die Schlachtplatte, und Yvonne wollte nur eine heiße Suppe.

Rosa merkte während des Essens, wie ihre Energie erneut zurückkam, und war froh, dass der Fall wieder eine interessante Wendung genommen hatte. Johanna und Rosa ließen dem Hauptgang noch einen Kaiserschmarrn und Topfenknödel folgen. Zu dritt tranken sie eine Flasche Riesling und saßen noch bis zur Sperrstunde im »Goldenen Hahn«.

***

Er war ungeduldig. Hätte er dieser verdammten Schlampe nicht den Lippenstift aufgehoben, dann hätte sie sich sicher nicht an ihn erinnert. Niemand erinnerte sich an ihn, wenn er eine Kappe trug und die Leute nicht in sein Gesicht sehen ließ. So vorsichtig war er. Spaß hatte es gemacht, auf sie einzuschlagen, er war in einen richtigen Rausch gekommen. Die Knochen in ihrem Schädel knackten, als ob man ein Ei zerschlug. Er trug so viel Wut in sich, und diese kleine Nutte hatte einen Teil davon abgekriegt. Das Haus war zu gut gesichert, an den Alten konnte er nicht ran. Sie schwammen im Geld, und er hatte alles verloren. Er fror sich jetzt schon tagelang hier den Arsch ab, aber die Bullen wechselten sich in drei Schichten lückenlos ab.

Aber er hatte Zeit, er würde warten. Wenn nicht diese Ungeduld wäre.

14

René Paterson trug eine helle Leinenhose und ein weißes offenes Hemd, das er nachlässig aus der Hose hängen ließ; darunter trug er ein schmutziges Unterhemd. Er sah erschöpft aus, als er Liebhart und Rosa hineinbat.

Sie betraten eine fast leere Wohnung. Keine Teppiche lagen auf dem nackten Estrich, und die vorhanglosen Fenster ließen den Blick ungehindert auf die graue Wand eines Wohnhauses gegenüber zu. Dünnes Winterlicht fiel durch die verdreckten Scheiben in den trostlosen Raum. Sie nahmen auf weißen Gartenplastiksesseln Platz, die ohne Tisch mitten im Raum standen. In einer Kochnische, in deren Abwasch sich schmutziges Geschirr stapelte, tropfte ein Wasserhahn. Mit leisem »Pling« fiel in Sekundenabständen ein Tropfen Wasser auf das Geschirr. Unter einer aufgeweichten Spanplatte stand ein kleiner Kühlschrank.

René Patersons Hautfarbe war auffallend weiß. Rosa schätzte ihn auf um die vierzig und nahm sich vor, nach dem Gespräch Liebhart nach seinem Alter zu fragen.

Liebhart hatte sie diesmal nicht mitten in der Nacht aus dem Bett geholt, es war elf Uhr vormittags gewesen, und sie saß gerade bei ihrem dritten Kaffee. Rosa hatte am Wochenende eine Gewaltwanderung zum Hochensteiner unternommen. Sie wollte sich alles noch einmal durch den Kopf gehen lassen und brauchte dafür Ruhe. Wie immer fand sie diese am ehesten, wenn sie sich bewegte. Sie musste zwar eine längere Strecke neben einer Straße gehen, aber es gab wenig Verkehr, und dafür wurde sie, sobald sie von der Straße abbog und den steilen Weg zur Hochensteiner Almhütte nahm, durch eine atemberaubende und stille Winterlandschaft belohnt. Der Wald war nachlässig in Watte verpackt. Das Grau des Himmels wurde im Westen von einem blendenden Weiß durchbrochen, das den Schnee glänzen ließ. Weiter oben kam sogar die Sonne hervor, und Rosa konnte über eine glitzernde Schneedecke bis zum Horizont sehen.

Sie stieg in Gedanken versunken drei Stunden einen schmalen

Bergweg hinauf. Bei der Hochensteiner Almhütte genehmigte sie sich einen Glühwein und ein Speckbrot und machte sich, nachdem sie sich aufgewärmt hatte, wieder auf den Rückweg. Als sie zu Hause ankam, war es schon dunkel. Den Abend verbrachte sie mit ihrer Katze auf dem Bauch dösend vor dem Kamin. Bevor sie zu Bett ging, drehte sie den Fernseher auf, vielleicht wurde in der »Zeit im Bild«-Spätausgabe noch etwas über die Mordfälle berichtet. Liebhart hatte in der letzten Pressekonferenz nur verlauten lassen, dass die Ermittlungen noch liefen, und die »Zeit im Bild« brachte auch nichts Neues.

Johanna hatte Yvonne ein Gästezimmer bei sich eingerichtet. Die beiden verstanden sich gut, und für Rosa war es wichtig, dass Yvonne nicht zu viel allein war. Trotz des Schutzes durch Becker und Kuttner war es besser, nach so einer harten Zeit einen Menschen um sich zu haben, der Verständnis für einen hatte. Rosa war selten zu Hause, und deswegen war es für alle so gut, wie es war. Sie hatte ihre Füße unter die Katze geschoben.

Das Leder der Wanderschuhe war vom langen Stehen hart geworden, und so taten ihr jetzt am Morgen des nächsten Tages die Füße ordentlich weh. Als Liebhart anrief und ihr mitteilte, dass sie René Paterson gefunden hatten, zog sie sich schnell an und fuhr nach Wien.

So stand sie ihm gegenüber und überlegte, ob er sich Kopf und Arme rasierte oder ob ihm die Haare ausgefallen waren. Seine Augenbrauen waren weiß, ebenso wie seine Wimpern. Die Augen waren hellblau, und die Iris war von einem rötlichen Kreis umgeben, die Augenlider rötlich und entzündet. Paterson hatte volle, aufgesprungene Lippen und war stark erkältet. Das linke Hosenbein war aufgerollt. Rosa stellte erstaunt fest, dass seine Füße in Damenballerinas steckten, deren Fersen heruntergetreten waren. Sie erinnerte sich, dass Männer in den zwanziger Jahren des vorigen Jahrhunderts ähnliche Schuhe zu Hause zu ihrem Morgenmantel trugen. Es war sehr kalt und roch nach abgestandener Luft und Zigarettenrauch.

Liebhart begann. »Vielen Dank, dass Sie uns empfangen. Wir haben ein paar Fragen bezüglich des Testamentes von Waltraud Weninger an Sie.«

Paterson begann zu husten und bedeutete Liebhart währenddessen, fortzufahren.

»Sie haben nach dem Tod von Waltraud Weninger einen großzügigen Betrag erhalten. Da Sie nicht mit ihr verwandt sind – können Sie uns vielleicht erklären, wie Sie dazu gekommen sind?«

»Ich habe ihr einmal das Leben gerettet.«

Liebhart und Rosa sahen ihn stumm an.

Sehr hohe Stimme für einen Mann, dachte Rosa.

Paterson kam ihr irgendwie bekannt vor, sie überlegte hin und her, wo sie ihn gesehen haben könnte. Es fiel ihr nicht ein, also schob sie den Gedanken beiseite.

»Sie hatte vor circa acht Jahren einen Autounfall. War total besoffen, es stand groß in der Zeitung. Ich war zufällig am Unfallort und habe sie wiederbelebt. Mich hat es selber gewundert, dass ich so viel Geld bekommen habe.«

»Hatten Sie in diesen acht Jahren Kontakt?«

»Nein, eben nicht«, er hustete wieder, »deswegen wundert es mich ja auch so.«

»Wir haben länger gebraucht, Sie zu finden. Darf ich fragen, wovon Sie leben?«, wollte Liebhart wissen und ließ seinen Blick durch die Wohnung schweifen.

»Das hier«, René Paterson zeigte mit einer großen Geste durch den Raum, »gehört nicht mir, ich wohne hier nur bei einem Freund, er ist gerade unterwegs. Ich halte mich mit Gelegenheitsjobs über Wasser. Hatte einmal so eine dumme Sache mit Drogen.« Er grinste und strich sich mit der Hand über die Glatze. »Seitdem will es mir nicht so ganz gelingen, wieder auf die Beine zu kommen. Aber das wird schon.« Er lehnte sich zurück und schlug ein Bein über das andere.

Rosa sah, dass er an einem Bein einen gemusterten Damenstrumpf trug.

»Was arbeiten Sie denn zurzeit?«, fragte sie.

»Nada, nichts, Nüsse, bin im Moment schwer am Suchen. Hätten Sie etwas für mich?« Er grinste sie anzüglich an.

»Kannten Sie außer Waltraud Weninger noch jemanden aus der Familie?«, fragte Liebhart.

»Ich hab Ihnen doch schon gesagt, dass ich sie eigentlich nicht kannte. Ich habe sie nur einmal gesehen, und da rann ihr Blut aus dem Maul, und sie hat nach Fusel und Kotze gestunken. Ich weiß auch nicht, was mich damals geritten hat, sie aus dem Wrack zu zerren. Muss doch ein guter Mensch in mir stecken«, meinte er und lächelte breit.

Als sie wieder auf der Straße standen, atmete Rosa tief durch.

»Wie habt ihr ihn denn gefunden?«

»Der Freund, dem die Wohnung gehört, ist ein Exzellengenosse von ihm. Er wird gerade verhört, deswegen ist er nicht da. Wir haben ihn am Karlsplatz gefunden, und er gab uns den Tipp. Wie üblich in diesem Milieu, tauchen die Leute auf und wieder unter, wie es ihnen passt. Wenn jemand keine feste Arbeit und keinen fixen Wohnsitz hat, ist er schwer zu finden. Zum Arzt gehen sie auch nie und nur dann ins Spital, wenn sie schon halb am Abkratzen sind. Es ist wirklich ein Jammer.«

Der elfte Bezirk war eine Arbeitergegend. Abgewohnte Häuser wurden von Gemeindebauten abgelöst. Die Ware, die in den wenigen Läden angeboten wurde, sah verstaubt aus, und die spärlichen Rasenflächen trugen nur noch vereinzelt Grashalme. Auf dem lehmbraunen Boden wechselten sich Hundstrümmeln mit dem Inhalt überquellender Mistkübeln ab. Die einzigen Geschäftszweige, die hier florierten, waren Dönerbuden und Pizzastände, deren fettiger Geruch in den Straßen hing. Rosa sah zu einem kleinen Lebensmittelladen auf der anderen Straßenseite. Ein dicker Mann mit rotem Gesicht, dreckigen Jeans und einer rot-schwarzen Winterjacke stand davor und trank gierig aus einer Schnapsflasche. Neben ihm stand ein großer Müllcontainer; Plastiksäcke quollen daraus hervor und lagen auf der Straße, ein Hund riss einen auf, wühlte darin. Im Rinnstein vor Rosa lag auf dem rissigen Asphalt eine gebrauchte Injektionsnadel.

Sie zog den Mantel enger um sich. »Wie schaffst du es nur, dir Tag für Tag so ein Elend anzusehen?«

»Ich weiß es nicht, aber ich bin auch schon lange dabei. Mein erster Fall war der Vater einer fünfköpfigen Familie, der sich in der gemeinsamen Wohnung aufgehängt hat. Die haben zu sechst in einem Drecksloch gelebt. Er war so einem miesen Halsabschneider in die Hände gefallen, der abgewohnte Zinshäuser in Wien aufgekauft hat und sich dann nach wirklich armen Schweinen, die auf der

Straße standen, umgesehen hat. Keine Drogenabhängigen oder Alkoholiker, sondern Menschen, die durch unglückliche Umstände alles verloren hatten. Denen hat er eine Wohnung versprochen, wenn sie im Gegenzug für ihn unentgeltlich arbeiteten. Der Mann war heilfroh, eine Bleibe für sich und die Kinder gefunden zu haben, seine Frau war ein Jahr zuvor gestorben. Er hat begonnen, für den Halsabschneider zu arbeiten, und hat sich auch ein wenig Geld von ihm geliehen. Denn gratis wohnen ist ja nur eine Sache, aber zu essen brauchten sie ja auch was. Damit hat der Halsabschneider spekuliert. Er hat ihm Geld zu einem enormen Zinssatz geliehen und hatte ihn natürlich bald vollkommen in der Hand. Als der Schuldenbetrag so um die tausend Euro war, hat er ihn erpresst und damit gedroht, ihn vor die Tür zu setzen. Eines Tages wurde es dem armen Mann zu viel, und er hat sich erhängt. Die Kinder wurden alle in Heime gesteckt. Nach dem Fall habe ich wirklich schon ans Aufhören gedacht.«

»Und wieso bist du noch immer dabei?«

»Weil wir es geschafft hatten, die anderen Hausbewohner zu mobilisieren und gegen den Hausbesitzer auszusagen. Wir konnten ihnen Ausweichquartiere besorgen, und damit war der Druck von ihnen genommen. Wir haben den Typen bei einer Preisverleihung festgenommen.« Liebhart öffnete die Autotür.

»Preisverleihung?«

»Ja, stell dir vor, die Stadt wollte ihm einen Preis für das ganze Projekt verleihen. Da haben wir ihn hopsgenommen. Gerade noch rechtzeitig vor dem Foto mit dem Herrn Bürgermeister.« Liebhart grinste.

Rosa sah durch das Fenster auf die vorbeiziehende Stadt. Die Sonne schien ihr warm ins Gesicht, und sie hatte das Gefühl, dass alles gut werden würde.

Im Büro räumte Frau Grand Geschirr beiseite und konstruierte raffinierte Stützen, damit sich die Aktenbündel nicht über den Boden ausbreiteten. Schurrauer war zwischen Papiertürmen versteckt, und Rosa vermutete, dass er unter diesen schon wohnte. Er hatte eine rote Nase, und seine Augen glänzten.

»Fieber?«, fragte Rosa.

»Nein, nuah Nubben«, antwortete er.

»Gibt es etwas Neues von Christoph Kuschtezka?«, wollte Liebhart wissen.

»Nein, neider nein.« Schurrauer schnäuzte und räusperte sich und fuhr dann fort: »Er ist nicht polizeilich gemeldet. Weissteiner hätte ihn so gar nicht einstellen dürfen. Er hat sich von ihm überhaupt keine Unterlagen vorweisen lassen. Jetzt hat er das Finanzamt am Hals, die prüfen alle seine Arbeiter.«

Sie setzten sich. Liebhart gab Schurrauer eine kurze Zusammenfassung von ihrem Gespräch mit René Paterson. Als er fertig war, wurde die Tür von Frau Grand aufgerissen; sie knallte ein Tablett mit zwei Tassen Kaffee und einer Tasse heißem Wasser auf den Tisch und ging grußlos wieder hinaus. Rosa nahm eine Tasse, die in einer Kaffeepfütze schwamm, und nahm vorsichtig einen Schluck, darauf achtend, dass sie sich nicht antropfte.

»Sie hat einen Knall, aber ihr Kaffee kann sich sehen lassen. Was hältst du von René Paterson?«, wollte Rosa von Liebhart wissen.

»Meiner Meinung nach ist der schon ziemlich am Ende, die Wohnung ist ja mehr ein Loch als eine Bleibe.«

Schurrauer blickte Rosa an. »Das Geld, das er bekommen hat, ist sicher schon längst weg.«

Rosa schüttelte den Kopf. »Hast du den Damenstrumpf gesehen? Vielleicht hat sich der Schaffner, der Karl Weninger im Zug gesehen hat, doch geirrt, und die große Frau war ein verkleideter Mann?«

»Glaube ich nicht, abgesehen davon ist Paterson zu klein. Selbst mit Stöckelschuhen kommt der nicht auf einen Meter neunzig. Dem dürften die Drogen ganz schön das Hirn vernebelt haben. Wir lassen seine Geschichte mit dem Autounfall vom Hausarzt der Familie Weninger überprüfen«, sagte Liebhart zu Schurrauer gewandt.

Schurrauer nickte und machte sich eine Notiz.

Liebhart rieb sich nachdenklich die Wange. »Ich überlege, ob wir nicht irgendetwas Wesentliches übersehen haben. Vielleicht bringt uns ja die Geschichte von David und Goliath weiter.«

Schurrauer und Liebhart sahen Rosa an, die sie ein paar Sekunden verwirrt anstarrte, bevor sie sagte: »Ich kann im Moment nicht ganz erkennen, wie uns das weiterhelfen könnte. Aber wir können es ja versuchen.«

»›David und Goliath‹ ist in unserem Sprachgebrauch eine Metapher für eine scheinbar ausweglose Ausgangssituation vor einem Kampf, bei dem dann doch der Schwächere siegt«, meinte Schurrauer.

»Richtig. Auf unseren Fall bezogen könnte man das so interpretieren: Die Weningers sind wohlhabend und verfügen über weitreichende Beziehungen und Einfluss«, dachte Rosa laut nach. »Vielleicht will der Mörder auf seinen Kampf mit der Familie hinweisen, die er als übermächtig sieht und der er trotzdem mit seinen geringen Möglichkeiten als David die Stirn bieten kann.«

»Weißt du noch etwas über die biblische Figur? Wer war David?«, wollte Liebhart wissen.

»David war der Sohn von Isai aus dem Stamm Juda. Er war zunächst nur ein einfacher Hirte und ist, nachdem er Goliath getötet hatte, an den Hof Sauls gekommen. Er war im Kampf erfolgreicher als Saul. Hast du eine Bibel da?«, fragte Rosa.

Liebhart nickte, verließ das Zimmer und kam ein paar Minuten später mit einer Bibel in der Hand zurück.

»Gläubiger Kollege im zweiten Stock«, murmelte er.

Rosa nahm ihm das Buch aus der Hand und begann zu blättern. »Im Buch Samuel heißt es: ›Saul hat Tausend erschlagen, David aber Zehntausend.‹ Durch die Heirat mit Sauls Tochter Michal, die David versprochen wurde, wurde er in dessen Herrschaftssystem eingebunden. Obwohl sich die Rivalität zwischen Saul und ihm immer mehr steigerte, hat David ihm nie etwas zuleide getan und war ihm lange Zeit treu ergeben. Als er sich jedoch nicht mehr im Herrschaftsgebiet Sauls aufhalten konnte, ist er zu den Philistern geflohen.«

»Die durch seinen Mord an Goliath ausgeplündert und ermordet wurden?«, fragte Schurrauer.

»Ja, genau«, erwiderte Rosa, »er hat sogar eine Kleinstadt, nämlich Ziklag, als Kleinkönigtum erhalten. In einer für beide Seiten verlustreichen Schlacht zwischen Israel und den Philistern wurden Saul und die meisten seiner Söhne getötet. Somit war der Weg für David wieder frei. Im Alter von dreißig Jahren war er König von ganz Israel. Er hat sich als Gesetzgeber allerdings nicht besonders hervorgetan und seine Aufgabe lediglich in der Stärkung und in der Vergrößerung des Reiches gesehen. In manchen seiner Kriegszüge war er unglaublich grausam. Nach dem Sieg über die Moabiter mussten sich beispielsweise die Gefangenen auf den Boden legen und …«, Rosa blätterte erneut und las dann vor, »›… jeweils zwei Schnurlängen wurden getötet, und jeweils eine volle Schnurlänge ließ er am Leben‹.« Sie schlug das Buch zu und sah beide an.

»Er war also ein guter Kämpfer, aber auch ein grausamer König«, fasste Liebhart zusammen.

»Ja, und was wir auch nicht vergessen dürfen, er hat seine Söhne abgöttisch geliebt. Sein Sohn Abschalom wurde ermordet, und David hat lange um ihn getrauert, obwohl Abschalom an einem Aufstand gegen ihn beteiligt gewesen war. Wegen der Liebe zu seinen Söhnen, aber auch wegen der aufrichtigen Treue zu seinen Freunden hat David nicht nur den Beinamen ›der Geliebte‹ – das bedeutet der Name nämlich im Hebräischen –, sondern auch ›der Liebende‹.«

Liebhart runzelte die Stirn, Schurrauer kratzte sich am Hals.

»Wir durchleuchten noch einmal die Familie Weninger. Vielleicht gibt es so etwas wie einen verlorenen Sohn«, meinte Liebhart.

»Ich setze ein paar Leute an. Sie sollen Geburtsregister in der Schweiz und in den Staaten durchgehen, überall dort, wo sich Hermann und Karl Weninger aufgehalten haben. In den medizinischen Unterlagen von Antonia steht nichts von einer Schwangerschaft, aber was ist mit Waltraud?«, fügte Schurrauer hinzu.

»Und ich schau bei Frau Weber, der Putzfrau von Antonia Bibersacher, vorbei, ob sie etwas über eine geplante Renovierung weiß.« Rosa stand auf und zog sich im Gehen schon den Mantel an.

Rosa traf Frau Weber in einer Wohnung des Hauses, in dem Antonia Weninger gewohnt hatte. Sie hatte sie auf ihrem Mobiltelefon angerufen, bevor sie Liebharts Büro verließ. Frau Weber hatte die Eingangstür der fremden Wohnung angelehnt; sie saugte Staub und hätte die Klingel nicht gehört. Als Frau Weber Rosa sah, stellte sie das Gerät ab und richtete sich auf. Ihr Kopf war leicht gerötet von der Anstrengung, und sie wischte sich die Hände an ihrer Schürze ab, bevor sie Rosa die Hand gab.

»Ich möchte Sie nicht aufhalten. Aber wir sind in Bezug auf Antonia Bibersachers Tod auf eine Spur gekommen. Hat sie in den letzten Monaten in Ihrer Gegenwart erwähnt, ob sie ihre Wohnung renovieren lassen wollte?«, begann Rosa.

»Ja, natürlich. Wir mussten ja besprechen, wann ich danach wieder putzen kommen sollte. Das habe ich ganz vergessen. Erst jetzt, wie Sie davon sprechen, fällt es mir wieder ein. Sie hat sich oft bei mir beklagt, dass ihr die Farbe der Wände nicht mehr gefällt, und auch die Tür- und Fensterstöcke wollte sie abschleifen und neu streichen lassen. Dann sollten noch ein neues Badezimmer und eine neue Küche eingebaut werden. Frau Bibersacher wollte alles sehr exklusiv machen und ging deswegen zu ihrem Exmann. Ich weiß das deswegen, weil das ein Freitag war, und ich bin ja immer Dienstag und Freitag zu ihr gegangen. Ich habe sie noch zu Hause angetroffen, und sie hat sich richtig fein gemacht. Ich habe sie gefragt, was das denn für ein wichtiger Termin sei, für den sie sich so zurechtgemacht hat, und da hat sie mir gesagt, sie gehe jetzt zu ihrem Exmann, um mit ihm über die Wohnungsrenovierung zu reden.«

»Herr Bibersacher hat ihr aber keine Mittel zur Verfügung gestellt, soviel wir wissen. Wie ist es denn dann weitergegangen?

»Ja, das weiß ich auch, denn ich habe sie auf der Treppe getroffen, als ich gehen wollte. Da habe ich sie gefragt, wie denn das Gespräch gelaufen sei und ob sie renovieren könne. Sie war noch etwas aufgebracht und hat mir erzählt, dass er sie nicht einmal zu Wort kommen ließ, sondern gleich vor die Türe gesetzt hat, als er hörte, wie viel Geld sie von ihm wollte. Bald darauf ist ja ihre Mutter gestorben, und sie hat dann eine Menge Geld geerbt. Auf jeden Fall habe ich dann öfter Musterbücher und Einrichtungsbücher bei ihr gesehen. Eines Tages hat sie mir erzählt, dass sie einen reizenden jungen Mann kennengelernt hat.«

Rosa hielt den Atem an.

Frau Weber fuhr fort: »Er wäre so begabt und talentiert. Ein junger Künstler, er würde sie bei der Renovierung beraten.«

»Frau Weber, es ist jetzt ganz besonders wichtig, dass Sie sich erinnern, was sie Ihnen noch über diesen jungen Mann erzählt hat. Was für ein Künstler ist er, und haben Sie ihn jemals hier in der Wohnung gesehen?«

Frau Weber wurde sichtlich nervös, sie überlegte und sagte dann: »Ich glaube, sie hat gesagt, er sei Maler und habe längere Zeit im Ausland gelebt. In Paris, nein, warten Sie, Rom, Rom war es.«

»Hat sie Ihnen gegenüber erwähnt, wo sie ihn kennengelernt hat?«

»Nein, nein. Warten Sie, ich bin mir jetzt nicht sicher …«

Rosa hätte sie am liebsten an den Schultern genommen und so lange gebeutelt, bis sie ihr den Namen des Mannes preisgegeben hätte.

Frau Weber riss sich zusammen. »Nein, sie hat sonst nichts erwähnt. Sie meinen, dass das der schreckliche Mensch sein könnte, der ihr das angetan hat?« Sie schlug die Hände vor den Mund. »Sie war so begeistert von ihm. Ich habe nicht angenommen, dass er ihr etwas antun wollte …«

»Haben Sie irgendwann jemanden in ihrer Wohnung gesehen, mit dem sie die Renovierung besprochen hat? Oder glauben Sie, dass er Sie gesehen hat?«, unterbrach Rosa sie schnell, sie wollte jetzt Informationen.

»Nein, es war nie jemand hier. Manchmal habe ich ein wenig Geschirr und zwei Weingläser weggeräumt, die neben den Musterbüchern auf dem Couchtisch im Wohnzimmer gestanden sind. Aber wenn ich in die Wohnung gekommen bin, war nie jemand Fremder da.«

Rosa verließ Frau Weber. Auf dem Weg zu ihrem Auto beruhigte sie sich. Sie war einerseits enttäuscht, dass Frau Weber ihr keine Personenbeschreibung hatte geben können, andererseits erleichtert, denn wäre es anders, würde Frau Weber in großer Gefahr schweben.

Rosa stand im Stau, in der Dämmerung zog sich eine nicht enden wollende Kette an Autos, deren Lichter rot vor ihr leuchteten, die Autobahn entlang. Sie hatte im Wagen eingeheizt und vor dem Losfahren wieder einmal vergessen, ihren Mantel auszuziehen.

Sie wollte heute noch Reisig besorgen und ihren alten Weihnachtsschmuck vom Dachboden holen. Seit Tagen hatte sie sich vorgenommen, ihr Haus weihnachtlich zu dekorieren. Sie hoffte, dass die Anspannung, die auf ihr lag, damit etwas nachließ. Im Kofferraum schepperten drei Rumflaschen, sie hatte noch schnell eingekauft und sich kurzfristig dafür entschieden, Orangenpunschessenz zuzubereiten. Abgesehen davon hatte sie seit der Früh nichts mehr gegessen, und ihr Magen krampfte sich schon vor Hunger zusammen. Als sich der Stau endlich löste, stieg sie aufs Gas und war mit Reisigbesorgen eine Stunde später zu Hause. Als sie die Haustüre aufsperrte, läutete ihr Telefon. Sie ließ das Reisig und die Einkaufstasche im Vorraum stehen und hastete ins Wohnzimmer.

»Chantall ist vor einer halben Stunde gestorben«, teilte ihr Liebhart mit.

Rosa ging neben dem Telefon in die Knie und begann zu weinen.

15

Etwa zwanzig groß gewachsene junge Damen standen um das schlichte Grab. Sie trugen Stiefel mit hohen Absätzen und dunkle Brillen. Fast jede hatte einen dunklen Hut, manche mit einem kleinen Spitzenschleier, ein paar so groß wie Wagenräder, auf dem Kopf. Es waren auch andere Trauernde anwesend, viele waren eindeutig Kolleginnen, bei den zwanzig hochgewachsenen Damen konnte man sich allerdings nicht so sicher sein. Sie alle lauschten der Predigt des Pfarrers andächtig, während sich immer wieder jemand schnäuzte. Yvonne trug einen engen schwarzen Wollmantel und hatte ihre Haare unter einem einfachen schwarzen Tuch versteckt. Sie zitterte während der Zeremonie und weinte in ein Stofftaschentuch, das sie aus ihrer schmalen Handtasche gezogen hatte. Der Pfarrer gab sich ganz natürlich, Rosa hatte das Gefühl, dass er nicht im Mindesten ahnte, wie vielfältig die Trauergemeinde tatsächlich war.

Fast alle Kränze waren mit roten Rosen und Reisig gebunden; an den Sprüchen auf den Bändern konnte Rosa erkennen, dass auch ein paar Kunden, die Chantall offenbar sehr zugetan gewesen waren, Kränze geschickt hatten. Rosa stand zwischen Johanna und Ludwig, der immer wieder besorgt zu Yvonne, die bei den zwanzig hoch aufgewachsenen Damen stand, schielte. Die Gruppe stach nicht nur durch ihre Kleidung, sondern auch durch ihre Haltung, die Rosa an schlanke Pappeln erinnerte, hervor.

Liebhart stand Rosa und Johanna gegenüber auf der anderen Seite des Grabes. Zwischen den umliegenden Grabsteinen waren seine Leute postiert, nicht nur um die Umgebung zu sichern, sondern auch um die Trauernden zu beobachten. Oft kamen Mörder zum Begräbnis ihrer Opfer und nahmen daran als Zaungäste teil.

Vom Kirchturm schlug eine Totenglocke, als der Sarg in das Grab gelassen wurde. Kranzgerüste trugen schwer an den floralen Meisterwerken. Chantalls Eltern standen neben dem offenen Grab und gaben denen, die an ihnen vorbeizogen, um zu kondolieren, wie zwei Schatten die Hand. Chantall war erst dreiundzwanzig gewesen. Yvonne hatte Rosa und Johanna erzählt, dass sie eigentlich

Medizin studiert und nur nebenbei gearbeitet hatte. Sie hatte noch sehr viel vorgehabt, und Yvonne war sich sicher, dass sie es auch geschafft hätte.

Rosa und Johanna hatten sich eingehängt und stapften zwischen den Gräbern zur Kirche zurück; Ludwig ging neben ihnen her. Es war eisig kalt geworden, und der Atem drang in kleinen Wölkchen aus ihrem Mündern. Sie gingen an Kuttner vorbei, Rosa nickte ihm zu.

»Wo Kuttner, da auch Becker«, meinte Johanna, und tatsächlich sahen sie ihn etwas weiter weg bei einem Grabstein stehen und in Richtung Trauergemeinde blicken.

»Die beiden sehen aus wie zwei Schränke und sind tatsächlich die unglaublichsten Lämmer. Vorgestern hat einer von ihnen nach ihrem Rundgang um mein Haus unabsichtlich etwas Dreck in mein Vorzimmer getragen. Ich habe gar nichts gesagt, aber sie waren so schuldbewusst, haben sich tausendmal entschuldigt und dann mein gesamtes Vorzimmer aufgewischt. Der Wischmopp hat in ihren Händen wie ein Zahnstocher ausgesehen.«

»Ja, in vielen Menschen steckt mehr, als man vermutet: Ich hatte einmal einen Onkel, sein Name war Konrad. Er hat bis zu seiner Pension als Lehrer in Wien gearbeitet. Er war in fast fünfzig Dienstjahren kein einziges Mal krank oder kam zu spät. Nach seinem letzten Arbeitstag ist er nach Hause gekommen, hat mit seiner Frau, Tante Irmgard, zu Abend gegessen, ist danach ins Bad und dann ins Bett gegangen, von dem er nie mehr aufgestanden ist.«

Rosa dachte, dass wohl jeder in Wien entweder eine Tante Irmgard oder eine Tante Hilde hatte. Sie und Johanna blieben stehen und sahen Ludwig an. »Schrecklich, der Arme ist am Tag seiner Pension gestorben?«

»Nein, das hab ich nicht gesagt. Er hat sich bloß hingelegt und ist nie mehr aufgestanden. Tante Irmgard musste ihn waschen und seine Kleidung wechseln, ohne dass er das Bett verließ.«

»Wurde er krank?«, fragte Johanna.

»Nein, er ist einfach nicht mehr aufgestanden. Könnt ihr das nicht verstehen?« Ludwig wurde ungeduldig.

Rosa und Johanna starrten ihn an.

»Wie auch immer«, winkte Ludwig leicht verärgert ab, »er war sogar recht agil. Er hat verlangt, dass man an seinem Bett Räder befestigt, mit denen konnte Tante Irmgard ihn dann im Sommer in den Garten schieben, und er sah den Vögeln zu. Er war nämlich Hobbyornithologe.«

Johanna hielt Rosa am Arm zurück und warf ihr den Das-ist-schon-wieder-so-eine-Ludwig-Geschichte-Blick zu.

»Sie haben sogar ein paar kleine Ausflüge miteinander unternommen. Bald hatte sich die Nachbarschaft an die Frau, die ein Bett durch den Wald schiebt, gewöhnt. Sie sind auch gemeinsam einkaufen gegangen, eine sehr praktische Idee, denn Tante Irmgard musste die schweren Einkäufe nicht tragen. Sie hat einfach alles über Onkel Konrad gelegt.«

»Sag einmal, Ludwig, waren die beiden vielleicht auch gemeinsam Ski laufen? Ich meine, wenn man an einem Bett Räder befestigen kann, dann kann man auch Kufen befestigen, oder?«, meinte Johanna, und Rosa biss sich auf die Lippen.

»Ich bin mir nicht sicher, aber ich glaube, das haben sie schon in Betracht gezogen«, überlegte Ludwig kurz.

Eine bemerkenswerte Eigenschaft von Ludwig war, dass er Ironie überhaupt nicht verstand. Er nahm alles ernst und wog es stets sorgfältig ab, bevor er antwortete.

»Worauf ich allerdings hinauswollte«, fuhr er fort, »ist, dass Onkel Konrad zehn Jahre nach seiner Pension gestorben ist. Per Testament hatte er angeordnet, dass er mit seinem Bett begraben werden wollte.«

Johanna stieß empört die Luft zwischen ihren Zähnen aus, jetzt wurde ihr die Ludwig-Geschichte doch zu viel.

»Und haben sie ihn so begraben?«, wollte Rosa wissen.

»Ja, damals hat der Wille eines Toten mehr als der Wille eines Lebenden gegolten. Tante Irmgard wollte Onkel Konrad nämlich unter keinen Umständen mit seinem Bett begraben. Sie haben zwei Gräber ausgehoben und einen eigenen Lastenaufzug konstruiert. Das war ein Theater, es ist auch in der Zeitung gestanden.«

»Ludwig, falls ich jemals draufkommen sollte, dass deine Geschichten alle erlogen sind, dann gnade dir Gott«, drohte Johanna.

Nach dem Begräbnis ging Rosa mit Johanna, Yvonne und Ludwig ins Schloss Concordia in der Nähe des Zentralfriedhofes. In dem K.-u.-k.-Schlösschen mit Salon und Säulenhalle, in dem man die phantasievollsten Schnitzelgerichte essen konnte, versuchten sie Yvonne beizustehen, so gut es ging. Sie brachten allerdings nach dem Begräbnis alle nichts hinunter, und so tranken sie nur Glühwein.

Schurrauer und Liebhart waren ins Büro vorgefahren und überprüften das Alibi von Johannes Weninger und die Aussage von René Paterson bezüglich des Unfalls von Waltraud Weninger. Dr. Hassani konnte sich zwar an den Unfall erinnern – Waltraud Weninger war danach drei Wochen im Spital gelegen –, er wusste allerdings nicht, wer sie aus dem Autowrack gezogen hatte.

Als Rosa das Büro betrat, hatte sie rote Wangen vom Glühwein und bereute, im Concordia kein Schnitzel gegessen zu haben. Sie grüßte Frau Grand mit einem: »Der Schlag möge Sie treffen!«

Diese konterte: »Nur wenn ich Sie mitnehme! Wollen Sie Kaffee?«

»Ja bitte, und vielen Dank«, erwiderte Rosa und klopfte an die Tür von Liebharts Büro.

Sie zog ihren Mantel aus und legte ihn auf einen freien Sessel. Liebharts Schreibtisch war unter Aktenbergen verschwunden. Drei Morde und eine Leichenschändung gingen nun schon auf das Konto des Täters. Der Justizminister machte Druck auf Liebhart. Morgen Abend musste er wieder eine Pressekonferenz geben. Rosa grüßte Schurrauer, der seine Erkältung nun überstanden hatte, jedoch unter einem Ausschlag zu leiden schien, der zur Folge hatte, dass sich um seine Nase und den Mundbereich die Haut rötete und leicht schuppte.

»Wir haben einen Hinweis auf die Frau, die mit Karl Weninger am 6. September nach Klosterneuburg gefahren ist.«

Rosa setzte sich und sah Liebhart aufmerksam an.

»Ein Taxifahrer hat sie am Abend des 6. September gegen achtzehn Uhr vom Bahnhof Wien Mitte in den sechsten Bezirk gebracht. Sie war alleine und stieg bei der Fillgraderstiege aus. Wir zeigen das Phantombild in den umliegenden Geschäften herum.«

»Er hat nicht gesehen, in welche Richtung sie gegangen ist?«

»Nein, hat er nicht. In diesem Fall treiben sich zwei Gespenster herum: Christoph Kuschtezka, der wie vom Erdboden verschluckt ist, und die Unbekannte aus dem Zug.« Liebhart schüttelte den Kopf. »Gut, weiter geht's. Ich glaube René Paterson die Geschichte mit dem Autounfall nicht. Das, was er getan hat, ist sehr heldenhaft, aber es steht in keiner Relation zu dem, was andere, die Waltraud Weninger bis in den Tod begleitet haben, für sie getan haben. Der Geldbetrag, den er für die Rettung bekommen hat, ist viel zu hoch. Wir sollten uns ansehen, was der Mann so in seinem Leben getrieben hat. Gibt es noch Polizeiprotokolle von dem Unfall? Sein Name muss dort doch aufscheinen?«, fragte er Schurrauer.

»Die graben wir gerade aus, es ist schon ein paar Jahre her, aber sie sind auf jeden Fall noch da«, meinte Schurrauer und wechselte das Thema: »Die Familiengruft der Weningers auf dem Zentralfriedhof wurde in der Nacht vom 2. auf den 3. Dezember mit einem Dietrich geöffnet. Der Täter hat sein Handwerk verstanden, denn er hat das Schloss unbeschädigt hinterlassen. Der Bleisarg, in dem Waltraud Weninger gelegen ist, wurde aus der Nische geschoben und mit einem handelsüblichen Brecheisen geöffnet. Der Täter hat es am Tatort zurückgelassen. Er hat die Leiche aus dem Sarg gezerrt und sie auf den Boden der Gruft gelegt. Dann hat er sie getreten und auf sie eingeschlagen. Wir haben den Fußabdruck, der ident ist mit der Verletzung an Chantalls Körper, am Brustkorb rechts außen gefunden. Mit der Brechstange hat er der Leiche das Brustbein und den Brustkorb zertrümmert.«

»Hat man irgendwelche Fingerabdrücke gefunden?«

»Nein, das nicht, aber man hat Kohlenstoff und Schwefel an den Schläfen des Kopfes gefunden.«

Rosa war erleichtert, als sie den Glockenturm der Kirche von Brunn auftauchen sah. Es war wieder etwas wärmer geworden, und auf den umliegenden Feldern waren nur mehr vereinzelte Schneeflecken zu sehen. Die Dämmerung senkte sich dunkelblau über die Hügel, und Rosa war froh, nach Hause zu kommen. Ludwig hatte sie zum Abendessen eingeladen; Yvonne und Johanna kamen auch.

Sie ließ ihre schwere Tasche im Vorraum fallen und nahm die Katze auf den Arm, um sie zu begrüßen. Ihr Fell war kalt, da sie sich den ganzen Tag draußen herumgetrieben hatte, aber sie schnurrte heftig und schien Rosa ihre Abwesenheit in der letzten Zeit auch schon verziehen zu haben. Sie strich Rosa noch immer um die Beine, nachdem sie sie abgesetzt hatte, um sich aus ihrem schwarzen Mantel zu schälen.

Rosa ging in die Küche und füllte den Fressnapf der Katze.

Während sie ihr beim Fressen zusah, knackte sie ein paar Walnüsse, die in einer großen Holzschale auf der Anrichte standen, und schob sie sich gedankenverloren in den Mund. Sie dachte an Chantalls Eltern und daran, was sie jetzt wohl gerade taten. Wahrscheinlich kamen sie nie über den Verlust hinweg. Rosa streichelte noch einmal die Katze und stieg dann in den ersten Stock hinauf. Sie ließ sich ein Bad ein und ging ins Schlafzimmer, wo sie sich ihr schwarzes Wollkleid über den Kopf zog. Das Innenfutter hatte sich elektrisch aufgeladen und knisterte leicht. Im Badezimmer zündete sie sich ein paar Kerzen an und löschte das Licht. Wieso kamen sie nicht weiter? Die Ermittlungen gingen Rosa zu langsam. Wütend klatschte sie mit der Hand auf die Wasseroberfläche. Sie hatten wirklich gar nichts, wie konnte sie in diesem Fall nur helfen, wenn sie wie Idioten immer auf der Stelle traten? Über kurz oder lang musste Liebhart Kuttner und Becker von Yvonne abziehen, sie würde zurück in die Stadt gehen, und dann wäre sie die Nächste. Rosa tauchte mit dem Kopf unter und hielt so lange die Luft an, bis sie nicht mehr konnte.

Ludwig wohnte in der cremefarben gestrichenen ehemaligen Remise des alten Bahnhofes, die schon vor Jahrzehnten aufgelöst und zu Wohneinheiten umgebaut worden war. In den von ihm gepflegten Buchsbaumpyramiden vor dem Haus glitzerten die weißen Lämpchen einer Lichterkette. Er hatte sich beim Befestigen derselben einen Stromschlag geholt, war von der Leiter gefallen und mit ausgestreckten Armen und Beinen ein paar Minuten verdattert liegen geblieben. Seine Haare hatten daraufhin ein paar Tage lang eine noch grausamere Fasson gehabt: Neben dem Haarwirbel links am Kopf hatte er nun auch noch einen rechts getragen; das Haarbüschel in der Mitte stand ihm verwegen zu Berge.

Rosa kam gleichzeitig mit Johanna, und sie stemmten sich beide gegen das alte große Haustor, als Ludwig ihnen über die Sprechanlage die Türe öffnete. Johanna hatte sich in ein dezentes mauvefarbenes Kleid geworfen und trug einen mitternachtsblauen Schal dazu. Am Treppenabsatz kam ihnen Labradorhündin Zusa entgegen. Ludwig hatte schon vor Wochen bemerkt, dass sie in letzter Zeit recht fett geworden war. Rosa fand nun auch, dass sie deutlich zugenommen hatte.

Yvonne war schon da, sie hatte Ludwig bei den Vorbereitungen geholfen. Johanna hatte selbst gemachtes Käsegebäck mitgebracht und eine Flasche Rotwein. Rosa brachte nur sich selber mit, sie war nach dem Bad auf dem Sofa eingeschlafen und zu spät aufgewacht. Sie konnte nur noch ein wenig Make-up auftragen und schnell in ein dunkelgrünes, figurbetontes Wollkleid mit tiefem Ausschnitt und blauem Seidenbändern an den Nähten schlüpfen. Sie hatte einen dünnen dunkelroten Schal gefunden, den sie sich um den Hals schlang, und sich ihre schwarzen Stiefel von untertags angezogen. Ludwig wohnte zu Fuß zwanzig Minuten von Rosa entfernt; da sie jedoch zu spät gewesen war, war sie die Landstraße in ihrem Geländewagen entlanggefahren und wäre beinahe mit Johanna zusammengestoßen, die ihren alten Kombi gerade aus ihrer Ausfahrt fuhr. Dafür konnte sie sich auch etwas anhören, als sie bei Ludwig eintrafen. Im Vorzimmer empfing sie der unwiderstehliche Geruch von Entenbrust mit Äpfeln und Schalotten. Johanna verstummte, schnupperte und schwebte dann wie an einer unsichtbaren Schnur gezogen in die Küche.

Nach dem Essen saßen alle vier in Ludwigs granitfarbener Sofalandschaft, die in der Mitte des Wohnzimmers eingelassen war. Yvonne nahm regen Anteil an ihrer Unterhaltung, aber ab und zu merkte Rosa, dass sie abschweifte und ihr Gesicht einen traurigen Ausdruck annahm. Dann zog sie gedankenverloren an ihrer Zigarette, und Rosa sah dem dünnen Rauchfaden zu, wie er langsam an die Decke schwebte.

»Ich habe Brokkoli eigentlich nie besonders gemocht«, hörte Rosa Ludwig sagen, »vor sieben Jahren bin ich vom Pferd gefallen, und seitdem muss ich einmal die Woche Brokkoli essen.«

Johanna rutschte mit geschlossenen Augen tiefer ins Sofa.

Ludwigs Telefon läutete, und er verschwand in den Flur, während Johanna Yvonne ein paar Ludwig-Geschichten erzählte.

Er erschien wieder im Wohnzimmer und sagte zu Rosa: »Für dich, Rosa, Liebhart ist am Telefon.«

»Wir haben ihn«, war alles, was Liebhart sagte.

16

Rosa lümmelte faul in einem großen Lehnsessel in Johannas Wohnzimmer und sah ihr zu, wie sie hektisch im Raum umherlief, Bücher aufschlug, Zeitungsartikel durchstöberte, Wäschehäufchen mit ihrem Fuß beiseitekickte und dabei ab und zu stehen blieb, die Arme in die Hüften stemmte und den Kopf in Gedanken schüttelte.

»Dort drüben hast du noch nicht nachgesehen«, sagte Rosa lahm und deutete mit der ausgestreckten Hand hinter das Sofa.

»Mist, ich war mir sicher, dass ich es genau hier abgestellt habe.«

»Wenn du das getan hättest, würdest du jetzt schon mit einer gebrochenen Hüfte im Krankenhaus liegen. Warum hättest du einen großen Karton mit zwölf Flaschen Wein einfach in der Mitte deines Wohnzimmers stehen lassen sollen, ein Platz, an dem du circa acht Millionen Mal am Tag vorbeimusst?«

»Rosa, du verstehst mein System nicht, ich bin ein kreativer Mensch. Ordnung schränkt mich ein.«

Rosa angelte sich eine großformatige Zeitung, die auf einem kleinen Beistelltisch neben dem Sessel lag. Es war eine Woche her, dass Liebhart sie bei Ludwig angerufen hatte. Inzwischen war Yvonne wieder an ihren Arbeitsplatz zurückgekehrt, sie würde aber heute ins Flüchtlingsheim kommen, um bei den Vorbereitungen zur Weihnachtsfeier zu helfen. Rosa hatte sich mit Liebhart so zerstritten, dass sie seit Tagen nichts mehr voneinander gehört hatten. Ludwig war draufgekommen, dass Zusas Trächtigkeit der Grund war, warum sie so fett geworden war. Er zog seitdem durch die Nachbarschaft und warf jedem Köter, dem er begegnete, einen misstrauischen Blick zu. Elvira Weninger, die Frau von Hermann Weninger, war vor drei Tagen friedlich eingeschlafen und nicht mehr aufgewacht. Rosa hatte die Todesanzeige in der Zeitung gelesen. Sie sollte im engsten Kreis der Familie noch vor Weihnachten beigesetzt werden.

»Was von Liebhart gehört?«, wollte Johanna wissen. Sie kniete vor dem Sofa und warf einen Blick darunter.

»Nööpp«, ließ Rosa vernehmen und sank tiefer in den Sessel. Sie hob die Zeitung noch etwas an und schob sie wie einen Schutzschild gegen Johannas Fragen vor ihr Gesicht. Rosa war nach dem Streit mit Liebhart in eine Lethargie verfallen, und Johanna stand jeden Morgen um neun Uhr bei ihr auf der Matte und klingelte sie aus dem Bett, das sie sonst sicher nicht verlassen hätte. Dann zwang sie sie zu einem Kaffee, der Tote aufwecken würde und der sogar Rosa zu stark war.

»Was ist, soll ich ihn so schwach machen, dass er nicht von alleine aus der Kanne kommt?«, war Johannas einziger Kommentar dazu.

Danach drängte sie zu einem zweistündigen Spaziergang, den sie oft mit nervenzerfetzendem »Eins, zwei, eins, zwei« untermalte, um Rosa, die träge hinter ihr herstapfte, anzutreiben. Den Rest des Tages bezog sie Rosa in all ihre Aktivitäten mit ein, und die ließ auch alles antriebslos über sich ergehen.

Rosas Gedanken glitten zwischen den Zeilen des Artikels, den sie zu lesen begonnen hatte, immer wieder zu der Nacht, in der sie bei Ludwig den Anruf von Liebhart erhalten hatte. Das ging ihr seitdem den ganzen Tag über so, egal, was sie tat: Sie stapfte hinter Johanna Waldwege hinauf, während diese ihr von der neuen Liebe des Bäckers, von den steigenden Brotpreisen und ob es da einen Zusammenhang gäbe oder Ähnliches berichtete, und Rosa dachte an den Fall. Sie streichelte ihre Katze, die sich schnurrend so verbog, dass sie ihr beinahe aus den Armen fiel, und dachte an den Fall. Sie stand in einer Warteschlange vor der Kasse des Einkaufszentrums und dachte an den Fall.

Als vor einer Woche bei Ludwig das Telefon klingelte, hatte Rosa sich schnell von der Runde verabschiedet und war in die Stadt zu Liebharts Büro gefahren. Hinter der Glasscheibe des Vernehmungsraumes konnte sie Liebharts Rücken, einen Polizisten an der Wand und Johannes Weningers verstörtes und blasses Gesicht sehen. Das Vernehmungszimmer war mit dem Raum, in dem Rosa stand, durch eine Sprechanlage verbunden, und so konnte sie der Vernehmung beiwohnen, ohne gesehen zu werden.

»Wieso haben Sie uns mit Ihrer Reise nach Malta angelogen?«, hatte Liebhart gefragt.

»Ich habe nicht gelogen, ich hab alles durcheinanderbekommen, als mein Vater mich angerufen hat. Ich bin von Malta ein paar Tage früher direkt in die Berge zu Sarah geflogen, um mit ihr zu reden. Ich hab sie gesucht, weil ich mir Sorgen gemacht habe und mein Vater auch.«

»Sie haben kein Alibi für die Nacht vom 9. auf den 10. September, als Ihr Onkel Karl starb, kein Alibi für die Nacht vom 26. auf den 27. November, als Ihre Tante Antonia starb, und was Sie in der Nacht vom 2. auf den 3. Dezember gemacht haben, wissen Sie auch nicht. Aber ich weiß es: Sie sind in die Familiengruft am Zentralfriedhof eingestiegen. Da Sie einen Schlüssel haben, war das Schloss auch nicht beschädigt. Sie haben den Leichnam Ihrer Großmutter aus dem Bleisarg gezerrt und ihn mit einem Brecheisen traktiert. Danach haben Sie ihr den Kopf abgeschlagen und ihn in die Sammlung alter Musikinstrumente in die Hofburg gebracht. Am 5. Dezember sind Sie in die ›Villa Rouge‹ gegangen und haben dort eine junge Prostituierte namens Chantall zusammengeschlagen, da sie Sie in Begleitung Ihres Onkel Karls gesehen hat.«

»Wer ist bitte Chantall? Ich kenne auch keine ›Villa Rouge‹!«

»Sie waren im November auf Malta, dort hängt die ›Enthauptung des Täufers‹ von Caravaggio im Museum of St. John's in Valletta. Haben Sie sich dort noch einmal den Schriftzug angesehen, den Sie bei den Köpfen hinterlassen haben?«

»Oh nein«, sagte Rosa und schüttelte den Kopf.

»Was für eine Enthauptung? Ich habe keine Ahnung, wovon Sie reden!« Johannes fuhr sich durch sein wirres Haar.

»Wir nehmen Sie in Untersuchungshaft, rufen Sie einen Anwalt an.« Liebhart stand auf und verließ das Zimmer.

Johannes wurde von dem Wachmann abgeführt. Als Liebhart die Türe zum angrenzenden Zimmer öffnete, sah Rosa, dass sein Gesicht bleich war vor Wut.

Als er Rosa sah, rief er: »Was sagst du? Wir haben den Mistkerl!«

»Liebhart, ich glaube, du machst einen Fehler. Wir haben das Leben von Johannes doch durchleuchtet, er hat keine Ausbildung als Maler absolviert. Wie soll er denn ein Gemälde zustande bringen?«

Liebharts Gesicht verhärtete sich. »Wir sind auf der Suche nach einem Komplizen, der ihm dabei unter die Arme gegriffen hat«, schnappte er.

»Bitte, was hätte er denn für ein Motiv, seine Tante und seinen Onkel umzubringen? Ganz zu schweigen von der Sache mit dem Kopf seiner Großmutter?«

»Die Kanzlei seines Vaters ist in Konkurs. Seine Großmutter hat ihm nicht so viel hinterlassen, dass er seinen Lebensstandard halten hätte können. Sein Vater wird wahrscheinlich nie mehr arbeiten können. Wenn er seine Tante und seinen Onkel aus dem Weg räumt, kann er wenigstens über deren Vermögen verfügen. Sie haben beide keine Kinder, und das Erbe fiele den nächsten noch lebenden Verwandten zu. Wenn er dann noch seine Schwester und seinen Vater aus dem Weg geräumt hätte, wäre er das gewesen.«

»Ich glaube, dass du einen Fehler machst. Selbst wenn, warum die ganze Theatralik mit den abgeschlagenen Köpfen? Warum sollte er die Leiche seiner Großmutter so zurichten? Da steckt doch etwas ganz anderes dahinter. Du hast doch keinen richtigen Beweis.«

Liebhart trat ganz nah an Rosa heran. Sie erschrak, als sie sein starres Gesicht so dicht an ihrem sah.

Er presste zwischen den Zähnen hervor: »An den Schläfen seiner Großmutter fanden wir die Reste von Steinkohle. Als du dich mit ihm verabredet hattest, wurde Kohle in das Haus geliefert. Das ist ein Beweis! Ich danke dir für deine Hilfe, unsere Zusammenarbeit ist hiermit beendet.«

Er verließ türenknallend den Raum, Rosa blieb sprachlos zurück. Sie stand noch ein paar Minuten da, dann ging sie wie in Trance zum Ausgang und fuhr langsam nach Hause. Am nächsten Tag hatte sie versucht, Liebhart im Büro und zu Hause zu erreichen, erfolglos. Sie rief Schurrauer an und fragte ihn nach dem Stand der Ermittlungen.

»Rosa, ich darf eigentlich nicht mit dir reden. Es tut mir leid, was passiert ist.«

»Bitte, Schurrauer, ich werde kein Sterbenswörtchen verraten, dass ich mit dir gesprochen habe. Wird Johannes Weninger angeklagt, die Morde begangen zu haben? In den Nachrichten haben sie nichts gebracht.«

»Die Pressekonferenz ist erst heute Abend. Ich weiß nicht, welche Ergebnisse Liebhart dort präsentieren wird. Er steht ziemlich unter Druck. Aber Johannes Weninger ist auf freiem Fuß. Sein Anwalt hat Kaution gestellt, und für den Untersuchungsrichter war keine erneute Tatbegehungsgefahr gegeben. Gerade weil es sich um einen Verdächtigen aus einer Anwaltsfamilie handelt, wollte er von Liebhart entweder ein Geständnis oder mehr Beweise.«

Rosa atmete auf.

»Der Untersuchungsrichter hat jedoch mit sich reden lassen: Wenn Liebhart ihn in einer Woche mit mehr Beweisen von der Schuld Johannes Weningers überzeugen könne, wolle er einen zweiten Haftbeschluss ausstellen. Wir suchen nun in Johannes Weningers Freundeskreis den Komplizen, der das Bild für ihn angefertigt hat.«

»Ich glaube nicht, dass es Johannes war. Verdammt, und die Weningers sind jetzt vollkommen ohne Polizeischutz!«, fluchte Rosa.

»Nein«, beruhigte Schurrauer sie, »Liebhart zieht den Personenschutz erst in einer Woche ab. Er lässt die Villa Weninger nicht unbewacht, solange Johannes noch frei ist.«

Seit dem Gespräch war eine Woche vergangen. Rosa hatte in den Tagen danach versucht, Liebhart bei sich zu Hause und im Büro zu erreichen. Magda sagte, dass es ihr leidtäte, er sei halt ein sturer Bock.

Nun lümmelte Rosa in Johannas Lehnsessel und sah dieser zu, wie sie auf allen vieren durch den Raum robbte, um den Karton mit den Weinflaschen zu finden, den sie Ludwig zu Weihnachten schenken wollten.

»Hab ihn«, hörte sie sie rufen und den Karton unter einem Stapel Wäsche hervorziehen. »Genau da, wo ich ihn vermutet hatte«, strahlte sie Rosa an.

Als sie zum »Wilden Hund« kamen, befestigte Ludwig gerade eine Lichterkette zwischen den Laternen, die den Gehweg zum rückwärtigen Teil des Gebäudes säumten. Er trug eine knallrote Wollmütze mit dem größten Bommel, den Rosa je gesehen hatte, und redete auf Yvonne ein, die in einem taillierten Mantel danebenstand und mit besorgtem Gesicht die Leuchtkette hielt, da sie befürchtete, er könne sich wieder elektrisieren.

Rosa konnte ein paar Gesprächsfetzen auffangen: »... ich habe den ganzen Vormittag diesen blöden Schuh gesucht. Zusa ist wirklich eigenartig, seitdem sie trächtig ist. Seit ich meinen Schuh suche, spielt sie nicht mehr mit ihrem Gummiknochen. Das ist mir heute aufgefallen. Hunde schleppen oft Dinge ihres Herrchens in ihren Korb, wenn sie trächtig sind. Der Geruch beruhigt sie. Und heut Morgen hat sich für mich alles zusammengefügt: Hund spielt nicht mehr mit Gummiknochen, ist trächtig, mein Schuh ist weg. Also habe ich in ihren Korb gesehen und …«

Rosa war Ludwigs Gefasel heute zu viel, sie ging schnell weiter.

Eine dickere Frau mittleren Alters kam ihnen mit einem Karton voll bunter Glaskugeln entgegen. Erst als sie bis auf ein paar Meter bei ihnen war, erkannte Rosa Erna Peier.

»Das darf doch nicht wahr sein, in drei Tagen ist Weihnachten, und der kriegt eine völlig unerklärliche Panik vor Tixo …«, brummte sie verärgert vor sich hin.

»Schöne Weihnachten, Erna«, wünschte Rosa und blieb stehen. »Ich nehme an, du sprichst von Ludwig?«

»Jedes Jahr ist es etwas anderes. Letztes Jahr war es eine hartnäckige Allergie gegen Reisig. Wer soll denn die Dekoration fertig befestigen, wenn er kein Tixo anrührt?«, beklagte sie sich.

»Das Jahr davor hat er einen Ausschlag von meinem Punsch bekommen«, sagte Johanna. »Aber wir finden für alles eine Lösung, keine Sorge.«

»Und vor drei Jahren mussten wir alle Seidenschleifen bügeln, bevor er sie in die Hand genommen hat. Wer bügelt denn bitte Seidenschleifen?«

»Du hast dir die Haare dunkelbraun gefärbt, steht dir gut«, sagte Rosa, um Erna zu beruhigen.

»Ja, ich möchte Weihnachten und den Jahreswechsel nützen, um mein Leben umzukrempeln«, verriet sie Rosa und wurde etwas rot dabei. »Mehr Bewegung, gesundes Essen. Edmund und ich haben uns in einem Slowfox-Tanzkurs eingeschrieben. Bringt Pfiff in die Ehe! Die Haarfarbe soll mir helfen, eine Neue zu werden.«

Johanna schob Rosa in ihr Büro, in dem am Boden verstreut alte Schultafeln mit gemalten Rehen und Hirschen lagen. In einer Leiste unterhalb des Bildes waren die Hufabdrücke der abgebildeten Tiere zu sehen. Auch eine Tafel mit heimischen Süßwasserfischen war dabei.

»Wo hast du die denn her?«, fragte Rosa.

»Die sind doch reizend, oder? Ich habe mir gedacht, dass ich die Kinder im Flüchtlingsheim ein wenig unterrichten könnte. Wir haben die umliegenden Schulen gebeten, uns Lehrmaterial, das sie nicht mehr brauchen, zur Verfügung zu stellen, und da haben wir das hier bekommen. Kannst du dich noch an diese alten Tafeln und Karten erinnern und wie es immer in diesen kleinen Zimmern gerochen hat, in denen sie gelagert wurden?«

Rosa nickte schmunzelnd und nahm eine Tafel mit rosafarbenen und weißen Blütenköpfen in die Hand. Sie hatte eine solche Tafel zuletzt im Biologieunterricht gesehen, anhand derer sollten ihnen die Mendel'schen Gesetze nähergebracht werden. In der Leiste stand in altdeutscher Schrift: »*Vererbung I, Tafel 5, Kreuzung von rot und weiß blühender Wunderblume: P (Parental- oder) Elterngeneration, F1 erste, F2 zweite (Filia- oder) Tochtergeneration, R Erbfaktor für rote, W für weiße Blütenfarbe, RW ergibt rosa*«.

Johanna stritt sich währenddessen am Telefon mit der ortsansässigen Bäckerei. Sie hatten zum Weihnachtsfest im Flüchtlingsheim Weihnachtsstollen versprochen und mussten nun eingestehen, dass sie den Termin nicht halten konnten.

»Was soll das heißen, ich kann sie nach Weihnachten haben? Nach Weihnachten brauchen wir keine Weihnachtsstollen mehr, denn da ist Weihnachten schon vorüber!«, schnappte sie mit rotem Kopf ins Telefon.

Rosa roch an der Tafel, bevor sie sie zurücklegte und die nächste zur Hand nahm, auf der Blütenköpfe der Nachtkerze zu sehen waren.

»Wieso verstehen Sie das nicht? Können Sie eins und eins nicht zusammenzählen?«, rief Johanna.

Ihr Kopf war inzwischen dunkelrot angelaufen.

Rosa lächelte und las: »*Erklärung der Tafel Vererbung I, Tafel 10, Mutationen (erbfeste Abänderungen). Mutanten der Nachtkerze Oenothera lamarckiana: a Normalform, b Blüte derselben größer, c breitblättrige Form, d Zwergform, e blasse Form, f breitblättriges, g normales Pflänzchen. Nur ein sehr kleiner Teil der Mutanten ist für die Weiterzucht erfolgversprechend, da die meisten Defekte zeigen und unbrauchbar sind.*«

Und dann bekam Rosas Welt einen Riss.

»... so eine Frechheit. Seit einem Monat ist das alles ausgemacht, und jetzt machen die einen Rückzieher. Kannst du das verstehen?«

Johanna lief im Büro auf und ab und schimpfte vor sich hin. »›Die sollen froh sein, dass sie überhaupt da sein dürfen‹, hat sie gesagt, na die knöpf ich mir vor … Rosa? Schätzchen, du siehst ja aus wie der Tod, wieso bist du denn so blass?« Johanna legte Rosa ihre Hand auf den Arm.

Die hielt noch immer die Tafel mit den Nachtkerzenblüten in der Hand.

»Ich brauch einen Wagen!«

»Wie, was für einen Wagen denn?«

»Das Batmobil! Was für einen Wagen denn schon, deinen, meiner steht bei mir zu Hause, verdammt! Ich muss nach Wien!«

»Rosa, du machst mir Angst, du siehst total verrückt aus!« Johanna wich von ihr zurück und kramte in ihrer Tasche nach den Autoschlüsseln.

Sie gab sie Rosa, deren Hände eiskalt waren. Die nahm Johannas Gesicht in die Hand und sagte: »Ruf Liebhart an, bei ihm zu Hause, im Büro, auf dem Mars, scheißegal wo. Lass Yvonne auf keinen Fall hier raus und lass niemanden rein, den du nicht kennst. Es lag die ganze Zeit vor uns, wir hätten nur eins und eins zusammenzählen müssen. Ich fahr in die Villa vom alten Weninger. Sag Liebhart, dass er mich dort treffen soll.«

Johanna nickte.

»Mach das, die sind in höchster Gefahr!« Rosa schnappte sich ihre Tasche und rannte hinaus.

Liebhart zieht den Personenschutz erst in einer Woche ab.

Es ratterte in Rosas Kopf, als sie die Landstraße entlangraste. Ihr Mund war trocken, und sie hatte das Gefühl, eine Metallplatte würde durch ihren Körper gehen.

Care Adoption International stand im Testament.

»Wie kann man nur so blind sein, wir waren so blöd!«, rief sie laut, während sie auf das Lenkrad einschlug.

Sie war eine richtige kleine Französin, als sie wiederkam.

Der Abendverkehr hatte begonnen, Autokolonnen zogen sich hupend die Bundesstraße entlang.

Eins und eins zusammenzählen.

Rosa kaute an ihren Lippen, ihre Kiefer begannen ihr wehzutun, so biss sie die Zähne zusammen.

Nur ein sehr kleiner Teil der Mutanten ist für die Weiterzucht erfolgversprechend, da die meisten Defekte zeigen und unbrauchbar sind.

Zum ersten Mal in ihrem Leben bedauerte sie es, kein Mobiltelefon zu haben. Ihr kamen fast die Tränen vor Wut.

Und heut Morgen hat sich für mich alles zusammengefügt.

Rosa parkte sich auf der gegenüberliegenden Straßenseite von Hermann Weningers Villa ein. Der Personenschutz war schon abgezogen worden, sie konnte kein Auto mit Liebharts Beamten mehr sehen. Sie starrte die Straße hinauf und herunter, ob sich irgendwo eine Telefonzelle befand. Da sie keine sehen konnte, hoffte sie, Johanna würde alles versuchen, um Liebhart zu erreichen. Sie hastete auf die andere Straßenseite und stieg die paar Stufen zur Eingangstür der Villa hinauf.

Das Haus war unbeleuchtet. Rosa entschied sich, nicht zu klopfen, sondern von irgendwo anders ins Haus einzusteigen. Sie wandte sich nach links und strich die Hausmauer entlang. Obwohl es schon dunkel war, konnte sie erkennen, dass das erste Kellerfenster offen stand.

Kohle wird heute in unser Haus geliefert.

Rosa kniete sich nieder und drückte das Kippfenster nach innen. Es ließ sich geräuschlos an einen Haken in der Wand hängen.

Ich halte mich mit Gelegenheitsjobs über Wasser.

Sie ließ sich durch das Fenster gleiten und kam auf einem Kohlenberg zu liegen. Vorsichtig rutschte sie halb am Rücken liegend in Richtung Türe, die einen Spalt offen stand. Ein paar Kohlen kullerten den Berg hinunter. Rosa hielt inne und lauschte mit angehaltenem Atem in die Stille. Als sie nichts hörte, rutschte sie weiter und kam schließlich vor der Türe zu stehen. Sie quetschte sich durch den Spalt, ohne die Tür zu bewegen, da alte Kellertüren meistens knarrten. Licht fiel vom Absatz der Treppe, auf die sie nun zuging.

Die Haarfarbe soll mir helfen, eine Neue zu werden.

Sie presste sich an die Wand im Stiegenaufgang und konnte sehen, dass das Wohnzimmer hell erleuchtet war. Ein Schluchzen drang von dort zu ihr. Vorsichtig stieg sie die Treppe ins Erdgeschoss hinauf.

Im Vorzimmer standen ein paar medizinische Geräte. Man hatte sie offensichtlich vom ersten Stock nach unten geschafft, da das

Krankenzimmer nach dem Tod von Elvira Weninger nicht mehr gebraucht wurde. Rosa ging langsam an der Wand entlang auf das Wohnzimmer zu.

Das Schluchzen wurde immer lauter. Als Rosa um die Ecke sah, schrak sie zusammen. Auf dem Boden lag Sarah Weninger, ihre Hände waren auf den Rücken gebunden, ihr Mund war mit Klebeband zugeklebt. Sie hatte die Augen geschlossen. Auf einem Stuhl hinter ihr saß Hermann Weninger. Er war nackt. Die Arme waren hinter der Stuhllehne mit Klebeband zusammengebunden. Sein Mund war ebenfalls verklebt, und seine Haare waren schweißnass. Er wimmerte leise. Rosa sah in den Raum hinein und konnte sonst niemanden sehen. Sie schlich auf Sarah zu und kniete sich neben sie. Sarah atmete, ein roter Fleck auf ihrer Schläfe deutete darauf hin, dass sie mit einem Schlag außer Gefecht gesetzt worden war.

Ich weiß nicht, was daran eigenartig sein soll, wenn eine Mutter ihren Sohn liebt, war das Letzte, was sie dachte, dann war er über ihr.

***

Johanna war einem Herzinfarkt nahe. »Da haben alle ein Scheißmobiltelefon, und dann geht keine Sau ran. Wozu sind diese Dinger eigentlich gut?«, schimpfte sie vor sich hin.

Sie hatte Ludwig und Yvonne nach Rosas Verschwinden in den Veranstaltungssaal, der im rückwärtigen Teil des Gebäudes lag, getrieben und ihnen verboten, das Haus zu verlassen. Nachdem sie einen Rundruf in den Wohnungen getätigt hatte, waren auch alle ihre Schützlinge dort eingetroffen. Dann war sie zur Eingangstür geeilt und hatte diese mit einem großen Schlüssel verschlossen. Erna Peier hatte ihr geholfen, in Windeseile die Fensterläden der straßenseitigen Büros zu schließen.

Währenddessen hatte sie versucht, Liebhart zu erreichen. Nachdem sie das Kriminalamt vom Portier bis zu Frau Grand in Grund und Boden geschimpft hatte, war sie endlich durchgestellt worden. Liebhart war nicht an sein Mobiltelefon gegangen, da er mit Schurrauer zwei Freunde von Johannes Weninger verhörte. Aus Johanna sprudelte unter Tränen der Erleichterung, was vorgefallen war.

Zehn Minuten später saß Liebhart hinterm Steuer, raste zur Villa von Hermann Weninger und stand nach ein paar hundert Metern im Stau.

***

Rosa sah ein paar dunkle Herrenschuhe, als sie die Augen öffnete. Im hinteren Bereich des Salons konnte sie die Anrichte mit den Familienfotos erkennen. Sie lagen in zertrümmerten Rahmen und in Scherben auf dem Fußboden.

In ihrem Schädel hämmerte es, als sie versuchte, sich aufzurichten. Durch ihre Schulter drang ein messerscharfer Schmerz, Tränen schossen ihr in die Augen. Rosa hielt den Atem an, bis er abgeklungen war, und setzte sich dann vorsichtig auf. Ihr linker Arm hing schlaff herunter, sie konnte ihn nicht bewegen. Der Mann stand mit dem Rücken zu ihr und bediente sich aus der Hausbar, Rosa hörte leise Gläser klirren.

»Sie mussten sich den Kopf rasieren, dass wir die gefärbten Haare nicht sehen konnten, und so konnten wir auch nicht erkennen, dass Sie unter Albinismus leiden«, sagte sie in seine Richtung.

René Paterson drehte sich zu ihr um. Er trug dieselbe Leinenhose und dasselbe weiße Hemd wie vor ein paar Tagen, als sie ihn das erste Mal gesehen hatte.

»Nicht gefärbt, nur getönt. Sind sonst so auffällig, meine weißen Haare.« Grinsend kam er auf Rosa zu, kniete sich zu ihr und nahm ihr Gesicht in eine Hand. »Wenn du schreist, bist du tot!«, zischte er.

Hermann Weninger begann wieder zu schluchzen.

»Halt's Maul«, fuhr Paterson ihn an, »wärst du für mich da gewesen, wäre das alles nicht passiert. Du und deine feinen Geschwister.«

»Seit wann wissen Sie es?«, fragte Rosa. Ihr Mund war trocken wie Sandpapier, ihr Kopf tat zum Zerspringen weh.

»Jetzt enttäuschst du mich, ich habe dich für intelligenter gehalten als den Bullen. Im Übrigen, schönes Haus hast du!«

Rosa zuckte zusammen, und Paterson grinste.

Er zündete sich eine Zigarette an, nahm einen Stuhl und setzte sich ihr gegenüber hin.

»Ich bin ja nicht so fürs Land, solltest dir was anziehen, wenn du aus der Wanne steigst. Nicht einfach so nackt durchs Haus gehen. Kannst dich dabei leicht verkühlen, da nützt dir dein offener Kamin auch nichts.« Er zog an der Zigarette und schnippte die Asche auf den Teppich.

Sie schwiegen sich einige Zeit an. Rosa spürte ihr Herz bis zum Hals schlagen, aber sie wollte ihn ihre Angst nicht merken lassen. Er hatte Gefallen daran, Angst zu machen.

»Ich kann mich jetzt an Sie erinnern, wir sind in der ›Villa Rouge‹ gemeinsam mit dem Aufzug gefahren«, sagte sie schließlich.

»Ich hab sofort gewusst, dass du eine von den Bullen bist. Ja, ja, wir kennen einander schon länger, meine Süße.«

Hinter ihm an die Wand gelehnt sah Rosa ein Kurzschwert mit einem einfachen Holzgriff. Paterson folgte ihrem Blick, sein Lächeln wurde breiter.

»Man lernt sehr viel in Rom. Ich hab dort studiert. Hatte da einen römischen Stadtrat an der Hand oder besser am Arsch, hat mir alles gegeben, was ich wollte.« Er streckte sich.

»Dort haben Sie auch ›David und Goliath‹ das erste Mal gesehen!«, sagte Rosa.

»Jahhhh.« Paterson lehnte sich vor und blies Rosa Zigarettenrauch ins Gesicht, dann kicherte er. »Bin ein wenig durch die Welt getingelt, bis ich nach Rom gekommen bin. War ein böser Junge, dauernd auf Drogen und eine Party nach der anderen. An manchen Tagen bin ich aufgewacht und wusste wirklich nicht mehr, ob ich Schwanz oder Titten hatte.« Er zog an der Zigarette und sah zu, wie der Rauch zur Decke stieg.

»Als ich achtzehn geworden bin, hab ich einen Brief von einer Anwaltskanzlei hier aus Wien bekommen. Haben mir von da an eine Rente geschickt. Ganz schön viel Geld, musste nicht mehr alles machen, was der Stadtrat und seine feinen Freunde von mir wollten. Ganz schön versaut, diese Römer, kann ich dir sagen. Hab einem die Kehle durchgeschnitten«, fügte er hinzu. »Das war das erste Mal, dass ich einen umgebracht habe. War ein geiles Gefühl. Bei jedem Herzschlag sprudelte das warme Blut aus seinem Hals.«

»Warum Caravaggio?«, fragte Rosa. Sie spürte, wie ihr etwas Klebriges den Nacken hinunterrann. Doch eine Platzwunde, dachte sie und hatte Angst, ohnmächtig zu werden.

»Weil er so war wie ich. Ich hab nur malen und was lernen wollen, aber ich musste immer wieder raus in die Stadt, in die Nacht. War dauernd hinter Männern und Frauen her, war nicht so wählerisch. Konnte nicht genug kriegen. Konnte mich nicht konzentrieren. War dauernd getrieben …« Er verstummte. Ein Schatten legte sich auf sein Gesicht, und er schien plötzlich weit weg.

Nach ein paar Minuten flüsterte er: »Mathilde!«

Rosa sah ihn an und versuchte eine bequemere Position einzunehmen, ließ es aber wieder bleiben, da der Schmerz in der Schulter so stark war, dass ihr schwarz vor den Augen wurde.

»Ich hab Mathilde in Norwegen kennengelernt. Sie war wunderschön. Ich hatte immer das Gefühl, dass sie ein wenig durchsichtig sei, so wie Luft, verstehst du? So leicht und glücklich war sie. Ihr Lachen klang wie eine Silberglocke. Ich habe drei Jahre lang nur sie gemalt. Als sie mir gesagt hat, dass sie schwanger sei, war das der glücklichste Tag in meinem Leben. Norwegen ist teuer, ich wollte, dass es mein Kind einmal besser haben sollte als ich. Also sind wir hierhergezogen. Ich wollte über den Anwalt, der mir damals den Brief nach Rom geschickt hat, herausfinden, wem ich die Kohle zu verdanken habe. Er hat mir gesagt, dass er mir nicht sagen könnte, wer das ist. Ich war so wütend, am liebsten hätte ich ihn umgebracht. Wir haben Geld gebraucht.«

Paterson ließ die Zigarette auf den Teppichboden fallen und trat sie aus. Rosa sah zu Hermann Weninger, der seinen Kopf auf die Brust hatte sinken lassen. Sie war sich nicht sicher, ob er zuhörte oder ohnmächtig geworden war. Blut rann ihm aus der Nase und tropfte langsam in seinen Schoß. Paterson stand auf, schenkte sich noch einen Whiskey ein, nahm wieder ihr gegenüber Platz und zündete sich eine neue Zigarette an.

Rosa wurde vom Zigarettenrauch übel. Sie zwang sich, nicht umzukippen. Ihre Augen wanderten zu dem Schwert; solange er redete, würde er es nicht in die Hand nehmen.

Paterson folgte ihrem Blick und sagte: »Ich hab dieses Schwert bei einem Trödler gefunden. Es war unglaublich billig. Zu Hause hab ich die Klinge geschärft und bin dann noch einmal zu dem Anwalt. Der hat blöd geschaut, als ich ihm den Schnitt an der Wange verpasst hab.«

»Wie Caravaggio«, fügte Rosa hinzu.

Paterson nickte grinsend »Als ich ›David und Goliath‹ das erste Mal gesehen habe, wusste ich, dass es mein Schicksal darstellt. In Caravaggios Interpretation hat Goliath unglaubliche Kraft und kann nichts damit anfangen. Er ist von einem Winzling, seiner eignen Jugend, erschlagen worden. Ich habe mir immer gedacht, ich bin ein Volltrottel, der sich sein Leben versaut hat. So wie Caravaggio sich in seinem ›David und Goliath‹ selber porträtiert hat, habe ich mir selber den Kopf abgeschlagen. Diese Traurigkeit liegt in Davids Gesichtsausdruck! Ich hab alleine davon zweihundert Skizzen gemacht, bis ich es halbwegs hinbekommen habe. Caravaggio war ein Genie.«

Er hielt inne und zog an seiner Zigarette. Nach einer Weile murmelte er: »Dieses Schwein hat alles gewusst.« Paterson deutete mit einem Kopfnicken zu Hermann Weninger. »Er hat mich in mein Elend rennen lassen. Da mussten die Köpfe von denen rollen, die gut gelebt haben, während ich kaputtgemacht worden bin.«

»Sie tragen selber die Verantwortung für das, was Sie geworden sind«, presste Rosa hervor.

»Meinst du? Wir kriegen also alle die gleichen Karten? Ich werd dir mal was erzählen: Mein Ziehvater war ein Pfaffe, das hat ihn aber nicht daran gehindert, uns jeden Tag zu verprügeln. Hat meinem Stiefbruder, als der drei war, den Kiefer gebrochen und ist nicht mit ihm zum Arzt gegangen. Ich hab ihm heimlich immer das Essen zu einem Brei gedrückt und ihn gefüttert, sonst wär er verreckt, konnte drei Monate nichts Festes essen. Ich hasse Pfaffen, scheinheilige Schweine!«

Paterson stand auf und kam auf Rosa zu; er kniete sich zu ihr und sagte nah an ihrem Gesicht: »Er hat seine Zigaretten an mir ausgedrückt, und was er mit meinen Stiefschwestern gemacht hat, willst du gar nicht wissen. Und alle sind sie am Sonntag in der Kirche gesessen, und es hat ›Der Herr Pfarrer da und der Herr Pfarrer hier‹ geheißen.«

Rosa sah ihm fest in die Augen, kalter Schweiß lief ihr über die Stirn. Sie konnte seinen Atem riechen, der nach Zigaretten und Whiskey stank.

»Caravaggio war der Erste, der diesen ganzen Heiligenscheiß nicht mehr gemalt hat. Er hat Menschen so dargestellt, dass man meint, sie angreifen zu können. Er hat sich einen Dreck um die Gesellschaft geschert.«

Paterson stand auf und ging wieder zur Bar. Rosa hörte, wie er sich erneut einschenkte, während er mit dem Rücken zu ihr fortfuhr:

»Mathilde und ich haben in einem Drecksloch gewohnt. Ihr ist es während der Schwangerschaft nicht gut gegangen. Mein Geld ist für den Arzt draufgegangen. Wir waren nicht versichert. Sie hat im siebten Monat ein Mädchen zur Welt gebracht, es war schwerbehindert und ist nach wenigen Tagen gestorben.«

Hermann Weninger begann wieder zu wimmern. Paterson sprang zu ihm und trat gegen seinen Sessel; das Wimmern wurde zum Heulen, und Paterson trat noch einmal zu.

Sein Gesicht wurde rot vor Zorn. »Jetzt wachst du auf, du Drecksau, ha? Jetzt wachst du auf? Jetzt ist es zu spät. Zwei Jahre später war sie wieder schwanger!«, brüllte er und hieb mit seiner Faust auf Hermann Weningers Rücken.

Der schrie auf, und Rosa musste sich aufstützen, sonst wäre sie ohnmächtig geworden.

»Das ist auch verreckt. Vier Jahre später kam das Nächste!«, brüllte Paterson und hieb wieder auf Hermann ein, der sich aufbäumte. »Das hat nur eine Woche gelebt, und drei Jahre später ...« Er holte aus und ließ seine Faust krachend auf Hermann Weningers Schulter fallen.

Rosa hörte, wie Knochen brachen. Weninger schrie laut auf, die Schulter hing wie leblos vom Rumpf. Rosa spürte, wie ihr schwarz vor den Augen wurde und sie erbrechen musste. Sie rappelte sich auf, lief auf Paterson zu und warf sich mit aller Kraft gegen ihn.

Sie fiel mit ihm zu Boden. Ihr linker Arm gehorchte ihr nicht, sie konnte ihn nicht gebrauchen. Der Schmerz schoss wie ein gelber Pfeil durch ihren Körper, und sie hatte das Gefühl, er schneide ihre Gedanken, ihre Erinnerung, ihre Empfindungen, einfach alles ab.

Paterson kam hoch und drückte Rosa nieder. Sein Speichel tropfte auf ihr Gesicht, während er brüllte: »... und dieses Kind hätte gelebt, wenn dieses Schwein mir Geld gegeben hätte!«

Rosa würgte, Halbverdautes stieg ihr die Speiseröhre hoch. Hermann Weninger schrie und weinte mit seinem verklebten Mund; Rosa hatte noch nie zuvor etwas Ähnliches gehört. Es hatte den Anschein, als ob sein Körper gleich zerspringen würde, da der Schmerz durch den verklebten Mund keinen Ausgang fand.

Paterson richtete sich auf, holte aus und schlug mit der Faust auf Rosa ein. Als er ihr Gesicht traf, hörte sie das Knacken ihrer brechenden Nase.

»Du willst den schützen, das Schwein willst du schützen!«

Er drosch weiter auf sie ein. Sie spürte, wie ihr die Lippen aufplatzten, und sah einen Schwall Blut in die Höhe schießen. Sie lag unter ihrem unbrauchbaren linken Arm, Paterson saß auf ihr und presste mit seinem Knie ihr rechtes Handgelenk in den Boden. Der nächste Schlag traf ihr Jochbein. Er ließ von ihr ab und stürzte zu dem Schwert, das an der Wand stand. Rosa hörte, wie er es durch die Luft schwang.

Jetzt bringt er mich um, jetzt ist alles aus, dachte sie.

Paterson kam näher: »Den da schützen?«, schrie er »Der da, der mein Vater und mein Bruder ist!«

Rosa verlor das Bewusstsein.

17

Es schneite sanft und gemächlich. In großen Flocken trieb der Schnee am Spitalfenster des Allgemeinen Krankenhauses vorbei. Es war der 24. Dezember, die St.-Johannes-Nepomuk-Kapelle am Währinger Gürtel war durch das Schneetreiben fast nicht zu sehen. Rosa konnte die Finger ihres linken Armes schon ein wenig bewegen. Johanna hatte die pfirsichfarbenen Vorhänge ihres Zimmers auf ihren Wunsch etwas zurückgezogen. Nun saß sie schweigend neben Rosas Bett und hielt ihr die gesunde Hand. Ihr standen die Tränen in den Augen, wie jedes Mal, wenn sie Rosa länger ansah. Die hatte eine Bandage um den Kopf gebunden, ein Druckverband für die Platzwunde am Hinterkopf, die mit sieben Stichen hatte genäht werden müssen. Ihre Nase war auf das Doppelte angeschwollen, und ihr Gesicht war bis auf eine kleine Stelle rechts neben dem Kinn grün und blau. Ihre Oberlippe war eingerissen und hatte ebenfalls genäht werden müssen. Das rechte Augenlid war zugeschwollen, und sie hatte oberhalb der Augenbraue eine Platzwunde, die mit drei Stichen genäht worden war.

Rosa bat Johanna um ein Glas Wasser, ihr Mund war von den Medikamenten ganz trocken. Man hatte ihr die linke Schulter wieder eingerenkt, und der gebrochene Arm hing nun in einer Schleife, die um den Hals befestigt war. Johanna stand auf und füllte den Schnabelbecher neu. Sie kam zum Bett zurück und führte den Becher vorsichtig an Rosas Mund. Rosas Lippen waren noch ganz taub von der Narkose, und so spürte sie nicht, als der Schnabel schon dazwischensteckte.

Sie sah Johanna fragend und empört an und murmelte: »Wo ist denn jetzt dieser Scheißbecher?«

»Zwischen deinen Lippen, du dumme Kuh!«, flüsterte Johanna.

Rosa musste lachen und verzog schmerzerfüllt das Gesicht. Johanna legte ihre Hand auf ihren Arm und lächelte.

Ludwig und Yvonne kamen am Nachmittag. Johanna war nicht von Rosas Seite gewichen, seitdem sie vor drei Tagen ins Spital gebracht worden war. Ludwig brachte ihr mit Yvonne jeden Tag frische Sachen ins Spital. Sie blieben dann noch ein wenig und hielten Rosa abwechselnd die Hand. Liebhart kam auch jeden Tag und blieb betrübt neben Rosas Bett stehen.

Sie war erst seit heute früh wieder ansprechbar, und als Ludwig jetzt vorsichtig die Türe öffnete, konnten er und Yvonne es gar nicht glauben, dass Rosa schon etwas aufgerichtet in ihrem Bett saß und Johanna anflehte, normal zu sein, ihr täte vom Lachen jeder Knochen weh.

Johanna wühlte gerade in einem Geschenkkorb, den Frau Dr. Reschreiter geschickt hatte. »Habt ihr gewusst, dass chinesische Ärzte die Gesundheit ihrer Patienten dadurch feststellen, dass sie ihnen einen Witz erzählen? Wenn die Patienten lachen, dann hat ihr Geist den Kontakt mit dem Körper noch nicht verloren. Wenn nicht, dann ist der Patient nicht mehr zu retten.«

»Oder der Witz war schlecht«, flüsterte Rosa.

Es klopfte, und Liebhart streckte den Kopf ins Zimmer. Alle verstummten, er öffnete die Türe und trat verlegen ein. Magda folgte ihm.

Johanna sagte zu Yvonne und Ludwig: »Der Kaffee in der Cafeteria ist gar nicht so schlecht. Kommt, ich schmeiße eine Runde.« Sie nickte Liebhart zu und berührte leicht seinen Arm im Hinausgehen.

»Wie wäre es, wenn Sie uns begleiten?«, sagte sie zu Magda, die lächelnd nickte und Rosa einen besorgten Blick zuwarf. Sie stellte die mitgebrachten Blumen noch schnell in eine Vase mit Wasser und sagte leise zu Rosa, dass sie danach noch kurz nach ihr sehen würde.

Rosa konnte Johanna am Gang noch sagen hören: »Die Buffetaushilfe ist ein reizender Kosovo-Albaner. Er studiert Gesang hier in der Stadt, ein Bariton. Ich habe ihn für die Feiertage ins Flüchtlingsheim eingeladen. Ihr solltet auch kommen.«

Liebhart blieb zwei Meter vor Rosas Bett stehen und sah sie verlegen an. Sie drehte ihren Kopf, so gut es ging, und wartete. Als nichts geschah, klopfte sie mit ihrer rechen Hand auf ihr Bett. Erleichtert nahm er die Einladung an und trat zu ihr.

»Rosa, ich ...« Er brach ab und begann zu schluchzen.

Rosa legte ihm ihre gesunde Hand auf den Unterarm. Er nahm sie und führte sie im Niedersetzen an seine Wange.

»Ich könnte dir in den Arsch treten«, flüsterte Rosa, »aber du bist offensichtlich noch rechtzeitig gekommen und hast mir das Leben gerettet. Jemandem, der einem das Leben gerettet hat, tritt man nicht in den Arsch.«

Liebhart lächelte. »Wenn du wüsstest, wie oft ich mir in den letzten Tagen selber in den Arsch getreten habe … Und wenn ich einmal eine Pause gemacht habe, hat Magda es weitergetan und dann Schurrauer.«

Rosa lächelte, so gut sie konnte, und zuckte gleich darauf vor Schmerz zusammen.

»Leben Sarah und Hermann Weninger noch? Wie habt ihr mich da rausgeholt? Ich hab nichts mehr mitbekommen!«, fragte sie heiser.

»Nachdem mich Johanna erreicht hatte, hab ich Himmel und Hölle in Bewegung gesetzt. Drei Einheiten habe ich ins Flüchtlingsheim geschickt, drei Einheiten zu Hermann Weningers Villa. Aber die kommen auch nicht schneller voran, wenn in Wien in der Vorweihnachtszeit das Verkehrschaos regiert. Ich bin eine Dreiviertelstunde im Stau gestanden und gleichzeitig mit meinen Leuten bei der Villa angekommen. Wir sind ums Haus in den Garten geschlichen und haben von dort Hermann Weninger gefesselt im Sessel sitzen sehen. René Paterson ist im Zimmer herumgegangen. Mehr haben wir nicht gesehen. Sarah und du, ihr habt ja am Boden gelegen. Wir mussten erst die Haustüre knacken. In der Dunkelheit und der Eile haben wir nicht alle Ausgänge vom Haus sichern können. Im nahen Türkenschanzpark mussten wir den Weihnachtsmarkt schließen lassen und die Leute ohne Panik aus dem Park holen. Das Risiko, dass er uns entwischt und sich dann dort eine Geisel nimmt, war einfach zu hoch. Wir haben nicht sehen können, ob er eine Schusswaffe dabeihatte, mit der er jemanden erschießen hätte können. Das Sicherheitsteam hat das Haus lautlos betreten, ich bin mit rein …«

Liebhart stockte.

»Ich hab ihn brüllen hören, er dürfte gerade mit dir fertig geworden sein und ist zum Schwert, das an der Wand gestanden ist, gelaufen. Da sind wir reingekommen. Er ist mir direkt in die Arme gelaufen …«

Er hielt noch einmal inne.

»Du bist da gelegen wie tot, das ganze Blut … Wie bei Chantall … Dieses Dreckschwein, wenn die anderen nicht da gewesen wären, ich hätte ihn gleich abgeknallt.«

Liebhart begann zu weinen, Rosa legte ihm ihre Hand auf den Arm.

»Wie geht es Hermann Weninger und Sarah?«, fragte sie leise.

»Sarah hat eine leichte Kopfverletzung, sie ist noch unter Beobachtung im Spital«, Liebhart richtete sich auf und wischte sich die Tränen mit dem Hemdsärmel vom Gesicht, »ihr Bruder weicht nicht von ihrer Seite. Hermann Weninger wurde ebenfalls ins Spital gebracht, er hat eine gebrochene Schulter und ein gebrochenes Schulterblatt. Er ist noch nicht vernehmungsfähig, aber um einiges ruhiger als vor dem Unglück. Seitdem er wusste, das René Paterson sein Sohn und sein Halbbruder ist, lastete eine unglaubliche Schuld auf ihm.«

»Wie sind Hermann Weninger und René Paterson draufgekommen?«, wollte Rosa wissen.

»Nach der Testamentseröffnung hat René Paterson geglaubt, er sei ein uneheliches Kind von Waltraud Weninger. Er ist an Hermann herangetreten und hat ihn gebeten, als Knochenmarkspender für sein viertes Kind einzutreten, da er und seine Frau nicht in Frage kämen. Hermann sagte zu, nachdem Karl und Antonia die Spende verweigert hatten. Er ist mit René ins Spital gegangen, über einen Blutbefund wurde dann der Inzest festgestellt. Seitdem ist es mit dem geistigen Zustand von Hermann bergab gegangen.«

Liebhart brach ab, weil Rosa ihr Gesicht vor Schmerz verzog. Die Medikamente hatten aufgehört zu wirken. Sie riefen nach der Schwester.

»Sollen wir irgendjemanden anrufen? Heute ist Heiligabend«, wollte Liebhart wissen.

Rosa schüttelte den Kopf. Ihre Schwester habe sich bei Johanna gemeldet, nachdem Rosa nicht zu erreichen gewesen war, und so erfahren, dass sie im Spital lag. Sie sei gleich am ersten Tag gekommen und hatte Rosa heute Vormittag vorgeschlagen, am Abend mit der Familie ins Spital zu kommen, damit sie mit Rosa feiern konnten wie geplant. Rosa wollte jedoch nicht, dass ihre Nichte und ihr Neffe sie so sahen, und hatte deswegen dankend abgelehnt. Johanna, Ludwig und Yvonne würden bei ihr bleiben.

Die Krankenschwester trat ein und bat Liebhart, den Raum zu verlassen. Er drückte Rosa die Hand und sagte, er würde in zwanzig Minuten mit den anderen wieder bei ihr sein. Rosa nickte. Ihre Infusionen wurden kontrolliert, und sie bekam ein Fieberthermometer in den Mund geschoben. Die Schwester arbeitete leise, schüttelte Kissen auf und rückte Blumenvasen und Geschenkkörbe zurecht. Sie fragte Rosa, ob sie kurz lüften sollte. Rosa nickte und versuchte zu lächeln.

Der Schnee hob sich in Wirbeln in den Himmel, und eine eisblaue Dämmerung brach herein. Nachdem die Schwester das Fenster geschlossen und die Vorhänge wieder in Ordnung gebracht hatte, bekam Rosa ihre Schmerztabletten.

Wieder alleine, sah Rosa zum Fenster hinaus und genoss für ein paar Minuten die Stille. Als sie gerade dabei war, einzuschlafen, konnte sie schon Johannas Stimme vom Gang her hören.

Rosa war erstaunt, als Johanna das Paket, das Rosa schon für sie vorbereitet hatte, gespielt überrascht aus ihrer eigenen Tasche zog und den Seidenschal, den sie ihr besorgt hatte, freudig auspackte.

»Seit Jahren weiß ich, wo du deine Geschenke und den guten Wein aufbewahrst, meine Liebe. Ich habe mir erlaubt, mich bei beiden zu bedienen.«

Rosa lächelte schief.

Von Liebhart und Magda bekam sie ein Mobiltelefon. Ludwig war hocherfreut über den Rentierwollpullover, und Yvonne stieß einen kleinen Freudenschrei aus, als sie einen neuen Seidenkimono auspackte, den ihr alle gemeinsam geschenkt hatten. Rosa bekam von ihr eine Flasche Whiskey, und sie vereinbarten, diese gemeinsam zu öffnen, wenn es ihr wieder besser gehe. Rosas Freunde hatten ein kleines Festtagsessen in zwei großen Körben mitgebracht, und sie blieben, sehr zum Missfallen der Schwester, bis nach Mitternacht bei ihr. Vor dem Fenster schimmerte durch einen dichten Schneevorhang das Straßenlicht.

18

In Rosas Garten sprossen die ersten Krokusse. Der Himmel hing wie ein dunkler Sack, unter dessen Rändern ein strahlendes Blau hervorlugte, über dem Tal, färbte die Wälder dunkelblau und verlieh den Wiesen ein grelles Grün. Ein Schwarm Saatkrähen zog über Rosas Haus. Sie konnte einen Teil des Sellnersees erkennen, um den sich noch eine dünne Schneekrause zog. Die braunen und schwarzen Überreste der Blumenbeete waren nur noch hier und da mit dünnen Eiskrusten bedeckt, auf denen ein paar Vögel saßen und nach Futter suchten. Sie stand am Fenster, das zu ihrer Terrasse führte, und hielt einen Becher mit heißem, dampfendem Kaffee in beiden Händen. Ein dicker Eiszapfen hing von der Dachrinne und löste sich langsam tropfend auf.

Die Schwellungen um die Nase waren zurückgegangen, und die Ereignisse der furchtbaren Nacht vor drei Monaten sah man äußerlich nur noch durch ein paar gelblich blaue Flecken auf Rosas Jochbein. Innerlich sah es anders aus. Rosa hatte sich, seitdem sie aus dem Spital entlassen worden war, mit Prospekten über Alarmanlagen eingedeckt. Sie entschied sich für eine hochmoderne Anlage mit Bewegungsmelder und digitalem Nummerncode, den sie eingeben musste, sobald sie das Haus betrat. Der Mann der Sicherheitsfirma war soeben fertig geworden. Bevor er ging, erklärte er ihr, welche Tasten sie zu drücken hatte, sobald sie das Haus betrat.

Rosa wollte nächste Woche mit der Verteilung von Dünger und Kompost in ihrem Garten beginnen und bewegte, als sie daran dachte, versuchsweise ihre Schulter. Die Gartenarbeit würde ihr guttun, und falls sie Schmerzen bekäme, könnte sie immer noch aufhören und Ludwig um Hilfe bitten. Es läutete, und Rosa schreckte zusammen; beinahe hätte sie ihren Kaffee verschüttet, dabei hatte sich Liebhart für heute angekündigt. Sie ärgerte sich über sich selbst, dass sie so ein verängstigtes Huhn geworden war, dachte aber gleich an Johannas Worte, die in den letzten Wochen nicht müde geworden war, ihr zu sagen, dass sie sich jetzt Zeit für sich nehmen müsse und es das Allerschlechteste wäre, ihre Angst zu unterdrücken. Sie verzieh sich und ging zur Türe, in der Liebhart mit einem riesigen Blumenstrauß stand. Es war nicht der erste, den sie von ihm seit dem 21. Dezember bekommen hatte.

Rosa hatte, nachdem sie aus dem Spital entlassen worden war, mit Liebhart nicht mehr über den Fall reden wollen. Sie brauchte Zeit, um alles zu verarbeiten, und so hatten sie vereinbart, sich in ein paar Wochen zusammenzusetzen. Heute war es so weit. Als Rosa sich für den Blumenstrauß bedanken wollte, ging die Alarmanlage los. Sie stürzte zu dem neu angebrachten Kästchen mit der Tastatur und gab schnell den Code ein.

Der Lärm verstummte, und sie drehte sich lachend zu Liebhart um. »Jetzt wissen wir, dass es funktioniert, und wie!«, rief sie.

Wenig später saßen sie vor ihrem Kamin, in dem sie in der Früh Feuer gemacht hatte. Jeder hielt eine Tasse mit Kaffee in der Hand – Rosas Spezialmischung mit Zimt.

»Und, hat René Paterson geredet?«, fragte sie Liebhart.

Er nickte. »Sein Anwalt plädiert auf Unzurechnungsfähig, aber ich denke, das wird nicht durchgehen. Wann ist deine Zeugenaussage?«

»In zwei Wochen. Wie konnte uns René Paterson über seine Beziehung zu der Familie Weninger so glaubhaft anlügen, als wir bei ihm waren?«

Liebhart schüttelte langsam den Kopf. »Das mit dem Autounfall wusste er, weil Dr. Paulinger es bei der Testamentseröffnung erwähnt hat. Er hat sich etwas einfallen lassen müssen, sonst hätten wir gleich Verdacht geschöpft. Was ich dich bis jetzt nicht fragen konnte: Wie bist du eigentlich draufgekommen?«

»Durch Johannas Engagement für das Flüchtlingsheim!«

Liebhart sah sie verständnislos an.

Rosa lächelte und sagte: »Wie wäre es, wenn du zum Essen bleiben würdest? Ich mach uns einen Fisch, der dich vom Hocker haut, wir trinken eine Flasche Wein, und ich erzähle dir, wann bei mir der Groschen gefallen ist?«

Liebhart nahm dankend an, er telefonierte mit Magda und teilte ihr mit, dass er bei Rosa sei und auch hier zu Abend essen würde. Dann rief er noch im Büro an. Währenddessen salzte und pfefferte Rosa die Zanderfilets, legte ein Zweiglein Thymian drauf und rollte sie in Serranoschinken ein. Dann briet sie sie kurz in Olivenöl und schichtete sie in eine Ofenform, die sie in den vorgeheizten

Backofen schob. Sie schälte die Erdäpfel und ließ sie in einen Topf mit Wasser fallen. Als sie einige Zeit gekocht hatten, zerstieß sie sie zu Püree und fügte Salz und ein wenig Olivenöl dazu. Kurz vor dem Servieren rieb sie die Schale einer halben Zitrone in das Püree, so war es eine ideale Beilage für die Fischröllchen. Liebhart schnitt in der Zwischenzeit den Salat und marinierte ihn »nach Art seines Hauses«. Rosa schickte ihn in den Keller um eine Flasche Wein. Da er schon öfter von ihr in den Keller geschickt worden war, kannte er das Geheimnis vom unsichtbaren Lichtschalter.

Als sie beim Essen saßen, begann Rosa: »Johanna wollte die Kinder ihres Flüchtlingsheimes unterrichten, solange ihr Asylverfahren noch nicht abgeschlossen ist.«

»Also, bis sie selber erwachsen sind und auch Kinder haben.« Liebhart und Rosa grinsten sich an.

»Sie hat deswegen benachbarte Schulen angerufen, ob die ihr nicht Lehrmaterial zur Verfügung stellen könnten. Am 21. Dezember bin ich bei ihr im Büro gestanden und habe mir eine Lehrtafel der Mendel'schen Gesetze angesehen. Unter einer Tafel über Mutationen stand: *›Nur ein sehr kleiner Teil der Mutanten ist für die Weiterzucht erfolgversprechend, da die meisten Defekte zeigen und unbrauchbar sind.‹* Und da ist bei mir der Groschen gefallen.«

Liebhart starrte sie an, die Gabel in der Luft.

»René Paterson leidet unter Albinismus. Diese genetische Erkrankung kann bei Menschen, die aus inzestuösen Beziehungen stammen, vorkommen. Er hat sich am ganzen Körper rasiert, damit wir nicht sehen konnten, dass seine Haare weiß sind. Bei ihm ist diese genetische Mutation nicht so eindeutig zu erkennen, da er keine roten Augen, sondern nur einen roten Ring um seine Iris hat. Von Frau Jakowsky wissen wir, dass Hermann bei seiner Mutter geschlafen hat. Johannes Weninger hat uns erzählt, dass sie extrem eifersüchtig war und Hermann am liebsten für sich alleine gehabt hätte. 1973 verlässt Hermann Weninger bei Nacht und Nebel das Elternhaus. Was in dieser Nacht genau geschehen ist, werden wir nie erfahren. Entweder hat Waltraud ihm von ihrer Schwangerschaft erzählt, selber nicht wissend, dass das Kind von ihrem Sohn ist, und Hermann hat geahnt, was da passiert ist, oder sie hat es ihm vorgeworfen und ihn damit erpresst, für immer bei ihr zu bleiben. Auf jeden Fall war es zu viel für ihn. Im selben Jahr wird Antonia mit nur sieben Jahren nach Frankreich geschickt. Karl ist erst fünf Jahre alt, er bleibt bei seinem Vater unter der Obhut von Frau Jakowsky. Wieso lässt Waltraud Weninger zu, nachdem ihr Lieblingssohn sie von einem Tag auf den anderen verlassen hat, dass ihre Tochter nach Frankreich geschickt wird? Und als ob das nicht genug wäre, lässt sie Karl alleine zurück und geht ein halbes Jahr auf Kur nach Lausanne? Antonia konnte ihr das nie verzeihen. Ich nehme an, dass sie ihr Jahre später in dem Brief, dessen Fragment wir gefunden haben, vorwirft, eine Rabenmutter zu sein. Was keiner weiß, ist, dass Waltraud von Hermann, ihrem Sohn, schwanger geworden war.«

Liebhart senkte die Gabel und starrte auf seinen Teller. Rosa hielt ebenso inne, sie sah ins Feuer des Kamins und rieb sich ihre verletzte Schulter.

»Wie kann ...?« Liebhart verstummte.

»Du meinst, wie kann Inzest passieren?« Rosa schüttelte langsam den Kopf und sah auf ihren Teller. Sie schwiegen eine Weile, dann fuhr sie fort.

»Frau Rettl ist 1975 zu den Weningers gekommen. Sie hat mir erzählt, dass fast zwei Jahre davor das gesamte Personal ausgetauscht worden war. Das muss dann also 1973 gewesen sein. Vermutlich wollte der alte Weninger, dass die Zustände in seinem Haus nicht publik werden, und hat deswegen das Personal gewechselt. 1973 hat Waltraud Weninger ihren Sohn René in Lausanne zur Welt gebracht und ihn zur Adoption freigegeben. An Care Adoption International ist in Waltrauds Testament eine beachtliche Summe gefallen.«

»René Paterson hat uns seine Geschichte erzählt«, begann Liebhart. »Wir haben sie überprüft; diesmal hat er die Wahrheit gesagt. René ist über Care Adoption International zu den Patersons gekommen und hat deren Namen angenommen. Seine Zieheltern haben ihn nur aufgenommen, um die staatliche Unterstützung zu bekommen, er war eines von acht Kindern, die von den Patersons geschlagen, vernachlässigt und missbraucht wurden. René ist ausgerissen, als er fünfzehn war. Er tingelte durch die Welt und lebte einige Zeit in Rom. 1991, mit seinem achtzehnten Lebensjahr, erhielt er einen Brief von Dr. Paulinger, der ihn darüber informierte, dass er ab nun mit einer monatlichen Geldzuwendung rechnen durfte. Dahinter steckte Waltraud Weninger, die dies veranlasst hatte mit der Auflage, ihren Namen unter keinen Umständen bekannt zu geben. Ich nehme an, sie hatte Angst vor dem alten Weninger, der zu dieser Zeit ja noch gelebt hat.«

Die Katze strich um Rosas Beine herum. »Dr. Paulinger hat uns verschwiegen, dass Paterson seit seinem achtzehnten Lebensjahr von Waltraud Weninger monatlich Geld bekam.«

»Stimmt. Da wären wir misstrauisch geworden. Ich nehme an, dass er uns aus Angst, wir könnten auf seinen Betrug draufkommen, so wenig wie möglich über die Weningers erzählen wollte. Im Zweifelsfall kann er sich noch immer auf seine Verschwiegenheitspflicht als Anwalt der Familie berufen.«

»Weißt du, ob Dr. Paulinger wusste, dass René Paterson Waltraud Weningers Sohn ist?«, wollte Rosa wissen.

»Nein, das wusste er nicht, wir haben ihn danach gefragt. Er beharrt darauf, dass er die Wünsche seiner Klientin nie hinterfragt hat. Warum sollte er auch? Sie konnte mit ihrem Geld machen, was sie wollte.«

Sie hatten fertig gegessen. Liebhart stand auf und brachte das Geschirr in die Küche. Rosa setzte Kaffee auf. Mit zwei kleinen Espressotassen nahmen sie auf dem Sofa vor dem Kamin Platz.

Rosa schlüpfte aus ihren Schuhen und legte die Füße auf den Couchtisch. »Hat René Paterson das Geld gereicht, um sein Leben zu finanzieren?«

Liebhart schüttelte den Kopf: »Mehr schlecht als recht. Er hat gemalt, versucht, seine Bilder zu verkaufen, und sich mit Gelegenheitsjobs über Wasser gehalten, zum Beispiel als Hilfskraft bei der Müllabfuhr, daher kennt er sich auf dem Areal des Rinterzeltes gut aus. Paterson hat sich seine Arbeitskleidung behalten, so konnte er unerkannt die Leichen von Karl und Antonia dort abladen.«

»Ah, Antonia hat er also auch dorthin gebracht?«

»Ja, aber es wäre ein unglaublicher Zufall, sie dort noch zu finden. Die Deponie, die er uns genannt hat, wurde bereits aufgelassen und zugeschüttet.« Liebhart strich sich resigniert durchs Haar. »Paterson hat eine schlaue Strategie: Nimm einen unterbezahlten Job an, durch den du zu einer Dienstkleidung kommst. Nachdem du den Job aufgegeben hast, kannst du dir die Dienstkleidung natürlich behalten, und wenn du es klug anstellst, auch noch den einen oder anderen Schlüssel nachmachen lassen. Trotzdem haben die Gelegenheitsjobs nicht so viel eingebracht, und Paterson rutschte immer tiefer in dubiose Geschäfte, trieb Schulden ein, führte Beschattungen durch und erledigte so manche Drecksarbeit für zwielichtige Typen. Das Kind von Mathilde und ihm kommt 1993 schwerbehindert zur Welt und stirbt nach ein paar Tagen. Wir haben die Krankenhausakten eingesehen. 1995 ist Mathilde wieder schwanger, diesmal ist es eine Totgeburt. 1999 erwarten sie ihr drittes Kind, das jedoch so degeneriert auf die Welt kommt, dass es ein paar Tage nach der Geburt ebenfalls stirbt. 2002 bringt Mathilde Sascha auf die Welt. Er überlebt, ist jedoch so krank, dass er das Krankenhaus nie verlassen wird. Er hat von Geburt an schweren Diabetes und leidet unter Mukopolysaccharidose, einer Krankheit, die eine Verformung der Knochen, Verkürzungen der Sehnen und Bänder an den Gelenken mit sich bringt. Er ist durch diese Erkrankung taub geworden, und seine geistigen Fähigkeiten lassen nach. Er hat eine Niere verloren und benötigt dringend eine Knochenmarktransplantation. Mathilde erträgt das alles nicht mehr und nimmt sich 2006 das Leben.«

Rosa sah gedankenverloren ins Feuer und bewegte ihre Zehen. »Die arme Frau«, sie schüttelte den Kopf, »und die armen Kinder. Waltraud Weninger hat nie versucht, mit Paterson Kontakt aufzunehmen?«

»Nein. Wir werden wohl nie erfahren, wie Antonia und Karl das Verhältnis zu ihrer Mutter sahen, aber sie hat versucht, mit Hermann Kontakt aufzunehmen, nachdem er aus der Schweiz zurückgekommen war. Er hat sie allerdings hinausgeworfen und seinen Kindern verboten, ihre Großmutter zu sehen – vor allem seinem Sohn Johannes, weil er wahrscheinlich Angst hatte, dass es ihm genauso ergehen könnte wie ihm selbst.«

Rosa stand auf und brachte zwei Gläser und eine Flasche Grappa. Sie goss Liebhart und sich selbst ein, nahm Platz und lehnte sich wieder zurück.

Nachdem Liebhart den ersten Schluck getan hatte, fuhr er fort: »Heuer stirbt Waltraud Weninger. René bekommt wieder einen Brief, in dem er zur Testamentseröffnung gebeten wird. Waltraud Weninger hat Hermann nie verziehen, dass er sie verlassen hat, er geht bei der Testamentseröffnung leer aus. René ist auch anwesend, er erhält zweihunderttausend Euro und weiterhin seine Rente. Dann zählt er eins und eins zusammen und ist sich seitdem sicher, dass er der Sohn von Waltraud Weninger ist. Er ist glücklich, da er dringend einen Spender für die Knochenmarktransplantation seines Kindes braucht und unter Familienmitgliedern ein Abstoßen des Knochenmarks seltener vorkommt. Er telefoniert alle großen Hotels in Wien durch und findet Karl schlussendlich im Plaza. Paterson erklärt ihm, dass sie eigentlich Brüder sind und er ihn dringend als Spender brauche, sonst müsse sein viertes Kind sterben. Karl glaubt ihm nicht, distanziert sich von seiner Familie und schlägt jede Hilfe ab. Antonia ist die Nächste, bei der er es probiert, das Ergebnis ist dasselbe. Sie weist ihn ab mit der Begründung, nichts mit ihm und der ganzen Sache zu tun haben zu wollen. Also spricht Paterson den Letzten und Ältesten, Hermann Weninger, an. Der reagiert etwas anders, vielleicht weil er selber Kinder hat und sich besser in die Situation hineinversetzen kann. Er ist zu Untersuchungen bereit, bei denen seine Eignung als Spender getestet werden soll. Die Ärzte vergleichen die Blutwerte von Hermann Weninger und Patersons Sohn, der Inzest fliegt auf.«

Die Katze sprang auf Rosas Schoß und rollte sich ein. Rosa strich ihr durchs Fell. »Jetzt fällt es mir wieder ein: Johannes hat uns erzählt, dass sich sein Vater kurz nach der Testamentseröffnung einer Durchuntersuchung unterzogen hat.«

Liebhart nickte und goss noch etwas Grappa ein. »Richtig, Johannes Weninger wusste aber nicht, dass René Paterson mit seinem Vater Kontakt aufgenommen und dieser sich wegen einer möglichen Spende für Patersons Sohn untersuchen lassen hatte. Als Hermann die Untersuchungsergebnisse erhält, ist er wie vom Donner gerührt.«

»Hermann ist ein Verdrängungskünstler«, meinte Rosa. »Das musste er auch sein, sonst hätte er in seinem Elternhaus nicht überlebt.«

Liebhart nickte. »Er beginnt sich zu vernachlässigen und verfällt zusehends, vielleicht kann er noch mit seiner Frau darüber reden, das ist auch für sie der letzte Stoß. Ihr Zustand verschlechtert sich, und sie muss künstlich ernährt werden. Als Paterson die Blutergebnisse aus dem Krankenhaus bekommt, legt das bei ihm den Schalter um. Er erzählte uns, dass sein Leben wie ein Film vor ihm abgelaufen sei. Noch dazu stirbt sein Sohn Sascha zwei Wochen nach der Testamentseröffnung. Er versteht nun, warum seine Frau keine lebensfähigen Kinder mit ihm bekommen konnte, und gibt der Familie Weninger die Schuld an deren Tod und am Tod seiner Kinder.«

Liebhart stand auf und legte Holz nach; er stocherte so lange im Kamin, bis die Glut das Holz zum Brennen brachte. Sie saßen einige Zeit schweigend da und sahen in die Flammen.

»Wie hat er es geschafft, an Karl und Antonia ranzukommen?«, fragte Rosa schließlich.

»Antonia wollte ihre Wohnung renovieren«, antwortete Liebhart, »das erwähnte sie auch bei der Testamentseröffnung gegenüber Karl, in dessen Nähe Paterson stand. Er nahm die Gelegenheit wahr, meldete sich bei ihr, und sie beauftragte ihn. Sie kannte ihn bis dato nicht persönlich, sie hatten nur einmal kurz telefoniert, als er sie um Hilfe wegen seines Kindes gebeten hatte. Paterson bringt Antonia Stoff- und Tapetenmuster und macht ihr Vorschläge. Antonia ist begeistert. Inzwischen freundete sich Paterson mit Karl an. Da Karl ihn ebenso nur vom Telefon kannte, hatte er keine Ahnung, mit wem er sich da einließ. Karl verkehrte im Homosexuellenmilieu und in Swingerclubs; Paterson kannte sich in diesem Milieu in Wien aus. Die beiden verstanden sich gut, und Karl beschloss, im September wiederzukommen.«

»Dann beginnt Paterson mit dem Bild.«

»Wir haben in seinem Atelier einen ganzen Karton mit Tyvek-Overalls, Ganzkörperoveralls, wie sie in Labors oder bei der Herstellung von Farben und Harzen verwendet werden, gefunden und auch noch andere Werke, die er von Caravaggio kopiert hat. Soweit ich das beurteilen kann, sind sie gar nicht so schlecht.«

»Darf ich die einmal sehen?«, fragte Rosa.

»Ja, sehr gerne. Ich dachte, du möchtest von dem Fall nichts mehr wissen nach dem, was dir passiert ist.«

»Ha, weit gefehlt!«, rief Rosa.

»Er hat das Bild von Caravaggio in einem fensterlosen Nebenraum gemalt«, setzte Liebhart fort, »den er immer nur in Tyvek-Overalls und Latexhandschuhen betrat. Er ging auch noch auf Nummer sicher, indem er sich am ganzen Körper rasierte und keinen Teppich oder Vorhang in seinem Atelier hatte. Deswegen haben wir auch keine Rückstände auf den Leinwandstücken gefunden. Ein paar Monate nachdem das Bild fertig war, färbte er sich seine inzwischen nachgewachsenen Haare und nahm bei Weissteiner GmbH einen Aushilfsjob unter falschem Namen an: Christoph Kuschtezka. Weissteiner fragt bei Aushilfsarbeitern nicht lange nach den Papieren, also konnte er sich nennen, wie er wollte. So kam er zum Schlüssel des Ausstellungssaales der Sammlung alter Musikinstrumente in der Hofburg. Karl kam am 1. September wieder nach Wien, kaufte sich ein Wertkartentelefon und nahm mit Paterson Kontakt auf.«

»Wusste Paterson, wer die Frau im Zug war?«, unterbrach ihn Rosa.

»Karl hat ihm erzählt, dass er sich in Klosterneuburg ein Haus kaufen wolle. Er hat ihm die Frau sogar vorgestellt: Sie ist Maklerin: Elena Kirutsch. Wir haben sie schon befragt; Herr Köhler, der Schaffner, hat sie ausgezeichnet beschrieben.«

Liebhart versuchte, den Anschluss wiederzufinden. »Paterson lädt Karl in sein Atelier ein, um ihm seine Bilder zu zeigen. Der nimmt die Einladung an, warum sollte er auch misstrauisch sein? Ein großer Tisch steht dort in der Mitte des Raumes; wenn man an ihm Platz nehmen will, muss man drei Stufen hinuntersteigen. Paterson bittet Karl an den Tisch, entschuldigt sich mit irgendeinem Vorwand und holt das Schwert. Er nähert sich Karl von hinten, holt aus und schlägt ihm den Kopf ab. Unsere Opfer haben also nicht gekniet, sondern friedlich vor einem tiefer stehenden Tisch gesessen. Danach reißt Paterson aus dem Bild ein Stück heraus, legt es zusammen und schiebt es in Karls Mund. Da er schon seit August bei der Firma Weissteiner GmbH arbeitet, hatte er leichten Zugang zur ›Villa Rouge‹. Er konnte dort ein und aus gehen, wie er wollte; den Kopf hat er in einem Plastikkübel mit Deckel transportiert. Da er am 10. September lange gearbeitet hat, kann er den Schädel deponieren. Chantall hat ihn dabei gesehen, wie er das Zimmer wieder verlassen hat. Sie sind einander auf dem Gang begegnet, sie lässt einen Lippenstift fallen, er hebt ihn auf. Wenige Stunden später findet sie den Schädel und steht unter Schock. Als sie nach ein paar Wochen wieder zu arbeiten beginnt, erinnert sie sich an die Begegnung und möchte Yvonne in der Bar der ›Villa Rouge‹ von dem Fremden erzählen. Paterson wird sie, seitdem sie das Bordell betreten hat, beobachtet haben. Er fällt weder Yvonne noch Chantall auf, da sie sich schon so an die Arbeiter gewöhnt haben. Er lauscht dem Gespräch der beiden. Nachdem Chantalls erster Freier weg ist, betritt er das Zimmer und schlägt sie halb tot.«

Liebhart hielt inne. Beide wussten, dass es Rosa beinahe auch so ergangen wäre.

Nach ein paar Sekunden fuhr Liebhart fort: »Gleichzeitig hat er nach der Testamentseröffnung den Kontakt mit Antonia gehalten. Er macht ihr Vorschläge für die Renovierung ihrer Wohnung, lädt sie in seine Werkstatt ein, um ihr Farbpaletten zu zeigen. Sie sitzt am selben Tisch wie Karl drei Monate zuvor, studiert die Musterbücher und stirbt genauso wie ihr Bruder. Paterson reißt ein weiteres Stück Leinwand aus seinem Bild und schiebt es ihr in den Mund.«

»Dann bringt er den Schädel zum Kunsthistorischen Museum«, murmelte Rosa und dachte darüber nach, was ihr alles erspart geblieben wäre, wenn sie ein paar Stunden später dort nicht eingetroffen wäre.

Liebhart stand auf und begann im Raum umherzugehen. »Nach dem Mord an Antonia wäre Sarah die Nächste gewesen, da Paterson wegen des Personenschutzes schwer an Hermann und Johannes Weninger herankam. Da wird er von der Firma Weissteiner GmbH gefeuert. Er nimmt einen Aushilfsjob bei der Firma an, die die Kohlen in Hermann Weningers Haus liefert, und manipuliert das Fenster zum Keller, um dort einzusteigen, sobald der Polizeischutz abgezogen wird.«

»Ich weiß, ich bin auch durch dieses Fenster in die Villa gekommen.«

Liebhart blieb vor der Terrassentür stehen und starrte mit den Händen in der Hosentasche in die Dämmerung. »An der Universität erkundigt er sich nach dem Projekt, an dem Sarah arbeitet. Er fährt nach Flattach, hängt dort ein paar Tage herum und schläft im Auto. Er trifft auf sie, als er in ihren geparkten Wagen sieht. Da Sarah sich mit ihrer Freundin meistens in den Bergen aufhält, wo sie ihn schon auf hundert Meter sehen könnten, ändert er seinen Plan. Er fährt wieder nach Wien zurück und wird unruhig. Er möchte weitermachen, kommt aber weder an Hermann noch an Johannes Weninger heran. So beschließt er, in die Gruft der Weningers einzubrechen. Jetzt holt er sich endlich die Genugtuung an seiner Mutter, er schlägt ihr den Kopf ab und deponiert ihn im Saal XI der Sammlung alter Musikinstrumente in der Hofburg. Die Rückstände von Heizkohle an Waltraud Weningers Schläfen waren von ihm.«

Rosa setzte sich auf und sah Liebhart an. »Er hat den toten Körper seiner Mutter mit dem Brecheisen an den Brüsten und am Unterleib traktiert. Eine Mutter trägt ihr Kind neun Monate im Bauch und stillt es danach. Er wollte sich so an seiner Mutter für seine Geburt rächen.«

Liebhart drehte sich zu ihr um. »Sein Hass auf sie hat sie weit nach ihrem Tod schließlich eingeholt.«

In das einsetzende Schweigen sagte Rosa: »Er hat mich beobachtet. Er wusste, dass ich mit euch zusammenarbeite, seit wir bei ihm gewesen waren.«

Liebhart schrak zusammen und ging schnell zum Sofa, auf dem Rosa saß. »Woher ...?«

»Er hat mir geschildert, wie mein Haus aussieht.«

»Deswegen die Alarmanlage?«

»Ja«, Rosa nickte und sah Liebhart an, »aber jetzt ist er gefasst, und er kann mir nichts mehr antun.«

19

Zwei Wochen später parkte sich Rosa mit ihrem Wagen vor Liebharts Büro ein. Sie hatte seit ihrem letzten Treffen bei ihr zu Hause den Garten auf Vordermann gebracht; Ludwig hatte ihr dabei geholfen. Die blauen Flecken waren aus ihrem Gesicht verschwunden, und sie hatte wieder ihren gesunden Teint. Frau Grand saß wie ein unbezwingbarer Block Granit hinter ihrem Schreibtisch.

Als Rosa eintrat, sah sie diese lange an und meinte dann: »Alles überstanden?«

»Bin nicht unterzukriegen«, kommentierte Rosa die herzliche Begrüßung und klopfte an Liebharts Bürotür.

Als sie eintrat, sprang er auf und kam ihr lächelnd entgegen. Sie beschlossen, sich die Bilder von René Paterson anzusehen, und fuhren mit dem Aufzug in den Keller. Ein sehr feierlicher älterer Herr ließ sich von Liebhart den Ausweis zeigen. Rosa musste ihre große Tasche abgeben, und sie wurden durch zwei versperrte Türen in ein dunkles muffiges Kämmerchen gebracht, in dem die Bilder auf dem Boden an der Wand standen. Das Bild »David und Goliath« war als Beweismittel auf eine Kartonwand aufgezogen worden. Für Hermann Weninger war das Gesicht des Goliath vorgesehen gewesen: die Unterlippe, vom Speichel glänzend, leblos herabhängend, die fünf Zähne, die in großen Abständen aus dem Zahnfleisch standen; die Augen nur mehr halb geöffnet mit tiefen Ringen darunter. Für Sarah war das Gesicht des David gedacht gewesen. Paterson hatte also ganze Arbeit leisten wollen an diesem Abend in der Villa. Die fehlenden Teile waren dem Bild wieder hinzugefügt worden. So konnte Rosa es erstmals vollständig sehen.

Der Ausdruck auf Davids Gesicht hatte Paterson am meisten Arbeit bereitet, unter der dicken Ölfarbe konnte Rosa bei genauer Betrachtung zahlreiche Korrekturen erkennen. Obwohl es natürlich nicht an das Original herankam, stellte sie fest, dass das Bedauern über den Tod Goliaths sehr gut eingefangen war. Sein vom Leben verwüstetes und vom Tod erloschenes Gesicht mit der Wunde, die der Steinschlag auf der Stirn hinterlassen hatte, stand im krassen Gegensatz zu der zarten Jugend seines Mörders. Die Röntgenaufnahme des Bildes unter dem Bild hing gleich daneben. Wie Schatten traten die Personen des gelöschten Bildes hervor. Es stellte eine reiche italienische Familie aus dem 17. Jahrhundert dar: Der Vater mit Barett und großer Feder stand dunkel und raumfüllend im Hintergrund; schwach war ein dicker Pelzkragen zu sehen, während das Hemd an seiner Brust durch das Bleiweiß leuchtend hervortrat. Die Mutter saß links im Bild; sie trug ein kostbares Gewand, das über der Brust in Falten gelegt war und sich bis zum unteren Rand des Bildes wie ein Wasserfall ergoss. Zwei Kinder, ein größerer Bub und ein kleineres Mädchen, saßen neben ihr. Rechts unten war ein missgebildeter Zwerg zu sehen, der eine Schelle in der Hand trug. Sie hatten die Hand des Zwerges fälschlicherweise als Kinderhand interpretiert.

Rosa stand lange davor, dann drehte sie sich zu Liebhart um. »Das gelöschte Bild ist der Schlüssel gewesen: Hier hast du Hermann Weninger als den raumfüllenden Vater«, sie zeigte auf die Leinwand, »links im Bild sitzt Elvira Weninger als die stolze Mutter von Johannes und Sarah Weninger«, Rosa deutete auf die zwei Kinder, »und hier ist der missgebildete Sohn, der Verstoßene, der Degenerierte, der keine gesunden Kinder zeugen kann. Das ist René, so hat er sich gesehen. Seine beiden Geschwister oder seine Tante und sein Onkel hatten alles, und er war ein Bastard.« Sie schüttelte den Kopf. »Er hat seine Familie als Bild gelöscht, bevor er begann, sie auch tatsächlich auszulöschen.«

»War es denn üblich, sich mit Zwergen darstellen zu lassen?«, fragte Liebhart.

»Nicht nur das, es war sogar üblich, sich Zwerge oder Hofnarren zu halten. Das hat oft sehr grausame Formen angenommen. Sie wurden wie kleine Schoßhündchen behandelt. Es gibt ein Porträt einer florentinischen Edeldame, die sich mit ihrer Hofnärrin abbilden ließ. Die arme Zwergin trägt auf diesem Bild eine Leine um den Hals. Im Altertum und im Mittelalter wurden Zwerge manchmal in großen Papageienkäfigen herumgetragen.«

Liebhart schüttelte den Kopf. Rosa ging zu Patersons Bildern aus den vergangenen drei Jahren hinüber, seine letzten Bilder, bevor er mit »David und Goliath« begonnen hatte.

»Sein Stil war damals noch ein ganz anderer«, sagte sie, »er hat sehr viel mit Collagen und Übermalungen experimentiert.«

Sie stellte die Bilder, die hintereinander an die Wand gelehnt waren, in einer Reihe auf.

»Ist das Jimi Hendrix?«, frage Liebhart und beugte sich zu einem Bild hinunter.

Rosa nickte. »Ja, er hat seinen Kopf in der Hand. Schon damals schien Paterson vom Köpfen fasziniert gewesen zu sein. Hier siehst du George W. Bush, neben ihm ein Schaf, die beiden haben vertauschte Köpfe. Gandhi hält seinen eigenen Kopf wie Hamlet den Totenschädel des Hofnarren Yorick in der ausgestreckten Hand.«

Rosa stutzte, sie spürte, wie sie ein heißer Stich vom Kopf bis zu den Fußsohlen durchfuhr.

»Das ist Paul!«, stieß sie hervor. »Das da ist Paul, er steht neben seinem Auto.« Sie deutete mit zitternder Hand auf ein großformatiges Bild, das aus vielen kleinen Bildelementen zusammengesetzt war.

Liebhart ging in die Knie und beugte sich hinunter. »Rosa, bist du dir ganz sicher? Das ist ein verdammt kleines Bild, und er hat es noch dazu übermalt.« Er stand auf und ging zu einem kleinen Schreibtisch, in dessen Lade er eine Lupe fand.

Als er damit zum Bild zurückkam, riss Rosa sie ihm aus der Hand.

»Das ist Paul, Liebhart, er steht neben seinem Auto am Komatsee, in dem er ertrunken ist!«

Sie sank neben das Bild und begann zu weinen. »Was soll das? Wieso hat er ein Bild von Paul? Was hat er getan? Das hat er gemeint, als er in der Nacht in Hermann Weningers Villa zu mir gesagt hat, dass er mich schon länger kennt!«

Liebhart telefonierte mit dem Gericht, in dem Paterson in Untersuchungshaft saß. Er kündigte seinen Besuch in zwanzig Minuten an, stemmte Rosa hoch und zog sie zu seinem Wagen.

Als sie im Gericht eintrafen, sahen sie einen Ambulanzwagen in der Einfahrt. Liebhart ließ seinen Wagen auf dem Gehsteig stehen und rannte mit Rosa in den zweiten Stock, in dem die Häftlinge in Untersuchungshaft saßen. Von weit her sahen sie eine Zellentüre offen stehen, Sicherheitsbeamte und Sanitäter drängten sich davor. Liebhart wies sich aus und wollte wissen, was los sei.

Ein Wärter drehte sich zu ihm um und sagte: »Ich wollte ihn holen, als Sie angerufen haben. Er hat sich mit einem Gürtel am Fensterkreuz erhängt.«

20

Johanna entfernte den Winterschutz von ihren Rhododendren und begann den Boden um sie herum zu harken und zu düngen. Rosa rief ihren Namen vom Gartenzaun und hob ein Päckchen mit Kuchen hoch. Johanna winkte und lächelte, stand schwerfällig auf und ging auf Rosa zu. Der Himmel strahlte im ersten kräftigen Frühlingsblau, und die Sonne war schon recht stark. Rosa trug einen Jeansrock und flache Schuhe. Sie hatte ihre Haare aufgesteckt, doch der Wind blies ihr immer wieder Strähnen ins Gesicht. Sie zog den bunten Schal enger und steckte die Hände tief in die Taschen des grünen Daunengilets.

»Zweites Frühstück, bevor ich nach Wien fahre?«, wollte sie wissen.

»Wäre dann mein drittes, aber ich sag nicht nein«, antwortete Johanna.

Sie gingen in die Küche, und Rosa hob das leichte Windgebäck auf zwei Teller.

»Ich bin total fertig.« Johanna ließ sich auf einen Sessel plumpsen. »Zusa hat gestern Nacht fünf kleine Hündchen geworfen. Ludwig und ich sind erstklassige Hebammen.«

»Und wie steht ihm das Schwesternmützchen?«, wollte Rosa wissen.

»Ganz reizend, aber nichts gegen die weiße Schürze, umspielt so schön seine Hüften«, antwortete Johanna grinsend.

»Was macht er jetzt mit den vielen kleinen Hunden?«

»So wie ich ihn kenne, wird er sie alle behalten, und in ein paar Jahren fressen sie ihm die Haare vom Kopf.«

»*Die* Haare frisst ihm niemand vom Kopf.«

»Und, wirst du es machen?«, wollte Johanna wissen und biss in eine Windbäckerei.

»Ja, ich fahre gleich nach dem Frühstück in die Stadt, um zu unterschreiben. Liebhart hat mich zwei Wochen lang weichgeklopft«, meinte Rosa und nippte an ihrem Kaffee.

»Bist du dir sicher, dass du Paul auf einem der Bilder erkannt hast?«

Rosa nickte. »Ich habe eine Kopie bekommen und eine Vergrößerung des Ausschnitts, auf dem Paul neben seinem Auto steht. Die Polizei krempelt seitdem Patersons Leben um, um herauszufinden, wie er zu dem Bild gekommen ist. Er hat sich über Wasser gehalten, indem er Beschattungen durchgeführt hat. Sie versuchen den Auftraggeber zu finden. Ich verstehe nicht, warum irgendwer Paul beschatten lassen sollte.«

Johanna nickte. »Ich mach mir Sorgen, dass du dich in etwas verrennst. Deswegen frage ich dich jetzt: Wie sicher bist du, dass du auch weiterhin mit der Polizei zusammenarbeiten willst?«

»Auf einer Skala von eins bis ...« Rosa hielt inne und hob die Augen zur Decke, als ob sie rechnen würde.

»Eins bis was?« Johanna sah sie an.

»Eins bis eins!«

Dann lachten beide.

Leuchtstoffröhren waren in dem Schild »Administration« ausgefallen. Nur ein Wortfragment, ausgerechnet »mini«, flackerte nervös im Neonlicht des Büroganges.

Wie passend, dachte Rosa, das ist alles, was von der Administration überbleibt.

Sie zählte die Aussetzer und versuchte darin eine mathematische Logik zu erkennen. Als sie aufgerufen wurde, war sie so weit, anzunehmen, dass Leuchtstoffröhren, wenn sie ihrem Ende zugingen, verrückt wurden. Die Beamtin, die sie hineinbat, stand mit einem Bein in der Pension und hatte offensichtlich entschieden, sich bis dahin nicht mehr zu kämmen. Rosa hatte noch nie so widerspenstige Haare gesehen. Die Frisur schlug sogar Ludwigs Haarwirbel.

Sie bat Rosa, vor ihrem Schreibtisch Platz zu nehmen, und begann: »Sie haben sich bereit erklärt, der Republik auch in Zukunft bei diversen Fällen, in denen polizeiliche Ermittlungen vonnöten sind, zur Seite zu stehen.«

Rosa nickte.

Die Beamtin sah Rosa lange an und entnahm dann einer Mappe ein paar Blätter, die sie vor sich auf den Schreibtisch legte.

Ohne aufzusehen, fragte sie: »Vor- und Zuname?«

Rosa atmete tief ein, setzte sich gerade auf und antwortete: »Mein Name ist Rosa Blum.«

Dank

Ich danke meinem Mann und Erstleser Bernhard für seine Unterstützung und seine wichtigen Anmerkungen, unserem Sohn Paul für seine Geduld. Meinen Schwiegereltern Monika und Rudi und meiner Mutter für ihre Hilfe. Mein Dank gilt auch dem Team des Emons Verlages, im Speziellen meiner wachsamen Lektorin Stefanie Rahnfeld.